O Retrato de uma Paixão

Série Ladies Talentosas
AS IRMÃS CHAMBERLAIN 1

Anne Valerry

São Paulo, 2021

O retrato de uma paixão
Copyright © 2021 by Anne Valerry
Copyright © 2021 by Novo Século Editora Ltda.

EDITOR: Luiz Vasconcelos
ASSISTÊNCIA EDITORIAL: Tamiris Sene
PREPARAÇÃO: Flavia Cristina Araujo
DIAGRAMAÇÃO: Estúdio Asterisco
REVISÃO: Laura Pohl
CAPA: Paula Monise
MOLDURA P. 3: pch.vector/Freepik

Texto de acordo com as normas do Novo Acordo Ortográfico da Língua Portuguesa (1990), em vigor desde 1º de janeiro de 2009.

Dados Internacionais de Catalogação na Publicação (CIP)
Angélica Ilacqua CRB-8/7057

Valerry, Anne
O retrato de uma paixão
Anne Valerry.
Barueri, SP: Novo Século, 2021.
280 p. (Coleção Ladies Talentosas)

ISBN 978-65-5561-282-0

1. Ficção brasileira I. Título.

21-3919   CDD B869

Índice para catálogo sistemático:
1. Ficção brasileira

Alameda Araguaia, 2190 – Bloco A – 11º andar – Conjunto 1111
CEP 06455-000 – Alphaville Industrial, Barueri – SP – Brasil
Tel.: (11) 3699-7107 |
E-mail: atendimento@gruponovoseculo.com.br | www.gruponovoseculo.com.br

Família Chamberlain

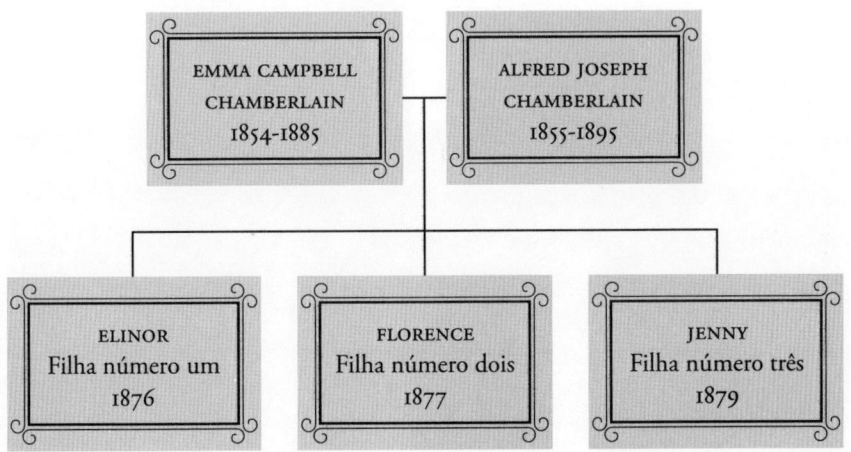

*Para Deus, toda honra e toda glória
pela promessa cumprida e o meu eterno
amor aos amores da minha vida:
meu esposo e minha filha.*

Uma paixão mais valiosa do que uma obra de arte...

LONDRES, 1895

– Número um – disse Alfred à filha –, eu quero que conheça um dos mais respeitáveis cavalheiros da sociedade de Londres.

– Quem é, papai? – Elinor desceu as escadas desprovida de interesse.

– O filho do meu melhor cliente. – Alfred a conduziu até o salão de visitas.

Assim que se deparou com o visitante em questão, com o olhar aguçado, Elinor estudou as feições e os gestos do cavalheiro. Um rosto normal e sem atrativos foi a definição ao primeiro contato visual, porém, na postura, havia uma dose de arrogância e ele parecia se valer da condição financeira privilegiada para impressionar.

Elinor teve que se esforçar para não ser desagradável.

– Sr. Ayers – cumprimentou-o sem entusiasmo.

A face ligeiramente ruborizada e a graciosidade nos modos de Elinor produzia um efeito encantador em qualquer pretendente. A postura de uma jovem não dada a atitudes tempestuosas e o jeito de falar emanando tranquilidade a fazia parecer a moça ideal para se contrair matrimônio e constituir uma família.

– Eu acabei de chegar de uma viagem ao litoral – disse o rapaz, num tom afetado.

Elinor manteve um ar sereno que a fazia parecer mais velha do que era. Por ser calada e um tanto tímida, deixara Anthony falar e o ouvira mantendo um meio sorriso nos lábios, parecendo estar interessada, porém, o viu somente como alguém que queria ser impressionável e que era bem-sucedido. Nada mais que isso.

– O que o senhor acha de mulheres que amam a arte e se empenham em mostrar o seu talento ao mundo? – Elinor o encarou ao questioná-lo.

Anthony riu.

– Eu sou um homem milionário, senhorita Chamberlain e, quando me casar, a minha esposa não precisará se expor para ganhar dinheiro com tolices. – Anthony mudou o rumo da conversa. – A senhorita vai sempre a Londres?

— Às vezes. Não gosto muito do burburinho da área urbana. — Elinor girou o anel no dedo anelar com o polegar, enquanto mantinha a atenção desviada para um vaso com algumas flores que tinha colhido pela manhã. Em seguida, apontou para elas e perguntou: — Conhece flores, sr. Ayers?

Anthony olhou-a confuso e, vendo que ela se referia a algo na direção oposta em que ele estava, virou-se e se deparou com um vaso carregado de algumas espécies no tom vermelho sangue.

Sem esperar que ele respondesse, ela explicou:

— São papoulas e eu preciso pintá-las antes que murchem. Com licença.

Ao sair da sala, deu de encontro com as irmãs que estavam espreitando a cena no vão da porta do salão principal.

— Não sejam inoportunas e curiosas, meninas! — exclamou Elinor saindo em direção ao jardim, sentindo que precisava respirar.

— Eli, o que achou do seu pretendente? — Flor interpelou-a, seguindo-a.

— Eli, você vai se casar com ele? — perguntou Jenny, afoita.

— Não achei nada e eu não vou me casar com ele! — exclamou Elinor, cruzando os braços.

— Mas e se o papai a obrigar? — Flor insistiu.

— Eu vou falar com ele — decidiu Elinor.

Assim que o rapaz partiu, Elinor aqueceu a musculatura da vontade própria com pensamentos sóbrios em esperança. Ela achou que se a mantivesse fortalecida, o pai cederia. Convicta em defender a sua paixão pela arte e de que não queria ser desposada por alguém que divergia sobre isso, foi ao escritório, onde Alfred ficava quando estava em casa.

Viúvo há dez anos, Alfred Chamberlain criara as filhas numa gravidade familiar, para que as três mantivessem a compostura e a graça nas maneiras, como o pé de uma roseira florida. Achando que a situação era perfeita, arrumara o compromisso para a filha primogênita o mais rápido possível.

— Papai, o senhor me concede um minuto?

— Sente-se, número um.

Com um suspiro, Elinor sentou-se com cautela nos modos, pensando em um argumento plausível para que ele desistisse da ideia de proibi-la de exercer a sua paixão pela pintura e de casá-la com Anthony Ayers.

— Você não foi atenciosa nem tampouco amável com o partido mais importante de Londres. — Com o semblante demonstrando contrariedade, Alfred acendeu o charuto e deu uma longa tragada.

— O senhor sempre soube do meu interesse pelas tintas e pelas telas desde muito cedo — defendeu-se Elinor.

Elinor estudara artes e se entregara à pintura. Embora o pai não visse isso com bons olhos, havia deixado que se distraísse, porém, agora parecia disposto a proibi-la.

— Eli, eu sempre a deixei livre para obter um diploma e para se sujar com as tintas, mas eu pensei que quando você amadurecesse, deixaria disso.

— Mas como pode pensar assim, papai? Eu herdei o gosto pela pintura ao admirar os trabalhos da mamãe e esse cavalheiro não entende o real significado da arte de pintar. — Elinor sentou-se na ponta da poltrona e agarrou nos braços de madeira com as mãos, como se precisasse de forças para dissuadi-lo.

— Filha, você é igualzinha à sua mãe. Vive com a cabecinha em devaneios que nunca a levarão a lugar nenhum, mas agora é hora de esquecer-se de brincar com as tintas e pensar em se casar. — O pai pareceu não levar a sério a rebeldia da filha.

A gravidade no tom de voz de Alfred o qualificava quase sempre como um homem prepotente e autoritário. E, muitas vezes, mesmo sendo áspero consigo mesmo, sabia ser terno ao dividir o seu amor pelas três filhas, entretanto, diante da decisão de casar a filha número um, ele parecia inabalável.

Elinor cruzou os braços.

— Eu não quero me casar com esse cavalheiro. Eu não estou apaixonada por ele.

— Eli, o amor virá com o tempo, não se preocupe. O importante é você deixar esse capricho de lado e se casar com um homem de posses, como Anthony, e lhe dar filhos — aconselhou o pai, sem dar ouvidos às suas queixas.

— Por isso mesmo. Seria um casamento de conveniências, papai — reclamou, profundamente conturbada. — O que seria de uma casa com filhos sem o amor entre os pais? Além do mais, no momento, eu não estou interessada em me casar. Eu só quero me dedicar à pintura e ser a melhor no meu estilo. — Ela se inclinou sobre a mesa, como se precisasse convencê-lo de seus ideais.

— Ora, não seja dramática, Eli. Você está fantasiando demais em querer levar a sério esse negócio infrutífero. Você é uma moça que precisa arranjar um marido que tenha influência na sociedade e fortuna, antes que se torne uma solteirona convicta. Anthony é como dizem as mulheres da alta sociedade… "Um ótimo partido". Com o tempo, tudo se ajeitará, e não falemos mais nisso — concluiu Alfred depois de uma baforada, encerrando o assunto.

Com o dedo polegar, Elinor girou o anel no dedo anelar por três vezes, antes de dizer:

— Eu quero investir o meu tempo em pintar e criar obras-primas.

— Mas que tolice, minha filha! — exclamou Alfred levantando os tufos grisalhos das sobrancelhas severamente. — A vida é muito difícil para quem não tem dinheiro e, casando-se com um homem bem-sucedido, como Anthony Ayers, você e suas irmãs ficarão protegidas da miséria até o fim da vida, e não precisará pensar nessa bobagem de querer ser uma pintora célebre. Veja o exemplo de sua mãe. Quando nos casamos, eu acumulei a fortuna que temos e pude dar a ela e a vocês uma vida confortável e segura. – Alfred estava impassível e, depois de menear a cabeça, acrescentou: – Você se parece com a sua mãe em querer pintar "quadrinhos".

– Mas a mamãe nunca deixou de pintar, e acho que... – Elinor não conseguiu concluir a frase, ao sentir a voz embargada.

– Termine – ordenou Alfred.

– Eu acho que ... a mamãe partiu e...

– Eu disse para terminar a frase – exigiu o pai mais uma vez.

Elinor suspirou e abaixou o olhar para o anel.

– A mamãe não era feliz. Ela nunca pôde fazer o que mais amava.

Alfred desapertou o nó da gravata e se recostou na cadeira, como se tivesse lhe faltado o ar de repente.

– Eu...

– A mamãe morreu de desgosto por não poder pintar livremente e mostrar ao mundo o seu talento – Elinor concluiu e encarou a face descorada do pai.

Alfred abaixou a cabeça e, como se falasse consigo mesmo, concluiu:

– A sua mãe era teimosa e agora eu vejo que você é igualzinha a ela.

A presença do pai sempre fora determinante na casa e ele sempre dera o que elas precisavam, fazendo tudo o que lhe pediam, porém, agora ele parecia inabalável com as justificativas da filha.

Elinor tinha a pintura como uma ardente paixão e amava encontrar-se no jardim pintando as paisagens e o que a natureza exibia de belo e pudesse lhe dizer. Com uma força ferrenha, ela insistia em defender a sua vocação.

– Mas, papai, eu amo pintar as minhas telas e não posso sufocar esse dom que está entranhado em meu coração. Além do mais, eu não quero ser uma artista frustrada.

– Eu acho que a mimei demais.

Elinor olhou para Alfred com olhos suplicantes ao dizer:

– Papai, a pintura faz a minha alma cantar e...

– Bobagem! – exclamou Alfred, levantando-se. – Eu já disse para não falarmos mais nisso. Considere esse assunto encerrado.

Elinor olhou para o dedo e girou com rapidez o anel com o polegar como se isso lhe desse forças e, mais uma vez, pediu:

– Mas, papai...

– Já disse para não insistir! – Alfred enterrou o charuto no cinzeiro de prata.

– Papai, por favor...

Com o semblante exigindo obediência, num tom decisivo e grave ele disse:

– Elinor.

Elinor ficara com a sensação de que os seus sonhos artísticos tinham sido desfeitos como bolhas de sabão, contudo, resolveu perseverar em sua decisão, mesmo contra a vontade paterna. Engolindo a frustração e com as lágrimas teimando em descer no rosto contrariado, foi em direção à porta e, antes de sair, virou-se e disse com convicção:

— Pintar não é um capricho, meu pai. Eu amo o que faço e eu não vou desistir de pintar os meus "quadrinhos" por nada neste mundo, muito menos por um amor que não existe.

Ao subir os degraus que levavam ao andar superior, quase sem enxergá-los, ela não pôde perceber a expressão preocupada que acabara de desenhar no semblante do pai.

Embora Elinor reconhecesse que Anthony era um ótimo pretendente e que parecia estar entusiasmado em querer cortejá-la para um futuro compromisso, ela não tinha interesse em ser desposada por ele.

Após a conversa com o pai, durante um dia e meio, permaneceu reclusa em seu ateliê, participando somente das principais refeições, mantendo-se como se tivesse perdido a vivacidade, comendo pouco e falando o necessário.

O clima na propriedade de Greenwood havia mudado. Elinor perdera o interesse em fazer passeios com as irmãs e vivia em silêncio.

Após servir o chá, quase no final do dia, a sra. Evie, a governanta, segurou as mãos de Elinor entre as suas e, num tom maternal e afetuoso, tentou encorajá-la.

— Minha pobre menina, está parecendo uma flor que murchou depois de ficar muito tempo exposta ao sol e isso não faz parte da sua natureza. Por favor, reaja. Eu não gosto de vê-la assim.

— Oh, Vie, como posso florescer como um botão de rosa, se o que me espera são dias nublados e escuros? Não poder ficar em companhia das minhas telas e ter que desposar alguém por quem não tenho nenhum sentimento é como morrer confinada numa prisão. — Elinor suspirou com amargura.

A sra. Evie apertou os lábios e, antes que pudesse dizer algo, Elinor desabafou:

— Nós não temos nada em comum. Ele gosta do burburinho urbano, e eu do campo. Ele gosta de falar, e eu não tenho interesse algum em saber das novidades e fofocas da sociedade londrina, além disso, ele acha a minha arte um capricho. A senhora sabe que desde que a mamãe morreu, a pintura tem sido o alívio para que eu não sinta tanta falta dela e, se tiver que abandoná-la, apunhalarei o meu talento e o enterrarei para sempre. Isso seria completamente sem sentido.

Florence surgiu à porta e, solidária, interveio:

— Minha irmã, você não pode fazer isso consigo mesma. Eu acho que se você não quer se casar com Anthony, diga ao papai e ele entenderá.

— Ele está irredutível, Flor. Eu já conversei com ele, mas ele disse que com o tempo tudo mudará.

— Bem, minha menina, se quiser, eu posso falar com o sr. Chamberlain, mas não acredito que ele irá mudar de ideia – disse a sra. Evie, alisando de modo afetuoso a mão da jovem.

Elinor suspirou e, assumindo uma expressão determinada no rosto, concluiu:

— O papai terá que me perdoar, mas eu não desistirei de ser a melhor pintora do século. Enquanto eu viver, nada nem ninguém poderá sufocar o meu sonho. Eu preciso ser feliz.

— Eu a apoio, querida – disse a governanta –, mas acho que o seu pai não aprovará a sua decisão e não a perdoará por essa sua rebeldia.

— Eli, e se você procurar olhar para Anthony com outros olhos? Ele não é lindo, mas é apresentável e um bom partido, como disse o papai – disse Florence num tom afável.

— Bom partido pode ser, mas ele não é bonito nem de longe – retrucou Elinor, enquanto afagava com os dedos a pétala de uma das rosas amarelas que enfeitava um vaso de vidro.

— Mas ele é gentil e tem uma boa educação como virtudes e parece que está bastante interessado, já que aceitou desposá-la – insistiu a irmã número dois.

— Você acha? – Elinor abandonou a flor e foi sentar-se no divã de veludo azul.

— Você tem dúvida? Não viu como ele a olha? Parece estar apaixonado. – Florence inclinou a cabeça com o semblante interrogativo.

— Eu não sei. Ele não me disse nada sobre estar apaixonado.

— Pode ser que ele seja do tipo que não demonstra – comentou a jovem sentando-se no braço da poltrona da irmã, pegando uma mecha do cabelo dela para trançá-lo. Depois, com um suspiro, declarou: – Quem me dera fosse eu.

— Eu não sei por que o papai quis que ele se casasse comigo. Ele bem que poderia ter escolhido você e não eu. – Elinor fechou os olhos e aproveitou o carinho de Flor mexendo em seus cabelos.

Florence abandonou a mecha trançada, abaixou o rosto e disse ao pé do ouvido da irmã.

— Porque você é mais bonita.

Elinor abriu os olhos e fitou a irmã com um amor incondicional. Desde que a mãe morrera, ela havia cuidado de Florence e de Jenny como se fossem suas filhas, e a governanta Evie sempre zelara das três. Ainda aos dezenove anos, Elinor conservava uma timidez infantil e certa gravidade, que junto às outras qualidades a tornavam sensível, mantendo um comportamento altivo e calado. Elegante e polida, nunca ignorara a educação que recebera e a classe social privilegiada em que nascera. Ninguém era mais protetora; ninguém era mais compreensiva. Sabia tecer uma solução eficiente para que as irmãs não sentissem tanta falta do amor maternal, sendo sempre atenciosa.

Ela era dedicada em tudo o que se propunha a fazer e, por esse motivo, se preocupava com as irmãs e com o bem-estar delas e, ao ouvir Florence reclamar, ficou tocada.

Segurou a mão da irmã e, com um gesto carinhoso, alisou a pele jovem, exclamando com veemência:

— Não diga isso, Flor!

— Você diz isso porque não sabe como é se sentir feia. — Florence suspirou.

Florence tinha outro tipo de beleza. Era delicada como a textura de uma pétala de rosa. Exalava um frescor no tom de sua pele clara e, embora não tivesse os olhos verdes de Elinor, os seus eram de um azul tão límpido e transparente que pareciam duas pedras de safira. Apesar de ser um pouco mais baixa do que Elinor e ainda não ter tantos atributos físicos desenvolvidos, ela era dona de uma beleza precoce.

— Mas como pode dizer isso? Quando estivemos em Paris, no ano passado, eu pude perceber os olhos de admiração de alguns mancebos em sua direção.

— Era para você que eles olhavam, não para mim. — Florence cruzou os braços.

Elinor se levantou e buscou a compreensão da irmã dizendo:

— Pelo amor dos meus pincéis, Flor. Você está parecendo uma mocinha invejosa e mimada.

Irritada, Florence fungou e saiu, deixando a irmã falando sozinha.

— Tolinha! — Elinor meneou a cabeça.

Elinor foi ao seu ateliê pegar o cavalete e o material de trabalho para ir ao jardim, porém, antes de sair para a área externa, colocou a cabeça no vão da porta da sala de refeições onde a irmã lia a receita que Jenny estava arquitetando e concluiu:

— Você é uma cabeça dura e acho que a mimei demais, Florence Chamberlain, mas eu a amo!

Depois de pegar os seus apetrechos, Elinor se dirigiu ao jardim, parando somente para olhar a posição do sol e escolher o melhor lugar para captá-la, entretanto, ela quase sempre escolhia o lugar em que a mãe ficava quando pintava.

Logo Florence apareceu com o seu caderno de desenhos debaixo do braço e Jenny a seguia com passos ligeiros, como se não quisesse ficar para trás. Com murmúrios de revolta, reclamou com as mãos na cintura:

— Número um e número dois, você duas parecem polvilho azedo! Sempre me deixam de lado. Por que não me avisaram que viriam para cá?

— Deixe de ser criança, Jen! — repreendeu Flor, procurando um lugar com sombra para se sentar. — Será que para tudo o que vamos fazer temos que convidá-la? Por que não vai para a cozinha e faz alguns biscoitos?

Alheia às briguinhas costumeiras das irmãs, depois de escolher o ângulo de sempre para iniciar a pintura, Elinor colocou o avental, montou o cavalete e se posicionou em frente ao canteiro de tulipas. Depois de rabiscar a tela em branco e demarcar as linhas que teria que colorir, suspirou e molhou o pincel na tinta. Com uma pincelada que mais parecia o toque suave de uma brisa, fez o contorno das bordas das pétalas das flores, tentando reproduzir com fidelidade a semelhança da visão do canteiro para a tela. Embora as flores estivessem desprovidas do orvalho matinal, ainda guardavam um restinho do frescor no aspecto aveludado dos copos.

Um olhar e duas pinceladas. Um olhar um pouco mais demorado e outras pinceladas mais caprichadas, até que um punhado de tulipas brancas salpicadas, em contraste com o fundo azulado do céu, exibiu a delicadeza que somente essa cor poderia imprimir.

Embora ainda estivessem em forma de botões, totalmente fechadas, sem apresentar os miolos abertos na cor amarela, as tulipas floresciam sem pressa. Elas possuíam o seu encanto com folhagens alongadas em forma de lanças, parecendo solitárias, mas em conjunto eram graciosas e fascinavam os olhos.

Com o olhar experiente e perfeccionista, Elinor pôde perceber que havia feito um belo trabalho ao constatar que a luz e o ângulo que havia usado enriquecera a espécie que escolhera para aplicar a inspiração com o talento das mãos.

Com o pincel suspenso no ar e a sensação de enlevo, ela deu um passo para trás e ficou a admirar a obra quase terminada, aproveitando a sensação que a acometera ao sentir as lágrimas umedecerem suas pestanas. O sentimento que a invadiu era como se tivesse recebido um abraço apertado e que tivesse sanado todas as suas inseguranças. Movida de paixão pelo que fazia, sentiu-se comovida e com a alma ardendo ao constatar que a alegria que a arte lhe proporcionava compensava o esmero e o desejo de se entregar a ela.

Atenuado o sentimento de dar o máximo de competência ao que escolheu reproduzir, ela suspirou e exclamou com visível animação:

— Abençoada natureza!

Enamorando-se do feito ainda inacabado, esqueceu-se das irmãs, que estavam, assim como ela, cada qual entretida em sua arte aproveitando o final da estação outonal, porém, a voz de Florence invadiu o arroubo daquele devaneio.

— Eli, já terminou?

— Quase – respondeu Elinor, sem tirar os olhos da tela.

Com desejo de dar os últimos retoques, ela levantou o olhar para o alto e estudou o céu.

A tarde parecia estar prestes a expirar e as nuvenzinhas corriqueiras que ainda há pouco estiveram fazendo companhia a elas, como se fossem pequenos tufos de algodão, haviam se dissipado com um rasgo fino e estavam quase se dissolvendo.

Entretanto, restavam ainda alguns riscos dourados e desalinhados que iluminavam frouxamente a extensão do jardim e se dividiam entre os gramados e canteiros de flores e o restante do bosque. O esverdeado dos arvoredos fora se tornando cinzento, como a cor fechada que antecede a noite.

No meio do jardim, o velho caramanchão sustentado com oito colunas de concreto esbranquiçado, majoritariamente arredondadas, com arabescos nas pontas altas e uma cúpula com ferragens coberta por trepadeiras, que cresciam livres e naturalmente, era um dos pontos mais agradáveis da casa.

Como acréscimo, quando a estação primaveril chegava, tal estrutura sempre compunha uma profusão de rosas que salpicavam entre as folhagens, ornamentando-a e deixando a passagem da luz natural através dos espaços entre as sombras.

Com a sensação de estar plena, pelo rendimento que o dia lhe propusera, Elinor buscou as irmãs com um olhar que continha afeto e cuidado.

Florence estava sentada debaixo de um dos arvoredos e, distraída, parecia buscar na imaginação alguns desenhos de modelos inspiradores para rabiscar nas folhas do caderno.

Jenny, em uma atitude pueril, reunia as folhas secas em alguns montinhos e depois chutava-as de modo travesso, espalhando-as pelo terreno, enquanto tagarelava consigo mesma sobre uma nova receita de sobremesa:

— Acho que se eu colocar um pouquinho mais de canela...

Sem querer atrapalhar o momento de inspiração que cada uma delas buscava, Elinor voltou a olhar para o que produzira e acrescentou alguns detalhes que podiam deixá-lo mais bonito.

Compenetrada em retratar a natureza na tela com seus pincéis, ela examinou com um olhar mais atento o que o quadro natural do jardim exibia, passando as vistas sobre as folhas revestidas de dourado com nuances avermelhadas que estavam espalhadas no chão e que o outono havia provocado. A inspiração conduzia-lhe a mão, deslizando-a sobre o tecido, no qual compôs novos traçados, retratando o que via. Os efeitos de frêmito, a busca dos matizes, do sutil estremecimento da forma e, sobretudo, um novo cromatismo translúcido, faziam a sua arte, cuja sensibilidade delicadamente nuançada de melancolia convinha, traçando as cores com uma pintura floral, absolutamente fascinante.

A voz de Florence interrompera o momento inspirador e, por diminutos instantes, Elinor erguera o olhar para a irmã. O incômodo a fez levantar o pincel e o manter suspenso no ar, enquanto uma ruga na testa revelava a insatisfação ao ser interrompida.

— Eli, falta muito para você concluir?

— Pelo amor dos meus pincéis, o que houve, Flor?

Florence empurrou o canto esquerdo da boca numa careta e explicou:

— Eu pedi ao papai para passarmos alguns dias na casa da praia em Brighton e ele me disse que não pode nos levar e...

— Quanto drama, Flor. O trabalho do papai exige muito dele, você sabe disso. Além do mais, nós só viajamos no verão.

— Eli, você não entendeu — reclamou a irmã, revirando os olhos. — Eu e Jenny estamos desejosas de visitar Penélope e Jasmine. Poderíamos fazer longos passeios e piqueniques. Não seria divertido?

Sem interromper o que fazia, Eli sugeriu:

— Não sejam tolas, meninas. O papai faz tudo o que pedimos, mas vocês podem falar com ele sobre isso mais tarde. Agora me deixem terminar o meu quadro.

Jenny olhou para Florence e esclareceu:

— Mas, Eli, nós queríamos que você estivesse junto e falasse com ele...

Elinor suspirou e, olhando para as irmãs, disse:

— Vocês sabem que o papai está inconformado com a minha recusa em abandonar a pintura e me casar com o pretendente que ele me arrumou, mas tentarei falar com ele na hora do jantar, está bem assim?

Porém, antes mesmo que Elinor molhasse o pincel novamente, a mudança do tempo foi drástica. O céu escureceu e um vento mais gelado parecia comandar a temperatura.

Elinor olhou em volta e resmungou:

— O tempo mudou. Eu queria tanto aproveitar esse final de estação...

Florence apontou para as folhas mortas que estavam sendo varridas pelo vento que tinha começado a soprar e disse num tom de descaso:

— Eu não sei o que você acha de interessante em pintar essas folhas sem vida e totalmente secas.

Elinor ergueu as sobrancelhas e disse:

— Eu não vou discutir com você, minha querida irmã. Você não entende nada de telas e tintas e jamais vai compreender quando a natureza se transforma. Como artista, é meu dever observar o que me emociona e inspira. O jardim é a minha inspiração e é onde posso devanear com liberdade. — Elinor levantou o pincel e apontou para as árvores mais robustas. — Você não vê que elas estão se despindo?

Florence fechou o caderno, com cara de tédio.

— Eli, eu não vejo o que você vê. Eu sei que você é uma pintora e que enaltece jardins e paisagens, mas eu não entendo nada disso. O meu entender está nas agulhas, moldes e fazendas. Perdoe-me, minha irmã, mas eu digo o que me vem à boca, você sabe.

Elinor estava entusiasmada em colocar em prática a nova concepção de beleza sobre a pintura. Era preciso deixar os traçados geométricos do canteiro com o aspecto mais demarcado possível. Com um muxoxo, ela se sentou em um dos bancos de pedras debaixo do caramanchão.

— Está bem. A sua arte é diferente da minha, mas eu não opino quando algum modelo que você cria não está bom.

Jenny interveio:

— Flor, você sabe o quanto a número um é mandona, mas ela está certa. Os seus modelos são horríveis.

— Ah, é? E os seus bolos, então? São duros e incomíveis!

Elinor ficou a olhar para as irmãs. Florence não conseguiu esconder a expressão ofendida e logo emburrou, porém, depois de um suspiro, cruzou os braços sobre o peito e disse:

— Você venceu, senhorita Chamberlain. Perdoe-me.

— Eu só vou desculpá-la por tamanha ignorância se me ajudar a levar tudo isso para o meu ateliê antes que chova — disse Elinor, enquanto colocava a tela no chão e desmontava o cavalete e, em seguida, concluiu: — Ainda esses dias, você apreciou um quadro que pintei e agora está criticando o meu trabalho. A sua opinião muda como a moda de um chapéu, Flor.

— Um sermão por pouca coisa — resmungou Florence, assim que colocou o caderno debaixo do braço para pegar os apetrechos, enquanto chamava a irmã mais nova. — Jenny, não fique aí parada e venha nos ajudar!

A friagem repentina fez com que caminhassem apressadas para adentrarem em casa.

A presença da sra. Evie esperando-as na porta as assustara. O semblante sempre tranquilo desenhava uma preocupação exacerbada.

Assim que as moças se aproximaram, a governanta correu em direção a elas.

— Graças a Deus vocês apareceram, meninas!

— O que houve, Vie? — perguntou Elinor, apreensiva.

— O sr. Chamberlain não está passando bem e não para de chamá-las.

— Já chamou o doutor Howard? — perguntou Elinor, largando o material de pintura no meio da sala.

— Sim, mas ele ainda não chegou — respondeu a sra. Evie retorcendo as mãos.

Elinor ergueu a barra da saia e, apressada, subiu os degraus da escada que levava aos aposentos no andar superior, com as irmãs logo atrás. Ela e Florence adentraram abruptamente no ambiente, seguidas por Jenny, que se adiantou e correu em direção à cama. Alfred Chamberlain estava deitado de olhos fechados e respirava com bastante dificuldade. O semblante estava pálido.

Ao ajoelhar-se ao pé da cama, tomada pelo desespero, Jenny deixou escapar um grito que ecoou pelo quarto.

— Papai!

Elinor engoliu em seco e, com o coração comprimido no peito, se sentou ao lado do pai. O temor de que algo grave tivesse afetado a saúde de Alfred havia lhe dado sinais ao segurar as mãos frias dele entre as suas.

— Paizinho? O que está sentindo?

— Minhas meninas... — balbuciou o moribundo, com dificuldade.

— O que houve, papai? — gritou Florence em meio à aflição.

— Número um, eu preciso falar com você...

Elinor abaixou a cabeça e, aproximando o ouvido dos lábios do pai, ouviu-o sussurrar com a respiração entrecortada:

— Prometa... que vai cuidar... das suas irmãs número dois e três... Quando se casar... com Anthony... leve-as com você até que... elas encontrem um cavalheiro estabelecido e...

Elinor sentiu a gravidade do pedido pesar nos seus ombros naquele momento em que tinha que manter os nervos equilibrados como se estivessem em uma balança.

— Acalme-se, papai.

— Por favor... filha... me prometa... que vai deixar de... pintar e casar-se...

Elinor engoliu em seco.

— Está bem, meu pai, eu prometo.

Florence não ouviu a conversa. Os soluços a sacudiram e o choro tomou conta dela fazendo-a ficar com a face apoiada na mão do pai, enquanto suplicava:

— Por favor, papai, não me deixe! Eu não quero que morra e nos deixe como a mamãe!

Com um suspiro que parecia sufocá-la, Elinor esforçou-se para refrear as emoções e disse à irmã do meio, tentando parecer firme:

— Florence, contenha-se. O papai precisa de tranquilidade.

Florence arquejou e emudeceu.

Jenny havia se afastado, permanecendo ao lado da janela e, inconscientemente, apertava o tecido das cortinas com as mãos como se ele fosse o seu inimigo mais próximo.

Elinor acariciou Alfred na face e, percebendo o seu olhar aflito, conseguiu acrescentar:

— Acalme-se meu pai, o doutor Howard já está a caminho.

A agitação ficara mais intensa quando ele procurou a mão da filha e, num tom quase inaudível, tentou dizer:

— Filha... Eu preciso... contar algo...

— Shhh... Agora não, paizinho. Tranquilize-se, vai ficar tudo bem. – Ela tentou acalmá-lo, mesmo sentindo uma aflição insuportável invadi-la.

Cerca de meia hora depois, o médico da família adentrou nos aposentos do enfermo. O doutor Howard possuía estatura mediana, era calvo e tinha olhos mansos. Num tom que beirava a brincadeira, ele tentou amenizar a preocupação das irmãs Chamberlain e, tentando distraí-lo, disse:

— Calma, meu amigo. Está querendo partir antes da hora?

O moribundo deu um suspiro derradeiro deixando o doutor Howard sem muito tempo de empregar os recursos da ciência. O médico tirou o estetoscópio dos ouvidos, retirou os óculos e, depois de alguns segundos em que parecia estar em estado de choque, com cautela, anunciou às moças:

— Eu... lamento muito... senhorita Elinor, Florence e Jenny, mas não há mais nada que eu possa fazer pelo meu amigo.

— O que houve, doutor? – perguntou Elinor quase tão pálida quanto o pai.

— Eu não estou acreditando no que aconteceu. Alfred teve uma apoplexia fulminante e acaba de nos deixar. – Nos olhos do doutor Howard havia compaixão e comoção.

Os gritos de Florence ecoaram por todos os cômodos de Greenwood, enquanto Jenny se encolhia no canto do quarto, trêmula como uma vara verde.

O teto parecia ter desmoronado sobre a cabeça de Elinor. Um calafrio percorreu a sua espinha e a sensação de enjoo no estômago a fez colocar as mãos na boca e conter o grito que queria sair de sua garganta. Ela reprimiu o desejo de desmanchar-se em lágrimas, receosa de afetar ainda mais a dor das irmãs.

Elinor virou-se para a janela, abriu a boca e soprou o ar de seus pulmões sobre o vidro criando rapidamente uma camada embaçada. Em uma atitude que beirava a infantilidade, com a ponta do indicador, escreveu sobre ela: "adeus, meu pai". Em seguida, segurou o seu anel e puxou-o como se fosse tirá-lo e depois o enterrou de uma vez até a base do dedo e rodou-o por vezes, sem contar.

A dor do presente se misturou com o padecimento sombrio do passado, como se a sensação dolorosa que a morte embute a afrontasse novamente sem dó nem piedade.

Elinor se viu mergulhada entre as recordações que se dividiram em episódios de tristeza. Como se precisasse se refugiar do tumulto denso que se alastrou em seu coração, procurou o momento mais precioso que vivera com a mãe, tentando resgatar algum sabor de felicidade.

Aos 9 anos, sentada no banco ao lado do cavalete onde Emma Chamberlain gostava de passar as tardes pintando, Elinor aderia ao silêncio da natureza e a observava com olhos atentos. Concentrada, ela ficava acompanhando a suavidade do movimento da mão materna que mesclava com maestria o pincel no tom azulado e depois na tinta branca, e ia subindo... subindo... e subindo com ele no alto da tela, até dar vida às bolas algodoadas que iam inflando, em forma de nuvens.

Elinor sentiu as mãos coçarem. Um tanto insegura em interromper o que a mãe fazia, perguntou:

— Mamãe... eu posso fazer isso também?

Emma desviou o olhar da tela e sorriu, achando graça.

— Querida, olhe bem para as formas que fiz. O que você vê?

Elinor inclinou a cabeça, olhando para a tela, e piscou por alguns segundos, como se precisasse deles para definir o que a mãe havia feito.

— Acho que a senhora está querendo copiar aquelas manchinhas do céu que são parecidas com animais. — Elinor olhou para o alto e depois pousou os olhos sobre a pintura. — Como a senhora consegue? Elas se desmancham muito rápido.

— É verdade — disse Emma e, ao pegá-la pela mão, acrescentou —, preste atenção, filha. Quando olhar para algo, guarde os detalhes que a sua mente conseguir captar, e depois os imprima na tela como se fosse um carimbo, entendeu?

Elinor se achegou à mãe e pediu:

— Ensine-me, mamãe. Eu quero fazer isso e ser a melhor pintora que o mundo já viu.

— Se é isso que deseja, minha criança, assim será. — Emma enrolou o dedo indicador em um cachinho que se desprendera do chapéu da filha e o guardou dentro dele novamente. Com o coração enternecido, entregou-lhe o pincel e explicou com ternura na voz: — Querida, as margaridas têm parentesco com os girassóis e por ter olhos do dia, elas desabrocham ao amanhecer. Agora, olhe bem para elas e perceba a sua delicadeza, a simplicidade e depois feche os olhos e guarde essa imagem em seu coração e, quando achar que conseguirá copiar o que viu, comece a fazer alguns esboços como guia.

Elinor olhou para as flores que preenchiam um canteiro inteiro com a sua singeleza e cerrou as pálpebras.

— Agora, molhe o pincel na tinta e o apoie na tela. Com carinho, alise-a e vá escorregando a mão até completar a voltinha de cada pétala, entendeu? — disse Emma segurando na mão da filha e elevando-a até o tecido grosso.

Sob o comando da mãe, Elinor fora amontoando as petalazinhas, uma a uma, até que formasse a flor. Quando terminou, quis saber:

— Assim, mamãe?

— Isso mesmo, filha. Você é uma menina sensível e só as pessoas que têm a alma assim conseguem esmiuçar com o olhar a beleza das miudezas e a sua grandiosidade.

O sol findara e a tarde espremera alguns raios luminosos que ainda insistiam em clarear alguns trechos do jardim. Num silêncio absoluto, quase se ouvia a suavidade de uma brisa passeando entre elas. O momento sublime parecia ter perpetuado algo tão frágil quanto um cristal, mas que ficaria eternizado na lembrança e nos laços de amor entre mãe e filha.

— Eli, meu amor, este momento sublime nos pertence.

Elinor se sentara no colo da mãe e recostara a cabeça no seio farto e reconfortante. O som que ouvia das batidas serenas do coração a fez sentir-se confiante e segura. Com a sensação de estar num barquinho que havia chegado ao porto seguro, ela levantou a cabeça e assentiu, serena. Entre ela e Emma estabeleceu-se o elo da cumplicidade e a paixão pelo mesmo sentimento de executar a criação de uma obra de arte.

A alegria que floresceu no coração de Elinor ao conseguir manusear o pincel criando algo tão singelo e, ao mesmo tempo, tão próximo do que os seus olhos contemplavam, acrescida da admiração pela mãe, a deixou com a certeza de desejar pintar pelo resto de sua vida. Naquele exato momento em que compreendera a grandeza de recriar a natureza e a sua formosura, e que isso nasceria de suas próprias mãos, surgira algo mais forte em seu íntimo, como uma paixão. A pintura enraizara-se em Elinor como uma árvore que lançara suas raízes profundas e inabaláveis na terra.

No caminho entre os canteiros, Emma se abaixou e desprendeu a haste de uma margarida.

— Filha, tire a primeira pétala.

Elinor segurou-a e a despetalou; em seguida, Emma arrancou a próxima até que o riso delas ecoou por todo o jardim de Greenwood e, assim, elas foram arrancando uma e mais uma, e outra e mais outra, enquanto diziam em conjunto:

— Bem-me-quer, malmequer, bem-me-quer...

— Bem-me-quer, mamãe? — Os olhos verdes sobejavam amor e a candura de uma criança.

— Sempre, meu amor! — Emma a envolveu em um abraço demorado enquanto a embalava jogando-a para um lado e para outro.

O carinho da mãe a abastecera e fizera com que naquela mesma noite, Elinor adormecesse com a sensação de que havia descoberto um tesouro valioso e que teria que guardá-lo com zelo.

A presença da mãe se tornara quase real ao invadir o seu sono. O sonho mostrava a figura querida de Emma concentrada em replicar na tela que pintava algumas margaridas murchas, entretanto, havia somente uma que estava fresca e com as pétalas úmidas. Emma a apanhara e a entregara a ela e, com os olhos repletos de um amor inexprimível, disse:

— Elinor, ainda que esta margarida murche, regue-a com amor e cuidado. Assim ela florescerá e espalhará o seu perfume por todos os jardins da terra.

De repente, a imagem foi se desvanecendo como fumaça, restando somente a sensação de que a essência da flor ainda permanecia ali. Elinor segurou a margarida com medo de que ela murchasse como as outras e gritou no meio da noite:

— Mamãe! Mamãe!

Logo ela foi acordada num sobressalto pela tempestade que caía e pelo vento que zunia sobre o jardim de Greenwood. A força da chuva golpeava a janela de seu quarto e raios violentos cortavam o céu como se fossem lâminas afiadas.

Elinor olhou para as mãos e constatou que não havia nenhuma margarida ali, até que elevou os dedos às narinas e sentiu o cheiro da flor como se tivesse ficado impregnado neles.

Em seguida, os gritos da sra. Evie ecoaram no corredor e a fizeram tapar os ouvidos e encolher-se como um embrião no ventre uterino.

— A senhora Emma se foi! Ela se foi!

Nesse momento, uma rajada de vento escancarou a janela que dava para o jardim. Sentindo o coração bater descompassado e as lágrimas despencando do rosto petrificado com o que acabara de ouvir, Elinor jogou as cobertas de lado e correu para fechá-la, porém, os seus olhos pousaram lá fora e avistaram ao longe uma sombra feminina perturbadora e reluzente que parecia flutuar sobre o canteiro de margaridas. Por um breve momento, o vulto virou-se e acenou em sua direção, como se estivesse com o rosto envolvido por uma auréola.

Amedrontada, Elinor afastou os cabelos dos olhos, enxugou as lágrimas e calou os soluços. Como se aquele gesto a tivesse confortado, num vagar, levantou a mão e acenou de volta. Ao voltar para a cama, fechou os olhos e chorou baixinho.

Logo pela manhã, a chuva ainda caía torrencialmente quando Elinor adentrou no salão principal. O quadro que ela viu a deixou com a certeza de que jamais se recuperaria do impacto ao reconhecer a figura pálida e imóvel da adorada mãe.

Com passos incertos, ela se aproximou do esquife dourado e admirou o semblante sereno e querido. Com as feições transtornadas, desabou sobre o corpo num choro interminável de desespero e amor.

— Mamãe! Mamãe!

Assim que a senhora Evie a puxou para os seus braços, ela se soltou e foi em direção ao pai e sacudiu a casaca dele. Num sopro de voz, pediu entre soluços:

— Papai..., está... faltando algo... Poderíamos coroar a mamãe... somente com... com... margaridas?

Alfred assentiu em silêncio. Em seguida, colocou as mãos sobre os seus ombros frágeis e a aconselhou ao pé do ouvido:

— Filha, guarde as suas emoções e não as demonstre com exagero, mas com moderação, para que as suas irmãs não chorem, e lembre-se de que uma dama jamais deve perder a compostura, mesmo diante de infortúnios como a morte. Deixe que a mamãe descanse em paz. Tenho certeza de que ela não gostaria de vê-la chorando assim. Eu estou aqui.

Enquanto ouvia o conselho do pai, Elinor assentia, acatando o conselho dele.

A responsabilidade era grande, porém, para proteger as irmãs de um sofrimento maior, ela engoliu os soluços e reteve as lágrimas o máximo que pôde e, mesmo sentindo a dor sufocá-la e o coração encolhido, manteve a postura de uma pessoa adulta que aceita a morte como algo natural.

Assim que se soltou da mão de Alfred, Elinor enxugou o rosto e, num tom discreto, chamou as irmãs e, como uma boa conselheira, disse:

— Flor, Jen, não chorem. A mamãe murchou como uma flor, mas vamos deixá-la florida como se tivesse sido pintada.

Na companhia de Florence e Jenny, ela foi para o jardim debaixo da chuva, em direção ao canteiro de margaridas. Com um cesto, apanharam todas as flores que conseguiram e, assim que voltaram para o salão, onde a mãe estava sendo velada, com carinho, beijaram as hastes uma a uma e foram enfeitando-a até que se formasse uma moldura florida em volta do corpo inerte.

Enquanto se realizava a cerimônia fúnebre, Elinor sentiu as pernas amolecerem e uma sensação de que iria desmaiar. Contudo, observou o rosto do pai: parecia endurecido, mas o canto da boca que tremulava e os olhos com resquícios de choro revelavam que sofria, no entanto, ela não viu escorrer nenhuma lágrima, nem mesmo quando haviam deixado o cemitério.

Copiando a postura do pai, Elinor respirou fundo, porém, ao encontrar-se sozinha em seu quarto, longe da presença das irmãs, chorou escondido copiosamente pela falta da mãe, sentindo-se escura, quase cinzenta como a tempestade.

Talvez cor nenhuma a definisse naquele momento.

Sem perceber, ela despetalou a dor que a murchara por dentro, sussurrando:
— Bem-me-quer... malmequer...
A voz chorosa de Jenny a trouxe de volta à dura realidade.
— Eli, o que está dizendo?
Elinor olhou para a irmã como se tivesse sido arrancada de seu coração a lembrança afortunada que tivera com a mãe, ao descobrir a paixão que herdara pela pintura.
— Número dois, agora nós somos órfãs de mãe e pai — murmurou Elinor num fio de voz, tentando parecer que não sofria.
Jenny balançou a cabeça e deixou escapar um soluço.
Elinor absorvera a notícia da morte do pai sem demonstrar o redemoinho que se agitava em seu peito, tentando não desabar para confortar as irmãs, mas dentro dela, o coração se despedaçava.
Com o semblante isento de qualquer emoção, aproximou-se do pai e, com uma coragem que não tinha, cruzou as mãos dele sobre o peito e fechou as pálpebras sem vida.
Em seguida, reuniu todas as forças necessárias para que pudesse espalhar calmaria, aproximou-se das meninas e abraçou-as como se quisesse protegê-las da dor e deixou que chorassem em seu colo até que esvaíssem todas as lágrimas.
— Minhas irmãs, eles se foram, mas eu estou aqui.
As almas das irmãs Chamberlain ficaram a ruminar o sofrimento durante toda a noite.

O funeral de Alfred Chamberlain ocorrera de maneira triste e desoladora. O final do outono havia espantado a todos com o frio intenso naquele dia fatídico em que a manhã se embebedava de vento. O tempo parecia acompanhar o estado de espírito em que as irmãs Chamberlain se encontravam.

O céu estava descorado e o vento gélido que soprava entre as colinas de Highgate Hill, onde estava situado o cemitério de St. James, varria as folhas rapidamente, desorganizando-as em direções contraditórias para, em seguida, juntá-las em um redemoinho que logo se dispersava.

O espetáculo seguia com a situação de todos.

Apesar de ser um homem austero, Alfred era muito bem-conceituado no meio de banqueiros e pessoas abastadas financeiramente. Os empregados eram antigos, e eles o consideravam um ótimo patrão.

Pessoas amigas e alguns parentes, que não eram muitos, estiveram presentes e acompanharam o finado à morada última, e isso atenuou um pouco a sensação de abandono que as moças estavam sentindo com a partida do pai.

O senhor Chamberlain ocupava elevado lugar na sociedade inglesa pelas relações adquiridas, por sua educação e pela tradição de família.

— Era uma alma grande e nobre – disse o doutor Howard torcendo a ponta do bigode. A amizade com o finado era antiga.

Florence limpou a face e, com os olhos inchados, perguntou em um tom baixo:

— Doutor Howard, será que o papai morreu devido a algum desgosto? Algo sério e grave?

O médico abandonou o bigode e enterrou as mãos nos bolsos do paletó e, depois de um suspiro, respondeu:

— Pode ser, minha filha, pode ser. Quem consegue saber o que um coração é capaz de suportar?

A explanação do sacerdote em uma última frase, encerrando a cerimônia fúnebre fez com que se calassem.

—... das cinzas às cinzas.

Elinor havia retesado as emoções da mesma forma que fizera no funeral da mãe, mesmo sentindo o coração destruído.

Por ser a filha número um, ela precisava cuidar do futuro das irmãs mais novas. Como o pai a havia instruído, ela tinha que protegê-las e procurar um marido apropriado — ou seja, rico — para que elas também se casassem.

Florence tinha dezoito anos, sabia desenhar e gostava de moda e estava sempre entretida com costuras e modelos de roupas.

Jenny, por sua vez, sendo a mais nova, com apenas dezesseis anos, gostava de engendrar receitas de guloseimas ficando horas na cozinha, experimentando novos ingredientes.

Era tudo o que sabiam e gostavam de fazer. Ainda precisavam dela e, agora, mais do que nunca.

Elinor não se sentia preparada para o casamento, mas a promessa que tinha feito ao pai permanecia em seu coração e ela jamais poderia quebrá-la.

Ao pensar em Anthony, sentiu um ligeiro mal-estar. Como poderia passar o resto de sua vida ao lado de um homem que não amava, tendo que lhe dar filhos, além de abandonar a pintura que tanto amava?

A presença de um corvo sobre um dos túmulos vizinhos a assustou, arrancando-lhe um gritinho de medo e dando-lhe arrepios na espinha. Arrumando coragem, com um gesto das mãos, Elinor espantou a ave negra que levantou voo e ganhou altitude com o bater das asas. Ao sentir-se aliviada, ela soltou a respiração.

Ainda com os olhos mais abertos do que o normal e com medo de ser surpreendida novamente pela ave assustadora, despiu a luva da mão direita e olhou para o anel que usava no dedo anelar.

Aos 15 anos, o pai a presenteara com a joia que pertencera à mãe e, como se ali encontrasse um escape para atenuar a aflição que sentia, rodou-o, como sempre fazia, com o polegar em um sentido só, na velocidade de um carrossel.

Uma, duas, três, quatro vezes... até que as voltas se tornaram incontáveis.

No entanto, naquele momento, ela precisava de algo mais alentador do que o seu anel de estimação e, mesmo que procurasse algo no céu ou se o vento pudesse soprar o que sentia para bem longe, parecia não haver consolo que reprimisse a dor que atravessava o seu coração de ponta a ponta, retalhando-o em camadas.

— Ah, meus pincéis, bem que eu queria estar agora enfiada em meu ateliê na companhia de vocês e não neste lugar horrível — murmurou Elinor, passando os olhos enevoados sobre os túmulos, notando que todos já tinham saído e que havia ficado sozinha.

O rosto com reflexos de tristeza e olhos desesperançados não guardava resquício de cor nas bochechas, que em dias mais felizes eram tingidas no tom de maçãs amaduradas. Nele havia sido pincelada a palidez do abatimento, e as covinhas que surgiam quando ela sorria de modo espontâneo e encantador tinham desaparecido.

Um suspiro a estremeceu, encorajando-a a iniciar a conversa que precisava ter com o pai, que estava ali, bem à sua frente, debaixo da terra, na escuridão da eternidade.

Elinor abaixou-se e, colocando as mãos sobre o colo, fixou o olhar na pedra rosada em seu dedo; mesmo com a garganta estreitada por um nó que parecia que não desataria, um pouco hesitante, abriu a boca e as palavras saíram aos borbotões.

— Papai, como pôde fazer isso conosco? O que faremos sem a sua presença? Eu sei que queria que eu me casasse com Anthony, mas preciso confessar-lhe que...

Um gemido.

Dois soluços.

Os rumores estranhos cortaram o silêncio fúnebre que pairava no cemitério.

Santas Cores!

O que era aquilo?

O tom do sofrimento desconhecido incomodou os ouvidos de Elinor, fazendo-a levantar a cabeça e ficar atenta, enquanto enxugava as lágrimas por debaixo do véu, com a ponta dos dedos.

O som consistia em algo semelhante a um choro amalgamado às palavras que tropeçavam incompreensíveis entre as covas.

Teria ali alguma alma vivente amofinada ou era algo incorpóreo?

Alguém que, como ela, não soubera recepcionar a morte no coração?

Elinor fechou os olhos ao começar a sentir... um revirar de estômago e um calafrio. Seria medo? Horror?

No estado em que se encontrava, aquilo só veio piorar a situação.

Com receio, ela lançou algumas olhadelas ao redor e ficou estática, enquanto tentava entender o sentido das palavras que ouvia.

Ser surpreendida por alguma sombra ou coisa parecida a fez estremecer, afinal, aquele lugar era digno de prantos, queixas e, quem sabe, até desmaios, mas, fantasmas? Não, é claro que ela não acreditava neles, no entanto, parecia assustador.

Apertou os olhos e tapou os ouvidos para que nada pudesse interferir em seu estado emotivo que já estava bem abalado, mas o que parecera um gemido chegou até ela em uma lamúria mais intensa.

A lamentação a afetou em uma proporção indescritível e a fez inundar-se em lágrimas, emocionando-a mais do que já estava. O desconforto foi aumentando à medida que o tempo foi passando e aquilo não cessava.

O momento já era doloroso, mas o fato de não ter privacidade ao menos para aliviar o seu sofrimento como precisava a apavorou.

Seu coração parecia se debater como louco e necessitava de urgente libertação das emoções que a afligiam. Contudo, o duelo ficou entre ignorar o choro invasivo que soava como se fosse uma noite escura e sombria que parecia não ter fim e o desabafo que precisava ter com o pai.

Elinor calçou a luva novamente na mão despida, ajeitou o véu sobre o rosto e retirou alguns fios dourados que haviam grudado na pele umedecida pelas lágrimas presentes para recompor-se, ficando alerta novamente.

Olhou em volta mais uma vez e a única solução que encontrou para saber o que estava acontecendo foi procurar de onde vinha aquela voz e acabar de vez com aquele tormento.

Ela podia jurar que o timbre era masculino.

Na parte baixa, não conseguia enxergar nada, então ergueu a barra do vestido e, antes de subir no sepulcro vizinho, disse meio sem jeito:

– Perdão, cavalheiro...

A altura não era muita, mas dava para ver um pouco mais além, porém, não dava para enxergar nenhuma alma vivente próxima de onde estava.

Assim mesmo, Elinor empertigou-se, apertou os olhos e inclinou os ouvidos, como se isso a fizesse distinguir a direção. A única coisa que conseguiu definir era que vinha do lado leste.

Com um salto meio desajeitado, saiu de onde estava e sentiu uma fisgada no pé direito, assim que o colocou no chão.

Com um gemido, esbravejou uma pequena lista de tons de tinta que veio à mente, para não dizer nada mais inapropriado.

– Verde, azul, vermelho, amarelo!

Entretanto, deixou a dor de lado, ajeitou a barra da saia e, com meia dúzia de passos, manquejou naquela direção.

Por mil almas!

O que encontraria naquele lugar a não ser sepulcros? Flores secas sobre eles? Tristeza? Solidão?

É claro que encontraria tudo aquilo e até o que ela não conseguiria imaginar. E...!

Elinor estacou no lugar antes que pudesse acrescentar algo à lista que acabara de proferir. Abriu a boca para dizer alguma palavra, mas ficou muda e permaneceu assim por alguns segundos.

Foram dois?

Três?

Não havia como saber.

E o que ela não imaginava, aconteceu.

E foi assim que ela o viu.

O Retrato de uma Paixão

Os seus olhos foram atraídos pela figura à sua frente, e o quadro com que se deparou a deixou em um desconcerto absoluto.
Seria uma visão ou a constituição de uma alma à beira da loucura?

Sem pestanejar, Elinor constatou a cena deprimente que se apresentava à sua frente.

Debruçado sobre a dureza do mármore que revestia o sepulcro, o cavalheiro mantinha a cabeça apoiada sobre os braços. Ora soluçava, ora tentava engolir o pranto que o sacudia. Palavras de amargura saíam de seus lábios como uma torneira que pingava sem cessar. Os cabelos revoltos eram desmanchados propositalmente pelo vento e pelas mãos aflitas que os agarravam, deixando-o com uma aparência deselegante e desleixada, demonstrando aflição.

Pobre alma.

O desvario era de uma totalidade sem tamanho.

Ele parecia sucumbir ao desespero.

Elinor sentiu os pés cimentados no lugar e mal conseguia respirar.

Refreá-lo seria desumano. A inconformidade naquele coração atravessado pela amargura parecia tomá-lo.

O leve pisotear das folhas que o outono deixara, acrescido do farfalhar de alguma veste o fez girar a cabeça na direção da figura vestida de preto que o observava em silêncio e emudecer de imediato.

Ao alcançá-la, os olhos ainda embotados de lágrimas cintilaram constrangimento, porém se desviaram com pressa, como se a vergonha o tivesse apanhado de súbito.

A presença da estranha o incomodara, mas algo o fez voltar-se mais uma vez naquela direção como se tivesse sido atraído por um ímã e, com o olhar fixado na silhueta feminina, um pensamento o deixou curioso: *será que é viúva?*

O rosto coberto pelo luto não destacava nenhum traço, mas o porte, que era delicado, revelava elegância e parecia apaziguador em meio ao excruciante momento.

Com o semblante desfigurado pela dor, uma sombra ainda pairou no seu olhar durante o curto tempo em que a viu, entretanto, ele não conseguiu desviar a atenção da figura encantadora que o observava a poucos metros de distância.

O porte altivo e a elegância eram pontos positivos para atrair qualquer olhar masculino e o dele não foi diferente. Entretanto, a lembrança do que fazia ali o fez desviar a atenção e voltar-se ao seu desconsolo.

Elinor percebeu a mortificação nos olhos do desconhecido e, se estivesse com o rosto descoberto, a intensidade esverdeada de suas pupilas delataria o seu assombro.

Perturbada pelo modo como ele a encarou, ela prendeu a respiração.

Curiosidade e magnetização a fizeram ficar estagnada em vez de sair correndo como um coelho assustado e, mesmo com os olhos inchados pelo pranto, por debaixo do véu, analisou-o numa espreita furtiva ao ver-se avaliada com um misto de espanto e indagação.

Estranhos, mas igualmente enlutados, ambos se investigaram em uma rápida e silenciosa dedução.

Foram dois segundos?

Talvez, três?

Precisamente cinco.

Se eu o pintasse daria uma perfeita obra-prima, pensou Elinor, assim que especulou com os olhos cada detalhe do que via e imaginou que a imagem era digna de um quadro. Em dúvida, apoiou o dedo indicador nos lábios entreabertos, enquanto pensava: *ele está descontrolado.*

A impressão de que ele estava entre a loucura e a agonia era nítida e isso a deixou com um pouco de receio. O constrangimento a afetou e a invasão em um momento delicado como aquele a emudeceu.

Algo a fez temer aquele instante.

Elinor tentou emitir algumas palavras para se desculpar, mas nenhuma delas se atreveu a sair de sua garganta. Obviamente que todas seriam nada mais do que alguns pronomes sem fundamento para a ocasião. Invadir a privacidade de alguém que, assim como ela, chorava pela partida de um ente querido, a fez desejar fugir dali.

Assim que percebeu que ele deixou de notá-la e voltou a debruçar a cabeça sobre os antebraços como se ela pesasse uma tonelada, foi o que lhe pareceu mais apropriado a fazer.

Sem pestanejar, apertou o xale em volta das costas, girou nos calcanhares e voltou para onde estava, consciente de que a visão do seu vizinho de sepultura a deixara sensibilizada demais ao constatar que o sofrimento dele extrapolava o seu.

Que desgraça havia acometido a vida daquela alma que parecia tão inconsolável? Para quem seriam aquelas lágrimas que pareciam sair do fundo do coração e transbordavam tanto sofrimento?

Com um enorme peso na consciência, Elinor sentiu-se indignada com a própria petulância. *Como pôde querer tirar satisfações com alguém que estava sofrendo como um miserável diante do estrago que a morte causa em quem fica?*

Sibilando com inúmeros adjetivos impróprios em sua mente, ela voltou para onde os seus pais estavam enterrados e não teve mais lágrimas para derramar.

Com cuidado, ajeitou mais uma vez os lírios sobre a lápide e se despediu com um beijo colocado com amor nas palmas das mãos e o arremessou na direção deles.

Antes de dirigir-se à saída, um forte sentimento de compaixão a fez querer voltar ao mausoléu onde avistara o desconhecido. Com cautela, caminhou até lá, examinando o terreno. Assim que viu que não havia mais ninguém, depositou um lírio sobre a pedra e, enquanto tentava ler os nomes lapidados, foi surpreendida por uma mão que lhe tapou a boca e uma voz grave sussurrar no ouvido:

— O que a trouxe aqui novamente? Curiosidade mórbida ou a senhorita é perversa e se satisfaz com o sofrimento alheio?

— E-eu... — Um arrepio percorreu o corpo de Elinor e, quando tentou balbuciar algo, somente um gemido escapou entre o vão dos dedos que a impediam de falar.

— Considera este lugar digno somente do seu pranto? Gostaria de saber o que me deixou assim?

Sem esperar que ela respondesse, ele a puxou até que as costas delicadas se encostassem nele.

— Sabe o que eu faço com as damas que são curiosas e que adoram ver um homem desmanchar-se em lágrimas?

Elinor balançou a cabeça, negando. Com o coração aos pulos, ela olhou para os lados em busca de socorro, mas o cemitério parecia vazio e horripilante. A aflição ficou ainda maior quando ele sussurrou:

— Isso... — Involuntariamente os seios intumesceram quando sentiu o toque da mão masculina agarrar um deles.

Mesmo sentindo o pé latejar, Elinor ergueu-o e acertou um chute com o calcanhar na canela do sujeito. Ao ouvi-lo grunhir de dor, ela achou que ele a soltaria, entretanto, ele abaixou a mão e a segurou pela cintura com força, prendendo-a em seus braços e fazendo-a emitir um som incoerente:

– Humpf!

Com raiva de si mesma, ela se sentiu péssima ao notar a respiração do indivíduo aquecer a curva do seu pescoço e a língua passear em sua orelha, enquanto a voz balbuciava:

– E mais isso...

Milagrosas tintas!

Um incêndio involuntário atingiu a sua feminilidade como se fossem labaredas de fogo que iam se alastrando pelo corpo todo.

As pernas de Elinor começaram a bambear e um pavor começou a deixá-la com a sensação de que iria desfalecer. Quase sem forças, ela recostou a cabeça no que supôs ser o peitoral do desconhecido e fechou os olhos esperando pelo pior, quando o ouviu dizer:

– Eu vou soltá-la, mas não abra os olhos nem olhe para trás. Espere cinco minutos e então poderá sair daqui, entendeu?

Ela mexeu a cabeça, afirmando.

– E se me espiar novamente, eu voltarei e então saberá do que sou capaz.

Elinor achou que iria perder os sentidos e, quando se deu conta, estava soluçando e sentindo o corpo suando frio e todo contraído. Com medo de ser surpreendida novamente, ela apertou os passos e, enquanto se dirigia à saída, proferiu adjetivos em meio às sensações que a afligiam.

– Canalha! – Uma fungada.

– Cretino! – Um soluço.

– Miserável! – Um impropério mesclado de ira.

Elinor saiu dali com o coração partido, achando que os seus nervos tinham deixado o seu cérebro enevoado. Quase tropeçando, ela foi ao encontro das irmãs e da sra. Evie que a esperavam do lado de fora.

A sensação fora forte e inesquecível, mas no fundo, compreensível. Quem mandou ser atrevida e invadir o território particular e assistir à dor do forasteiro?

As reações pelo contato físico que fora obrigada a ter com o sujeito ficavam mais intensas e iam entranhando em sua mente e abalando o seu coração à medida que relembrava o acontecido. Um rubor subiu à face pálida ao lembrar-se da mão estranha apalpando o seu seio como se fosse o dono de seu corpo.

Elinor arquejou.

Algo inédito havia sido concebido naquele momento e ela precisava retratá-lo com os seus pincéis na tela e explorar com urgência os seus conhecimentos artísticos até as últimas consequências.

Uma obra tinha que nascer daquela infelicidade e da sensação de... enlevo, nem que fosse somente um segredo seu; entretanto, ao pensar no pai, uma dúvida havia sido fincada em seu coração como ferro em brasa. Elinor olhou para as árvores que balançavam as suas folhas e um sentimento de culpa cruzou o seu coração.

Será que a sua rebeldia tinha sido a causa de tamanha fatalidade?

Com um desejo enorme de partir do cemitério e sentindo as pernas ainda bambas com o que ainda há pouco havia acontecido, subiu na carruagem com a sensação de que a respiração do desconhecido ainda soprava em seu pescoço e que a mão ainda segurava um dos seus seios.

Nesse devaneio, no caminho de volta para casa, ao passarem sobre a ponte Tower Bridge, Elinor achou que o ar havia ficado escasso demais e a sensação de sufocamento deixou-a apavorada.

Um suor frio repentino e desavisado formou algumas gotículas em sua fronte. Aflição e consternação eram tudo o que sentia.

Por algum tempo, elas tiveram que esperar as básculas serem levantadas depois do aviso sonoro informando que o tráfego iria ser interrompido para dar passagem a uma grande embarcação. A espera a deixou enervada e com uma urgência em ficar sozinha. O buraco que o dano da morte do pai havia causado em seu peito era profundo e irreversível e, a lembrança do ocorrido após o funeral, a deixou abalada e com uma curiosidade enorme de querer saber quem era o homem que a tinha assediado de modo tão íntimo. Inquieta, ela se sentou na beirada do banco e, num ímpeto, colocou a cabeça na janela da carruagem e disse de supetão:

— Alfie, freie os cavalos, por favor!

— O que houve, senhorita Elinor? — indagou o cocheiro, segurando bruscamente o arreio dos animais.

— Deixe-me descer antes que prossiga — disse resoluta.

— Elinor, mas o que está fazendo? — perguntou a sra. Evie, incrédula.

— Senhorita Elinor, não faça isso! — exclamou Alfie, preocupado. — Eu não posso deixá-la aqui.

— Eli, o que houve? — Florence perguntou, arqueando o corpo para a frente, tentando segurá-la pelo braço.

— Eu não sei, Flor. Eu preciso ficar sozinha — respondeu Elinor com o semblante transtornado.

Assim que a carruagem parou e Alfie colocou a escadinha para que ela descesse, olhou para Jenny, que devido ao choro convulsivo e ao cansaço adormecera, e ordenou com afeto:

— Por favor, sra. Evie, cuide de Florence e de Jenny.

A sra. Evie assentiu em silêncio. Ela sabia exatamente o que Elinor estava sentindo. Desde pequena, sempre fora preocupada com as irmãs, mas parecia que agora tinha sido demais para ela suportar tanta dor.

— Mas, Eli, você não pode fazer isso! — disse Florence quase berrando.
— Flor, vá para casa e cuide de Jen.
A sra. Evie segurou no braço de Florence e interveio com serenidade:
— Deixe-a, querida. Ela precisa desse momento.
Florence se recostou e assentiu.
— Alfie, por favor, leve as minhas irmãs e a sra. Evie para Greenwood.
Quase às cegas, Elinor afastou-se da carruagem e caminhou com passos apressados sobre a passarela sem olhar para trás parecendo uma sombra escura perdida e sumiu de vista na imensidão da ponte.

Assim que saíra do cemitério de Highgate Hill, Alexander Highfield se deu conta de que havia sido desregrado e se comportado como um devasso licencioso. Onde estava com a cabeça em atacar uma dama enlutada naquele lugar onde deveria haver respeito aos mortos?

Fora um equívoco grave. No entanto, ele teve que confessar a si mesmo que o contato rápido em que a teve em seus braços, mesmo sendo tomada a força, o deixou perturbado. O cheiro do perfume de rosas que emanava do pescoço longilíneo era inebriante e delicioso. E os seios... Ah! Um deles preencheu a concha da sua mão como se tivesse sido feito sob medida.

Como seria aquele rosto descoberto? Como pôde ter se afastado, sem ao menos olhá-la nos olhos, ouvir sua voz e saber o seu nome? Será que voltaria a vê-la novamente?

Impossível.

A dama desconhecida o agradara bastante. Depois de uma rápida olhada, ele a achou digna de ser admirada. Parecia recatada, pois não emitiu nenhuma palavra ao observá-lo no tormento entre lágrimas.

Highfield, embora fosse de linhagem nobre e vivesse em constantes eventos sociais, ainda não havia se casado. É claro que um simples par de meias em um tornozelo mais torneado podia deixá-lo interessado e um decote mais escandaloso o atraísse, mas a personalidade feminina era algo que contava muito mais do que a beleza física. Para desposar uma mulher, ele prezava por alguns requisitos em particular e, até o momento, ainda não havia conhecido nenhuma dama que o interessasse.

Assim que a ponte voltou ao normal para dar vazão ao tráfego, com um comando, disse ao cocheiro:

— Arnaud, não prossiga!

Highfield colocou o chapéu na cabeça e, assim que os cavalos frearam, ele desceu.

– Milorde, quer que o espere? – perguntou o serviçal, confuso.
– Não. Dê algumas voltas e daqui a três horas volte para me buscar.
– Mas parece que o tempo... – Arnaud tentou argumentar.
– E o que me importa o tempo? – respondeu Alexander, porém a sua fala foi engolida pelo barulho do tráfego.

Assim que atravessou a passarela, Highfield chegou até o parapeito e deixou que os olhos atormentados mergulhassem nas profundezas do rio Tâmisa. O mesmo sentimento que estava em sua alma quando pranteava no cemitério o acompanhou até ali e parecia insuportável. A sensação da responsabilidade pelo que ocorrera com o irmão era muito pesada.

Há duas semanas, Alexander combinara com o irmão a caçada de javalis, como era costume.

Depois que os pais morreram, ele e Douglas haviam ficado mais unidos e o que mais apreciavam fazer era praticar o tradicional esporte no campo: a caça. Com a chegada da temporada, eles haviam feito uma aposta para ver quem conseguiria apanhar mais javalis. A ocasião era muito mais que um passatempo. Era um evento social com traje específico e seguido a rigor pelos participantes que vestiam jaquetas sobre o terno e gravata. A brisa leve naquela manhã prometia um dia de temperatura agradável e Alexander estava satisfeito pelo fato de não estar chovendo. A paisagem recortada pelas colinas da região preenchia o horizonte como uma pintura de aquarela com resquícios dos tons alaranjados de outono que tingiam levemente o céu cinzento.

– Ah, aí está você, Doug! – Alex exclamou ao ver o irmão no estábulo examinando a pata do cavalo que sempre montava.

– Pensei que tinha se esquecido do combinado. Eu estou aqui há horas esperando você chegar e o grupo já está reunido na cabana, nos esperando – reclamou Douglas.

– O que houve com a pata dele? – quis saber o conde.

– Não sei. Eu o montei agora há pouco e ele está mancando.

Alexander franziu o cenho e, enquanto se aproximava do cavalo favorito do irmão, o aconselhou:

– Acho melhor você deixar que ele descanse para não o forçar. Monte Mabel e depois peça para um dos cavalariços chamar o veterinário para dar uma olhada.

– Acho que ele aguenta. Além do mais, eu estou acostumado com ele – disse Douglas, confiante.

– Doug, é um pecado fazê-lo cavalgar com dor – insistiu Alexander.

– Acho que você está com medo de que eu traga mais javalis do que você, isso sim. Você sabe que Stockler é um garanhão veloz.

– Ah, você está me desafiando? – Alexander riu.

– Quer apostar uma corrida? Vamos ver quem chega primeiro?
Douglas montou no cavalo e o esporeou, saindo em disparada.

Um pouco atrasado para seguir em direção ao meio verde permeado pelo silêncio, Alexander montou Kicher e saiu atrás de Douglas. Porém, logo mais à frente, se deparou com a cena que o destruiria pelo resto da vida.

Com um salto, ele pulou do seu cavalo e correu em direção ao irmão que estava caído no caminho, gritando em desespero:

– Doug! Doug!

Não houve tempo para despedidas. O destino veio se interpor e interromper a união entre eles.

A vida de Douglas fora ceifada, deixando o irmão impossibilitado de socorrê-lo. Alexander caiu de joelhos e chorou com amargura de alma. O toque do clarim em que se iniciaria a queima de fogo agredindo a tranquilidade do campo que seria celebrado o esporte não aconteceu.

Após o acidente, todos os dias Alexander ia até o cemitério para se redimir da culpa que o dilacerava. Porém, naquela manhã, algo diferente mudou a sua rotina de amargura. A figura feminina da dama vestida de preto que ficara lhe observando o deixara terrivelmente incomodado.

Em um devaneio profundo e doloroso, ora Alexander se emocionava com a imagem do irmão sem vida, ora a lembrança da figura adorável da desconhecida cessava momentaneamente a sua dor, como se o aliviasse do remorso e da responsabilidade pela perda de Douglas.

O tumulto interior e o desejo de que tudo fosse resolvido com um simples mergulhar nas águas profundas do rio Tâmisa foram esquecidos ao constatar que um lenço fora trazido pelo vento desgovernado, destinado a se enroscar em seu braço. Ao ouvir uma voz feminina que parecia suave como uma pétala de margarida e delicada como uma doce brisa se personificar à sua frente e abordá-lo, ele não soube dizer se estava sonhando ou tendo uma alucinação.

– Perdão, senhor – disse a voz em um tom tímido –, eu...

Mas... seria possível?

6

Elinor percorreu a distância que a separava do parapeito em direção à margem do Tâmisa como se brasas lhe queimassem a sola dos pés.

Uma fisgada no tornozelo a lembrou do ocorrido no cemitério.

As forças foram diminuindo e a dor foi aumentando.

Com passos vacilantes e sentindo-se atordoada, esforçou-se para não desfalecer e cair em pleno pavimento. O barulho do tráfego londrino sobre a ponte naquele horário tornou-se infernal depois que voltou a funcionar normalmente. Logo as carruagens seguiram seus rumos, mas a sensação de desconforto era presente e insuportável.

Elinor viu-se necessitada de um instante que fosse, em que pudesse ficar sozinha, acompanhada somente de reflexões necessárias e importantes para digerir a dor da perda do pai. Ela sabia que tinha que confiar ao tempo essa tarefa, mas no momento, parecia impossível. Nem todas as tristezas do mundo poderiam definir o que estava sentindo.

Com as duas mãos, segurou com força o xale de lã preto sobre o corpo esguio e observou a escuridão das águas do rio à sua frente.

Seria simples acabar com todo o infortúnio que estava vivendo. Era somente um salto e elas a engoliriam e, com elas, iriam embora todas as suas preocupações.

Ao recostar-se sobre o parapeito, Elinor gostaria de poder tê-lo sentido amornado pelo calor do sol, porém, a dureza real que sentiu lhe trouxe um mal-estar, fazendo com que o choro viesse à tona mais uma vez.

Um vento que parecia um pouco indeciso carregou consigo para longe os soluços que escaparam de seus lábios. A dor era algo que ia além de uma cabeça que latejava constante, uma contusão desastrosa ou mesmo um tombo com a quebradura de um osso. Decididamente não era um exagerado senso de tragédia de uma jovem com pouca idade. Era a presença de um excesso de agrura que a fazia sentir um amargor sem fim.

Com a visão um pouco embaçada pelas lágrimas que caíam aos borbotões, abriu a retícula que trazia enroscada no pulso e puxou um pequeno lenço de cambraia de linho preto, bordado com as suas iniciais: E.C.

De repente, de modo grosseiro, uma forte lufada de vento arrancou o nobre tecido de suas mãos e o arrastou para alguns metros de onde estava. Com o choro suspenso, ela correu atrás do lenço que parecia comandado pelo vento rebelde e só parou quando se deu conta de que ele havia enroscado no braço de alguém que estava, como ela, debruçado sobre o peitoril.

– Perdão, senhor – as palavras foram ditas num tom tímido –, eu...

Bem apresentável e com roupas de alfaiataria confeccionadas com requinte, o cavalheiro virou-se, pegou o tecido que estava se equilibrando em seu bíceps e perguntou com voz de tenor:

– Isso pertence à senhorita?

Com as vistas ainda turvadas, Elinor se deparou com um par de olhos da cor de aço que se destacava do tom do casaco. Enquanto segurava o tecido na mão, ele percorreu o olhar sem pressa sobre a figura feminina à sua frente.

– Eu... – Por alguns instantes, Elinor não conseguiu enxergar a fisionomia com clareza, até que a última lágrima deslizou sobre a face que estava escondida sob o véu sombrio que lhe cobria o rosto.

Piscando por várias vezes as longas pestanas escuras, ela pegou com brevidade o lenço da mão do desconhecido e enxugou os olhos com pequenas batidinhas por debaixo do véu.

– Oh, obrigada. Desculpe-me, mas o vento me atrapalhou e eu acabei deixando-o escapar... – disse a jovem de maneira polida, dando as costas para o vento que soprava como um cavalo indomável, enquanto lutava para dobrar com mãos trêmulas o pequeno tecido, após o uso. Porém, os dedos cobertos pelas luvas estavam gelados e parecia não obedecer ao seu comando.

– Não precisa se desculpar, senhorita – disse o estranho com educação.

Ao ver que ela não conseguia alinhar o tecido, ele pediu licença e o pegou e dobrou-o com cuidado e, em seguida, devolveu-o acompanhado de um sorriso que esbanjava amabilidade.

– Pronto. Aqui está o seu lenço.

– Eu lhe agradeço pela gentileza – disse toda atrapalhada, enquanto guardava-o de qualquer jeito dentro da retícula.

Se ele pudesse ver a pele clara como marfim ser tingida de rosa, saberia que ela havia ficado constrangida. Entretanto, ele pode admirar os cabelos volumosos, de um tom dourado com alguns fios mais claros que se destacavam se esvoaçarem rebeldes ao enfrentar a teimosia do vento que os desarrumava de modo selvagem.

Obedecendo à ordem da natureza, o rugido de um trovão, junto ao raio que pareceu iluminar toda a terra com seu reflexo, atravessando a cidade de ponta a ponta, deu a impressão de que a ponte havia estremecido e estava prestes a partir-se ao meio, fazendo com que, num impulso, Elinor se agarrasse ao braço do desconhecido e desse um grito:

— Pelos meus pincéis!

Como se tivessem pressa em encharcar a terra, os pingos de chuva começaram a cair em abundância, como se as comportas do céu tivessem sido abertas. Elinor podia sentir a dureza da água caindo em seu rosto de maneira impiedosa.

— Se não nos escondermos, ficaremos ensopados — disse o estranho, depois de olhar ao redor. A preocupação tomou conta do semblante dele ao perceber a gravidade da tempestade.

Resoluto, ele ordenou:

— Dê-me a sua mão!

A expressão de Elinor tornou-se confusa.

Naquele momento, ela desejou estar em casa, sentada com comodidade perto da lareira para se aquecer do frio. Ela tinha absoluta certeza de que as irmãs deviam estar preocupadas com a sua demora.

— Não. Eu não posso acompanhá-lo. — O tom de sua voz emitia uma elegância que beirava a delicadeza, porém era decisivo.

A conversa foi interrompida pelo ribombar de outro trovão com uma potência ensurdecedora que ecoou, fazendo-a tapar os ouvidos e encolher-se como uma lebre que quer se esconder do seu caçador.

— Não seja teimosa, senhorita. Confie em mim — disse o homem num tom pragmático.

Elinor percebeu, em desespero, que teria que acompanhá-lo se não quisesse ser levada pela força do vento e pela tempestade que rugia enraivecida. Sem dizer mais nenhuma palavra, ele pegou-a pela mão e a arrastou junto dele.

Puxando o xale sobre as costas, Elinor apertou-o junto ao corpo com uma das mãos e deixou-se conduzir pelo gesto decidido e protetor, sentindo a outra mão presa firmemente na dele.

A corrida sobre as poças de água, que inevitavelmente foram se formando na passarela pela força da chuva que começou a despencar como se pesasse uma tonelada e de maneira contínua, foi estranha. Com o pé queimando de dor, Elinor engoliu os gemidos que queriam escapar, contudo, num descuido, deixou escorregar o xale de seus ombros, ao tentar segurar o véu que cobria o seu rosto.

— Meu xale! — gritou, sentindo imediatamente o gosto da chuva em sua boca.

Num impulso repentino, ela tentou se desvencilhar da mão do desconhecido para voltar para pegá-lo, mas foi detida com precisão, o que a impediu de ser atropelada por uma carruagem que corria com os cavalos em disparada pela passarela naquele exato momento.

O cavalheiro parecia conhecer onde estavam e, assim que adentraram ao acesso que dava para a Torre Sul, com a respiração ofegante, ele tirou o chapéu e a encurralou contra a parede do pequeno espaço que antecedia a escadaria que descia até ao nível do rio e, segurando-a pelos ombros, disse num tom de reprovação:

– A senhorita está louca? Santo Deus, nós quase fomos atropelados!

Elinor sentiu um atordoamento no cérebro acompanhado de um sobressalto, impedindo-a de raciocinar com clareza. Será que ela estava sonhando?

Aquele semblante...

Ela podia sentir o frescor do hálito dele bem próximo ao seu rosto.

Seria hortelã ou menta?

Ao sentir a pressão do seu corpo contra a parede, pela intensidade com que foi empurrada, ela enrijeceu-se. Sem poder pronunciar uma palavra por causa do véu de renda grudado em sua boca, sufocando-a, ela soltou um gemido sem tradução.

– Humpf!

Diante do silêncio que pesou entre eles, podia-se ouvir somente o rugir dos trovões lá fora e a respiração ofegante de ambos. Uma sensação de inquietude e interesse o fez querer ver o que o tecido negro escondia.

Num gesto curioso, ele segurou na ponta do véu que ocultava o rosto feminino e levantou-o pouco a pouco, quase como se tivesse receio do que veria...

... e então, à medida que foi subindo o tecido fino e delicado, viu surgir um queixo pequeno e trêmulo. Logo, lábios pálidos e entreabertos, que mais pareciam pétalas de rosas esmaecidas que estavam prestes a dizer algo e... próximos, muito próximos. Um pouco mais acima, o nariz arrebitado se mostrou inspirando e expirando em uma velocidade mais acelerada do que o normal. As bochechas estavam tingidas em um tom róseo encantador, e foi então que...

No céu negro, um raio que parecia tê-lo rasgado em sua plenitude atravessou a entrada do esconderijo e iluminou por alguns rápidos segundos o semblante descoberto, que até então estava velado pelo luto, e foi assim que...

... ele a conheceu.

Os olhos estavam escancarados e o olhavam fixamente, escandalizados.

Eram verdes, absolutamente verdes, como as águas revoltas do oceano em plena tempestade.

O rosto denotava uma palidez cativante, e os belos olhos expressavam mistério e continham reflexos dourados na íris que fascinavam e, se quisessem, poderiam sugerir uma boa dose de sedução.

— Tem belos olhos, senhorita... — Ele fitou-a de um modo intenso, deslumbrado pelo que via.

Ainda que o abatimento fosse impossível de evitar no meio de tanta dor e estivesse presente, havia certo cansaço nos olhos que os faziam mais adoráveis. A expressão severa e sem riso exibia gravidade.

Logo a claridade do ambiente sumiu e deu lugar à penumbra. O homem soltou-a e, com um arquejo, afastou-se.

Elinor soltou a respiração que manteve presa e, com hesitação, sentindo a vergonha estampar-se em seu rosto, balbuciou:

— Perdoe-me... acho que fui imprudente.

Ela sentiu uma súbita fraqueza e percebeu que os seus joelhos não suportariam o peso do seu corpo, cedendo.

Antes que ela caísse, com rapidez, o cavalheiro a amparou em seus braços e, demonstrando preocupação, perguntou:

— A senhorita está bem? Vi que estava mancando quando corremos.

— Não é nada, foi só um mal jeito — respondeu com um suspiro —, a culpa foi minha. — Ela não conseguiu olhá-lo nos olhos, porém, por alguns segundos, teve um desejo incontrolável de descansar a cabeça naquele peito másculo, mas em vez disso, sentindo-se tola e infantil, completou: — Eu só queria pegar o meu xale.

— Acho que o xale é menos importante do que a sua vida — repreendeu-a ao contrair os músculos que a seguravam.

Ela engoliu em seco, depois com frouxidão na voz disse:

— Não sei como lhe agradecer por ter me salvado de um acidente que poderia ter sido fatal.

Elinor pôde notar no tom de voz a dureza dele ao dizer:

— Poderíamos ter morrido juntos.

Um calafrio a percorreu por inteiro.

— O seu rosto... a sua voz...

O estranho balbuciou algo, mas o som de um trovão encobriu o que ele havia dito. Ela inclinou a cabeça para ouvi-lo e agarrou-se a ele, pressionando as mãos com delicadeza sobre a rigidez que encontrou em seu peito, quando o soar estrondoso de outro trovão ecoou em seguida.

Um grito que transmitia o pavor que sentia saiu de sua boca, fazendo-a estremecer. Elinor odiava chuva; não sempre, porque quando estava amena e não tinha trovões e relâmpagos, sabia lidar bem, mas quando os estrondos ribombavam no céu e formavam tempestades, ela não conseguia esconder o pânico.

Com um sorriso sugerido no canto da boca, o desconhecido repetiu o que havia dito bem próximo ao seu ouvido. Seu hálito quente exalou o cheiro de menta.

— A senhorita tem medo de chuva?

Ao virar o rosto para olhá-lo, a sua boca quase roçou nos lábios dele. Sentindo constrangimento, Elinor não conseguiu falar nada, somente assentiu com um gesto de cabeça.

— Acalme-se, eu estou aqui.

Havia um tom amável na gravidade da voz dele e isso a fez se sentir protegida e serena. Contudo, sem se dar conta do que estava acontecendo, em poucos segundos, estava detida entre os braços do estranho e com os lábios carnudos cobertos por uma boca experiente e sensual. Os corpos encharcados não foram impedidos de sentir o calor que emanava deles. Um fogo consumidor os abrasou como lenhas na fogueira.

Elinor sentiu a cabeça rodar.

Uma dúvida, ela sabia, iria permanecer a vida inteira.

Talvez nunca soubesse se aquela sensação era pela proximidade do cavalheiro que vira no cemitério ou por conta do pavor da tempestade. Jamais um homem tinha se aproximado tanto dela quanto ele. Nem mesmo Anthony.

O contato daqueles lábios tinha uma suavidade que chegava a incandescer. Logo ele investiu com voracidade para que Elinor permitisse a introdução da ponta da língua experiente, que impetuosa, exigia a invasão dentro da sua boca.

A atitude era acidental, mas ao ser tomada de surpresa, ela paralisou por alguns instantes, sem saber o que fazer, até que sem forças para resistir à tentação de experimentar aquele beijo roubado, ela cedeu. Sentindo-se como se estivesse perdendo a pureza, ela se recobrou daquela indolência e pousou as mãos no peito dele e se debateu tentando empurrá-lo, enquanto a sua boca se abria numa atitude contraditória, deixando-o explorá-la.

Aproveitando-se daquele minuto de fraqueza, ele a pressionou de volta à parede e tentou colocar a perna entre as coxas dela. Sem conseguir pensar com clareza e deixando-se ficar aprisionada nos braços daquele homem que esbanjava charme, ela sentiu um calor intenso afoguear o seu corpo todo e uma onda de desejo a invadiu, assustando-a.

Da pele dele emanava o cheiro de algo seco, parecido com madeira de lei, mesclado com o leve odor de tabaco, fazendo-a sentir-se meio embriagada.

Ao sentir o coração martelar dentro do peito, Elinor soltou um gemido inaudível quando ele lambeu, como um cão, os lábios que estavam frouxos.

Sentindo-se aturdida e com os olhos que expressavam o choque que a atitude dele provocou, ela desviou o rosto e, ao pousar a mão que estava trêmula nos lábios que haviam ficado dilatados, se rebelou.

— Como ousa? Solte-me! — exclamou sentindo-se ultrajada, enquanto socava pequenos golpes nos músculos peitorais que mais pareciam tijolos.

— Como pode me pedir para soltá-la, se a senhorita também gostou e o seu corpo a traiu?

Os olhos verdes, como folhas, o encararam, mortificados pelo rompante. Neles havia raiva, desprezo e... prazer.

Sim, ela não podia deixar de reconhecer que aquele desconhecido a havia feito conhecer o prazer de ser tocada. Ao ser desarmada, Elinor passou a língua sobre os lábios, que estavam secos, e tentou se justificar, mas não conseguiu.

Ele tinha razão.

Ela havia gostado em demasia.

7

O cavalheiro soltou-a, afastou-se de imediato e olhou-a de cima a baixo.
 A respiração ofegante fazia com que o peito subisse e descesse, denunciando que estava fora do normal, porém, ela fez o possível para manter-se controlada.
 Os olhos de Elinor ficaram fixos nos lábios de contorno fino e extremamente sedutores, enquanto tentava relaxar os nervos que estavam como cordas de violão. Deles, pareciam sair fagulhas de brasas que poderiam incendiar quarteirões.
 – O canalha do cemitério. Já não chega o que fez comigo, lá? – Ela encarou-o e disse num tom ácido: – Não percebe que a sua atitude foi a de um aproveitador de moças inocentes?
 Elinor mal conseguia parar de tremer.
 Dentro do peito, ela sentiu um ligeiro frenesi se amontoar e depois rolar como uma avalanche. Algo que desconhecia, mas que achou arrasador e tão assustador quanto o seu medo de tempestades.
 – A viúva negra. – Ele a examinou com calma, e logo completou: – E eu não me desculparei. A senhorita foi invasiva e mereceu.
 No olhar de Elinor instalou-se a indignação.
 – C-como... pode dizer isso? Eu quase morri ali mesmo.
 Um breve sorriso se insinuou nos lábios dele, contudo, havia gravidade ao dizer:
 – Como pôde bisbilhotar a dor de um homem que acaba de perder um ente querido, como se estivesse assistindo a um ato teatral?
 – E-eu...
 – Eu agi daquela maneira para que aprendesse a respeitar a dor alheia.
 – Não precisava ser daquele jeito. Eu não queria bisbilhotar... eu fui até lá porque...
 – Por quê? – Ele cruzou os braços sobre o tórax e, no seu olhar, havia um profundo interesse pela resposta que ela daria.

— Porque eu senti compaixão e...

— Só isso?

— Eu também fui deixar as minhas condolências... — Não poderia dizer que tinha ido até lá para dar um basta no incômodo que sentiu ao ouvir os lamentos dele.

Ele suspirou como se estivesse resignado.

— Bem, agora não importa. Estamos presos aqui e precisamos esperar essa tempestade passar, senão poderemos ser arrastados pela força do vento.

Com um leve tremular, as luminárias das paredes permaneceram cintilando debilmente, denunciando que logo se apagariam, parecendo estar tão fragilizadas quanto eles.

Elinor segurou as camadas de saias que estavam ensopadas e balançou-as para tirar o excesso da água, em seguida, descalçou as luvas pretas com cuidado para não enroscar no anel e as sacudiu. A pele clara como leite exibiu mãos de fada com dedos longos.

Com um arquejo, tentou arrumar os longos cabelos dourados que tinham parcialmente despencado do penteado preso e estavam grudados na cabeça altiva. Os caracóis das pontas haviam se desmanchado por completo e caíam sobre o casaco preto que a cobria.

— Uma cortesã ou uma rainha merecem o mesmo respeito. Peço que me perdoe, senhorita, mas foi inevitável. — Ele pigarreou e baixou o colarinho da camisa, como se tivesse sufocado. — A sua beleza me deixou atordoado, mas eu prometo que isso não tornará a acontecer.

— Isso não justifica. O senhor é... é desprezível! — Ela ergueu o queixo e parecia estar realmente ofendida. — O senhor age dessa maneira todas as vezes que encontra uma donzela sozinha e indefesa?

— Eu não ajo dessa forma, senhorita. Realmente me sinto imperdoável. — Ele disse de maneira educada, erguendo as mãos numa atitude defensiva. — Eu não sou um estuprador ou coisa parecida, portanto, não precisa temer nada.

Elinor não sabia explicar, mas sentiu que podia confiar nele, contudo, não tinha a mesma confiança em sua própria reação todas as vezes em que ele se aproximava dela. A atração que ele exerceu sobre ela a deixou encabulada.

Com um arquejo, Elinor se esforçou para recuperar a compostura e disfarçou o desejo de experimentar mais uma vez o gosto daquela boca inconveniente, mas terrivelmente deliciosa. Temerosa de demonstrar no semblante o que lhe ia à mente, umedeceu os lábios e direcionou a conversa para um tom casual.

— Bem que eu deveria ter prestado atenção no que o céu estava dizendo. Se tivesse percebido que iria chover tão rápido assim, eu teria ido embora e... — Elinor segurou uma mecha de cabelo entre os dedos, enquanto alisava-a sem parar.

— E provavelmente não teríamos nos encontrado... — disse ele num tom baixo. Ao vê-la à sua frente tão vulnerável, os seus olhos cintilaram.

Por Deus! Aquela mulher parecia o sol iluminando a escuridão, mesmo com aquele vestido de bombazina preto aparado com frisados que estava debaixo do casaco disfarçando a sua formosura. Ele seria chamado de louco, ou mesmo um violentador, se investisse e a beijasse novamente, entretanto, adoraria estreitá-la em seus braços e ouvi-la suplicar para que a possuísse.

Elinor olhou em direção à entrada da torre e constatou que a chuva ainda caía torrencialmente lá fora, parecendo cooperar estrategicamente para que ficassem presos ali. O rugido era ensurdecedor e a tempestade parecia que estava sem pressa de esgotar toda a água existente no céu, e caía impiedosa, tremulando as águas do rio Tâmisa.

Permanecer sozinha, sem acompanhante, na presença de um homem desconhecido, era pedir para ter sua reputação arruinada para sempre.

Tentada a sair correndo dali Elinor refreou a preocupação, pois seria loucura enfrentar o vendaval. Provavelmente seria arrastada pela fúria das águas. Com os lábios apertados, se resignou a ter paciência e esperar que pelo menos a chuva atenuasse e pudesse ir embora o mais rápido possível.

Uma pontada aguda a atingiu sobre o lado direito das têmporas, fazendo-a levar a mão ao lugar, massageando-o, enquanto fazia uma careta.

Por que ela não tinha ouvido o conselho de Alfie?

A sua atenção foi desviada pela chama que acendeu o cigarro que estava nos lábios do seu acompanhante. Com um olhar de canto, ela estudou discretamente o perfil masculino sobre a diminuta claridade.

Ele era alto e bastante atraente. Os cabelos escuros e úmidos estavam bem cortados, parecendo macios, e a barba por fazer era rala e bem cuidada. Os ombros largos como um armário e o físico elegante exibiam um porte ereto de alguém com uma personalidade determinada. O olhar firme era direcionado como uma flecha, penetrava e constrangia a ponto de Elinor não conseguir encará-lo.

Podia perder-se naqueles olhos.

Ele era tão diferente de Anthony!

Decididamente ele poderia ser o modelo ideal para as suas telas.

Elinor retirou os olhos, com receio de parecer impressionada.

— A senhorita gostaria de tirar o casaco? — Depois de uma longa tragada no seu cigarro, ele fez menção de aproximar-se dela e se prontificar a despi-la da peça de roupa molhada, porém, Elinor afastou-se de imediato e negou veemente com um gesto de cabeça, chocada com a sugestão.

— Não precisa. — Embora o tom de sua voz tenha parecido soar decidido, ela pôde perceber que havia hesitado em responder.

Ao olhar para as suas botas, constatou que a água tinha entrado pelas costuras, molhando as meias e começando a congelar os pés, entretanto, o pé machucado, parecia estar completamente anestesiado.

Com o rosto contraído, pela segunda vez, Elinor massageou as têmporas tentando amenizar a dor de cabeça que havia se instalado desde que saíra do cemitério.

— Eu sinto muito pelo xale, penso que terá que comprar outro — disse ele deixando o olhar cair sobre os lábios bem delineados e absurdamente macios.

— Sim — respondeu a jovem, apertando o casaco ainda mais sobre o corpo, como se quisesse se proteger daquele olhar um tanto insistente.

— O frio será tenebroso. — Ele desviou o olhar para a entrada.

— Eu não gosto da estação invernal — comentou a jovem com um ar sombrio.

— Concordo que a estação é deprimente, mas, como todas as outras, ela tem a sua beleza.

— Eu sei, mesmo assim eu não a aprecio. Fico ansiosa para que chegue logo a primavera, quando tudo é bonito de se ver e a temperatura é bem mais agradável. — Elinor deixou o olhar, que exprimia melancolia, se dirigir para fora.

Sentindo-se inquieta com a presença dele, remexeu as mãos e esticou os braços como se fosse conduzir o pincel e desenhou algumas formas no ar, depois deixou os olhos pousarem sobre as mãos descobertas e úmidas.

Com alguns passos, ele se distanciou e se recostou na parede oposta, apoiando um dos pés sobre ela, numa postura indiferente. Depois de uma baforada, observou a mulher entre a nuvem ligeiramente azulada de seu cigarro.

— Eu sei que não tenho nada a ver com a sua vida, senhorita, pois ainda somos desconhecidos um para o outro, mas... — Ele quebrou o silêncio com uma pergunta que expressava curiosidade e, enquanto a fazia, Elinor mantinha o olhar baixo. — O que estava fazendo sozinha nessa ponte?

— Bem, eu...

Eles foram interrompidos pelo som dos motores das máquinas hidráulicas movidas à vapor e que ecoavam da parte mais baixa dos quatro andares. Aproveitando a interrupção, Elinor percorreu o olhar mais uma vez sobre o rosto dele, no tom de pele que ficava entre a claridade de uma manhã gloriosa de sol e o final de tarde. As sobrancelhas se encontravam no vão da testa e o nariz tinha uma linha reta, era afilado e extremamente charmoso.

Depois de observar detalhadamente as linhas, ela desviou o olhar com pressa e, esfregando as mãos com graciosidade uma na outra, disse sucinta:
— Nada. Foi somente um breve passeio.
— Passeio? — interpelou o homem, olhando-a como se não acreditasse no que tinha ouvido. — Bem, ninguém em sanidade plena faz um passeio sobre essa ponte nessa estação. Ela é perigosa e...
— E o que o senhor também estava fazendo aqui? — questionou, encarando-o com os olhos como se fulgurassem raios verdes no tom das esmeraldas.
— Eu perguntei primeiro. — Ele respondeu com um sorriso meio sarcástico, depois deu uma tragada no cigarro, enquanto a observava através de um olhar mais estreito.
Depois de uma pausa em que ambos pareciam refletir sobre algo, se calaram, presos naquele lugar úmido e barulhento.
Elinor deixou que as palavras saíssem do coração como um suspiro.
— Está bem, eu vou lhe dizer. Eu tinha acabado de enterrar o meu...
As vistas do homem procuraram na mão dela o sinal de uma aliança.
— A senhorita é... viúva?
— Oh, não! — Ela olhou-o com espanto, girando o anel que havia ficado com a pedra virada para baixo. — Acabamos de enterrar o meu pai. Jamais o esquecerei. Jamais. — As palavras lhe saíram em um tom baixo, como num soluço.
— Eu sinto muito — disse o desconhecido procurando os olhos da jovem.
Elinor tentou disfarçar as lágrimas que insistiam em querer escorrer pelo rosto que empalidecera ao relatar o drama que estava vivendo.
— Eu respeito os seus sentimentos. Tem todo o direito de sentir amor e saudade. Eu sei bem o que é isso.
— O senhor perdeu alguém muito... querido? — Elinor o investigou com o olhar.
— Sim.
Como boa observadora, notou as pálpebras que ainda estavam ligeiramente inchadas, devido às lágrimas que ele havia derramado.
— Eu não sei o seu grau de parentesco com a vida que se foi, mas acredito que a dor é bem similar, já que a perda de alguém muito querido nos parte o coração, porém eu confesso que não pude deixar de ouvir o seu pranto.
O homem engoliu em seco e Elinor pôde ver claramente que os olhos dele ficaram umedecidos e, na voz, havia um ligeiro tremor ao responder:
— Eu... perdi o meu irmão.
— Oh! Eu... sinto muito.
Um silêncio reinou naquele lugar. Só permanecia o ruído da tempestuosa chuva que caía sem piedade e o pesar dos seus corações feridos pela perda e ausência dos seus entes queridos expressos em seus rostos.
Cada qual parecia perdido em seus pensamentos, sem poder voltar para o lar.

O nervosismo, acrescido do frio, a fez encolher-se. Um tremor incontrolável lhe sobreveio, arroxeando os lábios, fazendo o queixo bater sem controle.

O desconhecido esmagou o que restou do cigarro debaixo dos pés e aproximou-se dela, deixando-a paralisada.

– Acho que se não nos aquecermos com o calor de nossos corpos iremos ficar congelados.

Que audácia. Como ele conseguia ser tão convincente e irresistível ao mesmo tempo? É claro que ele conseguia.

Embora Elinor preferisse ficar distante dele, não teve forças para repeli-lo. O frio estava ficando insuportável. Hesitante e um pouco apreensiva em concordar, se rebelou:

– Não se aproxime!

– Não seja tola, senhorita. Eu não vou me aproveitar da situação em que estamos. É somente para não morrermos congelados. Quer ficar aqui, tremendo desse jeito? Eu posso aquecê-la em meus braços e com o calor do seu corpo aquecerá o meu também.

Sem conseguir contestar, Elinor permaneceu imóvel, deixando que ele se aproximasse dela, porém ao permitir, sentiu o coração ficar quente e bater com mais intensidade do que o normal.

– Está certo. Mas vou lhe avisar que...

Ele levantou os braços numa atitude defensiva.

– Calma, apesar de reconhecer que a senhorita tem um olhar felino, não precisa agir como uma leoa e, se não está com frio, então...

As palavras não saíram.

O seu corpo tremia como se tivesse perdido o controle total dos movimentos. O frio e a sensação de estar nos braços de um desconhecido a deixavam desestabilizada.

Decidido, ele se aproximou e a abraçou. O calor do corpo dele foi como um bálsamo ao seu.

Elinor ficou estática ao sentir os braços fortes a envolverem. Havia gentileza e receptividade.

O fato de estarem encharcados, em uma temperatura bem baixa, fez com que a atitude dele em ficarem abraçados fosse providencial. Com uma olhadela, pôde notar que ele também estava sentindo frio. Os lábios apertados denotavam preocupação e, por alguns instantes, sentiu o corpo dele estremecer ao estreitá-la num abraço mais aconchegante.

– Acho que se respirarmos com os nossos rostos bem perto um do outro ajudará a nos aquecer.

– Eu não vejo como – murmurou confusa.

Ele abaixou a cabeça e, aproximando o rosto da face ruborizada, expirou o ar.

O Retrato de uma Paixão

— Assim...

Ao sentir aquecer a fronte fria, um ligeiro bem-estar a envolveu. Ela agarrou-se ao que ainda restava de sua compostura e foi encolhendo-se pela experiência nada familiar ao senti-lo tão próximo novamente.

O odor da pele tinha uma nota amadeirada que insinuava a masculinidade e ditava riqueza. O aroma estava impregnado na pele, no linho, na barba e era inebriante. Logo ele foi abaixando mais o nariz e passeando sem pressa pela face que estava gelada, enquanto expelia a respiração sobre ela. Sentindo um alento, Elinor fechou os olhos e deixou que ele prosseguisse.

Uma zonzeira se instalou em seu cérebro.

— Que tal... isso? — Com um toque que continha suavidade e gentileza, ele encostou a ponta do nariz no dela e o esfregou, fazendo-lhe cócegas e arrancando-lhe um riso encantador. Antes que ela pudesse responder, ele alcançou-lhe os lábios e a beijou, sugando-os e extraindo gemidos de protestos da boca aprisionada.

Com um arquejo, Elinor se viu sem saída ao sentir que ele a estreitava num abraço mais apertado, enquanto alisava as suas costas de cima a baixo para abrigá-la. Tudo conspirava para que ficassem juntos e próximos.

Como iria sair daquela situação?

Assim que buscou o ar depois de ter sido beijada, ela ergueu o olhar que denotava reprovação e disse com raiva:

— Como pôde fazer isso se tinha dito que não iria fazê-lo?

Sisudo, o olhar acinzentado a encarou e, numa atitude repentina, ele apoiou as duas mãos na parede e encurralou-a de encontro a ela mais uma vez.

— Eu sinto muito, mas o calor de sua boca na minha aquece até os meus ossos. Não sente a mesma coisa?

Elinor tentou responder, mas não teve tempo. Ele continuou a falar:

— Temos que ficar juntos se não quisermos morrer congelados, ou contrair uma doença mais séria. Agora, não seja teimosa e me abrace.

8

—Mas... mas... como eu...

Elinor ficou aturdida. O frio estava congelante e a sua voz titubeava.

Aquela presença masculina a deixava confusa e sem controle das emoções.

Sem alternativa, ela se viu enlaçando-o com os braços por dentro do casaco e se aconchegando ao físico dele com cautela. Forçosamente, teve que relutar contra a timidez, deixando o decoro de lado.

Naquele momento, eles não podiam se preocupar com os bons modos. Ou se aqueciam ou morreriam congelados.

Oh, céus! Ele era audacioso e perigosamente atraente.

Tentando ficar indiferente à proximidade física que os envolvia, Elinor listou mentalmente quantos pincéis tinha. Procurou lembrar-se de quantas telas em branco ainda tinha para pintar e quantas tintas...

Entretanto, aquilo lhe pareceu ridículo. Era impossível ficar apática.

Com um arquejo, deixou que os braços dele envolvessem a sua cintura de modo íntimo e protetor. Sentindo um cansaço repentino, ela apoiou a cabeça sobre o peito másculo e relaxou.

Ele era tão reconfortante!

Necessitava daquilo.

Só por alguns instantes.

O silêncio tornou-se testemunha da necessidade de estarem próximos um do outro. Elinor podia ouvir nitidamente o ritmo acelerado do coração do seu companheiro. Ao sentir o queixo dele apoiado sobre o topo da sua cabeça, sentiu paz e tranquilidade, coisa que há muito não sentia.

Por algum tempo, permaneceram calados e unidos, enquanto a tempestade rugia lá fora como um animal raivoso. Ainda que estivesse bastante frio, a temperatura dos corpos foram aquecendo e tornando cada vez mais difícil de se afastarem.

Com medo de levantar a cabeça e ser beijada novamente, Elinor permaneceu com ela depositada no peito dele, até que o ouviu perguntar:

— A senhorita está bem?

Sem responder, ela balançou a cabeça em sinal afirmativo, embora suas têmporas estivessem a ponto de explodir de dor. Ele tirou as luvas e as guardou no bolso do casaco, em seguida, estreitou as mãos delicadas de Elinor entre as suas e as esfregou energicamente para aquecê-las, até que ficassem vermelhas pelo atrito.

Ele segurou o queixo dela com o dedo indicador e a fez levantar os olhos.

— Olhe para mim.

Elinor abriu os olhos mais do que o normal, expressando uma mescla de medo e fascínio.

Havia ali a jovialidade da menina e a compostura da mulher feita.

Ela foi impedida de mencionar algo quando ele abaixou a cabeça e sussurrou bem perto de sua boca:

— Eu poderia mantê-la presa em meus braços e aproveitar de sua condição inferior...

No olhar de Elinor havia súplica, mas dentro dela havia um desejo que pulsava fora do normal. Contudo, criou coragem e disse com a boca o que contradizia o coração:

— Não se atreva, ou eu...

— Eu sinto muito, mas agora eu não vou me desculpar nem justificar a minha atitude. Feche os olhos.

Elinor tentou protestar.

— Mas...

Os lábios dele pareciam uma tocha acesa ao alcançarem os olhos dela, forçando-a a fechá-los, enquanto dava diminutos beijos sobre eles. O hálito exalava o odor do cigarro e depois de descer a boca e colar os lábios nos dela de modo inabalável, impedindo-a de falar, ele começou a lamber a pele do seu rosto, sem pressa. A língua quente e irrigada de saliva era erótica e instigante.

Elinor o considerou devasso e libertino.

Minhas telas!

O que ele estava fazendo?

A língua roçou-lhe a pele como a de um gato quando lambe a própria pelagem. Havia docilidade no gesto, enquanto a observava entre as lambidas. A sensação de ser experimentada daquela maneira a deixou estarrecida e chocada, contudo, não soube resistir.

Era muito prazeroso.

Ela nunca havia tido aquela sensação em toda a sua vida. Ao sentir a língua dele deslizando até os seus lábios, instintivamente abriu a boca e deixou que ele a introduzisse dentro dela com total liberdade, até que o ouviu gemer.

Uma zonzeira tomou conta do seu cérebro e quase a fez ceder quando a mão curiosa deslizou e cobriu um dos seus seios. Ela poderia deixar que ele continuasse com aquela safadeza, mas...

Sentindo a vergonha transformar a cor da sua face, o empurrou com todas as suas forças, até que, aturdido, ele a soltou e a encarou com olhos que cintilavam desejo.

– Mas que diabo??? – ele praguejou.

– Não faça mais isso! – gritou mortificada, com o que lhe restou de suas forças.

Com um pigarro ele se afastou, mas como boa observadora que era, Elinor viu chamas que ardiam como labaredas nos olhos cinzentos.

– Confesse que a senhorita também gostou e não queria que eu parasse... – ele a desafiou com um riso torto no canto da boca, enquanto a observava com atenção redobrada.

Elinor não sabia distinguir o tumulto que ele havia causado dentro dela. Era uma mistura de atração e repulsa.

– O senhor está querendo me seduzir – reclamou, incrédula com o comentário dele.

– Não necessariamente, mas confesso que a senhorita é digna de toda tentação... – Ele parou de falar ao notar os olhos verdes se arregalarem e o encarar com gravidade. – Tem medo de fazer algo indecente e gostar?

Perturbada com a confissão dele, Elinor desarmou.

– Eu...

O calor da mão dele cobrindo o seu seio quase a havia derretido. Ela não queria detê-lo, mas...

Um novo raio cortou o céu, seguido de um trovão que tangeu de modo ensurdecedor, surpreendendo-os com a força com que ribombou, encobrindo a fala de Elinor.

Sobressaltada, ela tapou os ouvidos e fechou os olhos. Após alguns minutos, que lhe pareceram intermináveis, com receio, espreitou o espaço em que estavam.

A iluminação que estava fraca apagou de vez e só sobraram sombras. Seu olhar transbordava medo e desespero, além de a respiração ter ficado curta. Ao virar o rosto em várias direções buscando a presença do desconhecido, ela podia jurar que era melhor estar nos braços dele do que abandonada na escuridão, com medo dos raios e trovões.

– Senhor? Ainda está aí?

A chama de um palito de fósforo riscado iluminou o ambiente e direcionou o olhar assustado de Elinor.

– Sim, estou aqui. – Os olhos enigmáticos estavam iluminados pela claridade miúda, encarando-a com as sobrancelhas erguidas.

Convencida, Elinor se aproximou dele e, sem jeito, disse:

– Acho que tem razão em ficarmos perto um do outro...

Elinor não teve tempo de terminar a frase. Ela sentia a cabeça latejar fortemente e, ao dar um passo, titubeou e sentiu os joelhos fraquejarem. Rapidamente os braços fortes do estranho a ampararam antes que caísse estatelada no chão rústico.

– A minha... cabeça... está doendo muito... – reclamou com tremor na voz ao agarrar-se nos braços dele.

A voz grave lhe soou distante e preocupada ao sentir o toque da mão dele pousar em sua fronte.

– A senhorita está ardendo em febre!

Ele a apoiou em seu corpo e, com cuidado, a fez sentar-se ao chão, logo retirou o casaco e o estendeu no solo frio, colocando-a deitada sobre ele. Num gesto protetor, ele deitou-se ao seu lado e achegou-se a ela.

Os lábios de Elinor não paravam de tremer e as imagens nebulosas do funeral de seu pai dançavam em sua mente. Logo, palavras sem nexo saíram de seus lábios e o débil delírio a fazia movimentar a cabeça de um lado para o outro, choramingando como uma criança desamparada, até que se aquietou como se tivesse desmaiado.

– Senhorita, senhorita! – ele bateu de leve na face dela com uma das mãos, tentando reanimá-la.

Em um momento de lucidez, Elinor abriu os olhos que pareciam febris e piscando por diversas vezes os cílios espessos, olhou-o atônita. A luz bruxuleante das lamparinas nas paredes parecia indecisa, e o corpo dele debruçado sobre o seu lançou sombras impedindo-a de vê-lo nitidamente, porém a figura masculina era admirável.

Quem era aquele homem?

– Como... o senhor... é bonito... – sussurrou debilmente com um sorriso que oscilava entre uma careta e outra, e na tentativa de alcançar o rosto anguloso, ergueu a mão para delineá-lo com a ponta dos dedos, mas não conseguiu, devido à fraqueza. Contudo, conseguiu dizer num tom esmaecido: – Se eu o pintasse, daria uma obra-prima perfeita...

O homem segurou as mãos que mais pareciam pétalas de rosas desfolhadas e as levou aos lábios e as beijou, enquanto expelia o ar quente que saía de sua boca, aquecendo-as. O corpo de Elinor tremeu convulsivamente e, de tempos em tempos, um calafrio a envolvia.

Depois de desenroscar a bolsinha que estava pendurada em um dos braços da jovem, ele retirou de dentro um pequeno lenço, dobrou-o com capricho e o passou na testa delicada com batidinhas suaves.

Elinor sentiu um breve conforto com o contato do tecido seco em sua pele, porém o frio congelante e a umidade do ar eram torturantes.

O desconhecido aproximou os lábios próximos do lóbulo de uma das orelhas dela e disse baixinho:

— Não se apavore. Eu vou cobri-la com o meu corpo até que melhore. Por favor, confie em mim, é para o seu próprio bem.

Um gemido, que parecia de dor, saiu da garganta de Elinor ao sentir o peso do corpo dele deitando-se sobre o seu. O esforço dele em querer acomodar as longas pernas sobre as dela o fez deixar escapar alguns grunhidos indecifráveis.

As coxas de Elinor ficaram tensas ao sustentá-lo sobre ela e, ao respirar com dificuldade, procurou se acostumar com a proximidade intimidante dele e com a ausência de luminosidade.

Sentia-se exausta e doente.

O corpo todo dele estava abrasado. O calor que saía dele era como o das fagulhas de uma fornalha. Logo começou a espalhar-se e atingir o corpo febril da jovem enlutada.

Elinor começou a ficar agitada e, num gesto inconsciente, levou as mãos sobre os cabelos dele e o acariciou sem saber o que desejava, ciente somente do prazer que o corpo dele lhe dava, em meio aos calafrios.

— Por Deus, não faça isso... — disse excitado. — Eu juro que fiz isso com o propósito de atenuar o seu estado, mas...

Elinor respirava em arquejos e, antes que ele pudesse dizer mais alguma coisa, ela puxou a cabeça dele e entreabriu os lábios, que estavam secos, numa entrega que aos olhos do estranho indivíduo era irresistível, dizendo:

— Eu estou com muito frio... por favor, me abrace...

Embora eles não pudessem se olhar nos olhos nem se verem nitidamente, a falta de luz colaborou para que a timidez de Elinor, mesclada ao delírio da febre alta, a deixasse sem decoro.

Ardendo de desejo por aquela mulher encantadora e vulnerável em seus braços, ele correu as mãos até os quadris dela e os endireitou até que pudesse senti-la encaixada de encontro aos seus. Ele abaixou a cabeça e deslizou a boca na curva suave do pescoço esguio quase coberto pelo tecido recatado e, com a respiração ofegante, depositou pequeninos toques em contato com a pele aveludada. Logo voltou a cabeça e, procurando os lábios dela, tomou-os com voracidade.

A boca era experiente e possuía uma habilidade fortemente sedutora. Elinor nunca sonhara que poderia estar nos braços de um homem numa atitude tão íntima. Ela sentia um fogo percorrendo suas veias, pronta a querer sentir muito mais do que aquilo, mesmo estando ora lúcida, ora delirando. Ela podia sentir que ele estava excitadíssimo e quando percebeu que ele ergueu as suas saias e sentiu a mão dele alisando a sua coxa, não conseguiu reprimir alguns gritinhos de prazer.

Foi apenas um instante.

O choque da luz os invadiu em cheio, trazendo-os de volta à realidade. Elinor abriu os olhos e, completamente desorientada, encarou os olhos cinzentos bem próximos aos seus. Havia neles um ar indefinido.

Chocada consigo mesma ao apreciar o prazer que ele havia despertado nela, Elinor virou o rosto tentando escondê-lo. Decididamente queria ficar nos braços dele, porém a situação era terrivelmente constrangedora.

— Isso... é embaraçoso — ela disse fechando os olhos, sentindo o rosto em brasas e a mente confusa.

— Pode ser — confessou ele, com um sorriso que mais parecia uma careta. — Mas posso lhe garantir que isso nos salvou da morte.

Maldição! Por que a luz tinha que voltar justamente naquela hora?

Parecendo estar perturbado com a sua falta de controle, ele endireitou o colarinho da camisa. Porém, se isso não tivesse acontecido, talvez ele não conseguisse evitar ir além do que devia.

A imaginação fértil masculina começou a trabalhar.

Como seria o corpo daquela senhorita debaixo de tantas saias?

A pele lisa e macia, como a de um bebê, tinha despertado nele algo diabolicamente irracional.

Um prazer insano o deixou tentado.

O lugar era pequeno e diante da umidade, o cheiro de mofo se fazia presente e, por várias vezes, Elinor teve dificuldades em conseguir respirar normalmente. Ela se sentia muito quente e mal conseguia controlar os tremores que a invadiam.

Sem poder definir se era pelo frio ou pela circunstância, sentiu-se uma tola. A culpa era toda sua por encontrar-se naquela situação.

Se ao menos não tivesse sido tão teimosa.

Com o rosto do homem tão próximo ao seu, a possibilidade de fazer qualquer movimento que pudesse resultar em algo mais constrangedor era enorme. Contudo, pôde sentir o corpo dele estremecer e, ao olhá-lo, observou que ele estava com os lábios arroxeados e trêmulos.

Ele fez menção de sair de cima dela, mas os seus membros não o obedeceram; sentiu seu corpo pesado e a cabeça latejante. Elinor permaneceu imóvel até que ele relaxou a cabeça sobre o seu pescoço e ficou em silêncio.

Após alguns minutos em que ele não se mexia e respirava com dificuldade, um tanto hesitante, ela tentou aquecê-lo, envolvendo-o em um abraço meio desajeitado, mas a imobilidade dele sobre ela deixou-a atemorizada.

Pelo amor dos meus pincéis!

O que fazer para que o homem desse sinal de vida?

Elinor reuniu todas as suas forças e empurrou-o para o lado até que conseguiu fazer com que ele rolasse e ficasse deitado de barriga para cima, parecendo inconsciente. Alguns tremores o sacudiram e, logo em seguida, ele aquietou-se.

Sentindo a cabeça pesada, ela esforçou-se para sentar e levou as mãos trêmulas sobre as têmporas, que ainda latejavam, porém, um desespero a invadiu ao notar que o seu companheiro parecia estar pior do que ela.

Aflita, colocou uma das mãos sobre o peito dele para ver se conseguia sentir os batimentos cardíacos, mas a sua mão estava muito fria, dificultando sentir a pulsação. Ela esfregou as mãos, uma na outra, levou-as à boca e soprou-as com o hálito quente até que estivessem um pouco aquecidas.

Com coragem, desabotoou cuidadosamente o colarinho da camisa branca engomada e, depois de olhar para a pele coberta de pelos escuros do peitoral e arquejar como uma adolescente, enfiou uma das mãos sobre o coração dele e ficou atenta às batidas.

Sem conseguir senti-las nitidamente, ela suspirou e, um tanto temerosa, encostou o ouvido esquerdo sobre a pele à mostra. O contato poderia ser prazeroso se a carne rija estivesse com a temperatura normalizada, porém ele estava morno e as batidas pareciam precariamente fracas.

Meu Deus! O que seria deles naquele lugar?

Como sair dali com vida em meio àquela tempestade? A temperatura estava congelante e a umidade das vestes ainda permanecia, fazendo com que não conseguissem se aquecer.

Num gesto desesperador, Elinor segurou as mãos frias do desconhecido entre as suas e começou a beijá-las e afagá-las com o hálito quente que saía de sua boca, até que um ligeiro tremor no corpo estendido deu sinal de vida e a fez continuar a expelir o ar com mais rapidez.

Ele parecia estar com dificuldades para respirar e as extremidades azuladas do seu rosto eram assustadoras.

Um gemido, como se fosse um lamento, saiu da garganta dele.

Aflita, Elinor o sacudiu tentando reanimá-lo:

– Senhor! Senhor! Oh, por favor, não morra!

Num reflexo lento, ele entreabriu as pálpebras. Parecia desorientado.

Elinor respirou aliviada ao ver que, embora estivesse fraco e com a temperatura baixíssima, ao menos estava vivo. Com um suspiro de alívio, ela exclamou:

– Oh, graças a Deus!

Como resposta, sentiu a sua mão esquerda ser levemente pressionada pela dele.

Sentindo-se enfraquecida, mas decidida a sair dali ela levantou-se com passos titubeantes e foi até a saída, colocando corajosamente a cabeça fora. A princípio, não dava para ver nada diante da força da água que caía, porém, logo pôde avistar uma carruagem que se aproximava numa velocidade controlada.

Sem pensar no perigo que corria, levantou os dois braços e acenou desesperadamente para pedir ajuda. O cocheiro pareceu ignorá-la, mas após alguns metros freou os cavalos. Logo um homem ataviado com um uniforme veio até onde ela estava.

Elinor agitou as mãos e gritou:

– Por favor, senhor, precisamos de ajuda!

Ao ver a moça cambaleante e encharcada, perguntou:

– O que houve, senhorita?

Sem forças para falar, Elinor segurou na manga do paletó do homem e, desesperadamente, arrastou-o até onde estava o seu companheiro e, antes que perdesse os sentidos, ouviu-o exclamar:

– Milorde Alexander!

9

O corre-corre no corredor do castelo foi assustador. Os empregados estavam em polvorosa, abrindo portas e dando passagem para Arnaud, o cocheiro, que junto ao mordomo e ao copeiro carregavam o corpo esmaecido do patrão.

O conde Alexander estava com uma aparência péssima, as roupas molhadas e o corpo inerte. Arnaud alardeara:

— Saiam da frente! Milorde está morrendo!

Logo atrás, o jardineiro e a governanta traziam a jovem carregada. Parecia estar precisando de cuidados médicos com urgência, tanto quanto o proprietário do castelo.

— Oh, pobrezinha. Parece que ela está nas últimas — soara a voz de alguém, enquanto Elinor sentia o seu corpo amortecido sendo carregado.

— E o patrão, então? Eu nunca o vi nesse estado. — James, o mordomo, estava perplexo.

— Oh, meu Deus! O conde não pode morrer! — exclamara a governanta, aflita.

Durante alguns segundos, Elinor teve a mente lúcida a ponto de constatar que haviam sido socorridos assim que as diversas peças de roupas molhadas que usava, inclusive as íntimas, estavam sendo retiradas rapidamente, deixando-a totalmente despida.

Os tremores a acometiam violentamente fazendo com o seu corpo estremecesse e acentuasse ainda mais a pele clara, que com o passar das horas, já se encontrava ligeiramente azulada.

Ainda um pouco confusa entre a realidade e delírio, ela sentiu que mãos ágeis a vestiam com pressa e uma toalha estava sendo enrolada em sua cabeça, envolvendo seus cabelos molhados. Logo em seguida, perdeu os sentidos.

Elinor acordou sentindo as pálpebras pesadas e, ao olhar ao redor, não reconheceu onde estava. A lareira acesa e as janelas com as cortinas fechadas colaboravam para que o quarto ficasse aquecido e bastante aconchegante.

Uma camada grossa de mantas de lã estava sobre o seu corpo e a sensação de conforto e bem-estar era a mais agradável possível. O quarto era bem feminino e tudo parecia diferente de sua casa.

Onde estava?

De quem seria aquela casa requintada e suntuosa?

Um relógio era tudo o que precisava naquele momento. Quanto tempo estivera fora de Greenwood?

Ao longe, mesmo com o som da chuva, que agora parecia controlada, pôde ouvir o badalar de um relógio. O som era alto, mas não estridente. Forte, mas não incômodo.

Elinor contou as batidas e absorveu a informação de que seriam três horas da tarde.

O que Florence e Jenny estariam pensando a seu respeito? Certamente estavam preocupadíssimas com a sua demora em voltar para casa.

O som da porta se abrindo a fez direcionar o olhar e se surpreender ao reconhecer o homem, que com o semblante carregado de espanto, a identificou.

– Senhorita Elinor!

– Dr. Howard! – exclamou admirada, sentindo a cabeça latejar. – O que o senhor está fazendo aqui?

O médico da família Chamberlain parecia constrangido ao ver a jovem e, preocupado, perguntou:

– O que houve com a senhorita? Eu fui chamado às pressas para atender o conde e...

Elinor arregalou os olhos. Aturdida, rebateu a pergunta:

– Conde? Que conde?

– Ora, o conde Alexander Highfield – respondeu o médico, sem entender o que estava acontecendo. – Perdoe a minha indiscrição, mas que diabos a senhorita está fazendo aqui?

– Eu é que pergunto, doutor Howard. Quem é Alexander Highfield? – Elinor estava pálida e perplexa.

– O conde de Lancaster é o proprietário do castelo – respondeu o médico, confuso.

– Meu Deus! – exclamou Elinor abismada.

– Eu já o mediquei e agora me mandaram para cá para medicá-la também. Arnaud, o cocheiro particular de lorde Alexander, me disse que a senhorita estava muito mal, mas pelo que estou vendo, está melhor do que o conde – disse o médico colocando a valise sobre a mesinha de carvalho ao lado da cama.

Elinor retirou uma das mãos debaixo das cobertas e apertou a fronte. A cabeça latejava e calafrios a faziam estremecer.

– Na verdade, ele se descuidou de si próprio e se preocupou em me aquecer com o calor do seu... corpo. Jamais poderei deixar de agradecê-lo por isso. E como o... conde está? – perguntou curiosa.

– Ele está bem, mas a temperatura ainda está muito baixa em razão de ter ficado muito tempo sem se aquecer, o que pode ocasionar uma convulsão. Ele está tomando soro aquecido e as massagens vigorosas ajudarão o sangue a circular corretamente, diminuindo a contração. – O médico tirou o medidor de febre de sua maleta, enquanto falava. – O conde não poderá comer nada até que a temperatura volte ao normal, mas ele é forte e certamente irá reagir e logo estará novinho em folha.

Elinor suspirou sem perceber que estava aliviada em saber que o seu anfitrião estava vivo.

– Agora vamos medir a sua temperatura... – O médico pediu para que Elinor abrisse a boca para introduzir o termômetro debaixo da língua.

Depois de alguns minutos, o doutor Howard retirou o medidor e, com o cenho franzido examinou o mercúrio e concluiu:

– A sua temperatura deve ter abaixado e agora está alta...

Elinor fechou os olhos, sentindo-se exausta.

Nesse instante, ouviu leves batidinhas à porta e, logo em seguida, um homem alto, magro, com cabelos ligeiramente grisalhos e voz grave colocou a cabeça no vão e disse:

– Com licença. Preciso levar notícias da senhorita para lorde Alexander – disse o mordomo. – Ele não para de perguntar por ela.

– Pode entrar, sr. James – disse o médico num tom severo, guardando o termômetro na valise. – A senhorita Elinor está bem, porém, febril. Terá que ficar de repouso e não poderá tomar friagem de modo algum. Sugiro que o conde e a senhorita Elinor façam repouso absoluto. Eles estiveram bastante tempo expostos ao frio extremo e isso os deixou com a pressão sanguínea desestabilizada, podendo haver complicações. Precisamos ficar de olho nos pulmões e...

O médico foi interrompido por alguns espirros seguidos de Elinor.

– Serviram o chá não muito quente ao conde? A bebida muito quente pode ocasionar choque de temperatura e arritmia cardíaca. Eu pedi que fosse adoçado. Isso fará com que o seu organismo receba energia para funcionar bem. Não lhe deem bebida alcoólica em hipótese alguma. Ela dá uma sensação instantânea de aquecimento, porém reduz a temperatura corporal – informou o médico, olhando para o mordomo. – Mantenham-no muito bem aquecido e não deixe que ele faça nenhum esforço, caso contrário, poderá ser fatal.

– Sim, doutor, Arnaud continua fazendo as massagens – respondeu James, solícito.

– Vigorosas, como pedi?

– Sim, senhor. – respondeu o mordomo. – E o que podemos servir à senhorita?

– Elinor Chamberlain – esclareceu o médico. – Os integrantes da família Chamberlain também são todos meus pacientes, exceto Alfred Chamberlain, que foi sepultado hoje. Que Deus o tenha! – completou o médico fazendo o sinal da cruz, depois olhando para a enferma com o semblante carregado de pena e preocupação. – Por ora não lhe sirvam nada. Temos que esperar a febre baixar. Peça à sra. Stevenson para trazer alguns panos embebidos em água fria e colocá-los na testa da senhorita Chamberlain.

Exaurida, Elinor caiu num sono profundo logo depois de alguns gemidos, deixando o médico que cuidou de seu pai olhando-a com o cenho franzido.

※

Elinor sentiu uma onda de calor a envolver, fazendo com que jogasse as cobertas de lado e passasse o dorso de uma das mãos na testa para aliviar as gotículas de suor que brotaram ali. A sensação do frio congelante que sentia havia passado e a febre havia cedido. Com um suspiro de alívio, tentou se erguer e sentar-se na cama, mas uma ligeira vertigem a deixou imóvel por alguns segundos.

Com um arquejo, olhou para si mesma e pôde ver que estava vestida com uma camisola longa, mas que era mais curta do que estava acostumada, ou seja, os tornozelos estavam expostos. Provavelmente pertencia a alguém de estatura mais baixa do que a sua.

Achando que podia levantar-se, criando coragem, procurou pelas suas botas ao pé da cama, mas foi em vão. As suas roupas também não estavam ali, porém um robe de seda estava cuidadosamente dobrado sobre a poltrona de veludo, perto da janela.

Ao pisar no chão, sentiu que o pé machucado ainda doía, mas a maciez de um tapete felpudo acariciando-o a fez esboçar um meio sorriso de alívio.

A lareira ainda estava acesa e a temperatura era agradável, porém uma curiosidade em sair do quarto a fez caminhar até a poltrona, arrancar a toalha dos cabelos, vestir o robe e sair dali.

O contato com o piso frio do corredor extenso à sua frente quase a fez recuar, mas ao ver dezenas de portas fechadas a curiosidade a instigou. Ainda manquejando levemente, assim que chegou no final, virou à esquerda, no sentido da ala leste, e viu que havia outro corredor ainda mais longo.

Prestes a voltar ao seu quarto, uma claridade vinda por debaixo da porta de um dos aposentos, logo no início, chamou-lhe a atenção, fazendo com que continuasse. A luz era pouca, mas a atraiu a ponto de empurrar a porta e ficar petrificada ao reconhecer a cabeça recostada no travesseiro.

Elinor prendeu a respiração.

Com passos titubeantes e cuidadosos aproximou-se o bastante do homem acamado para conferir a respiração que parecia regular. A expressão de serenidade no rosto anguloso a fez sentir certo alívio.

Abençoados céus.

Graças a Deus, ele estava vivo!

Com a curiosidade aguçada, correu os olhos ao redor e ficou embevecida com a arrumação do quarto. A lareira também estava acesa e o aposento mantinha uma temperatura agradável e acolhedora. Os tons de azuis nas cortinas e nos estofados, além de proporcionarem um estilo bem masculino, eram luxuosos e decoravam o ambiente com harmonia.

Tudo combinava entre si e a ostentação era bem óbvia. Com certo receio, aproximou-se do conde e, calmamente, pôde observar os seus traços marcantes com nitidez. A testa larga aparentava inteligência e os olhos cerrados denotavam um sono tranquilo. Os lábios relaxados e o semblante calmo a fizeram sentir um arrepio ao recordar-se de que aquela boca estivera colada à sua, fazendo-a descobrir o sabor de um beijo ardente. Instintivamente, uma onda de ternura mesclada de desejo a invadiu, fazendo-a aproximar-se da cama, levantar uma das mãos e, com a ponta do dedo indicador, tocá-lo nos lábios com delicadeza. Porém, ao fazer isso, o conde moveu-se. Assustada, ela se afastou instantaneamente.

Ao tentar sair dali sem ser vista, foi impedida pela mão forte que a prendeu e pela voz ainda enfraquecida que a deteve:

— Por favor, senhorita, fique...

Elinor sentiu um baque no peito. Com os olhos verdes arregalados, voltou-se e, aturdida, exclamou:

— Milorde!

Alexander puxou-a para que chegasse mais perto dele.

— Não vá embora... — Ele sussurrou depois de umedecer com a língua os lábios que estavam ressecados.

— Eu... — ela tentou balbuciar algo, mas foi puxada para que ficasse com o rosto bem próximo ao dele e, antes que pudesse concluir o que iria dizer, os seus lábios foram tomados pela boca de Alexander. Elinor tentou resistir, mas o toque suave e sedutor com que ele a possuiu a deixou com as pernas bambas.

Logo se deu conta de que estava correspondendo, traindo a sua mente e obedecendo ao coração, que diante da atitude impulsiva dele começou a pulsar mais rápido.

Quando conseguiu desvencilhar-se dos braços que a enlaçavam e recuperar o fôlego, Elinor o repreendeu com severidade dizendo:

– Como ousa fazer isso novamente? – Os seus olhos estavam brilhantes e as maçãs do rosto coradas como beterrabas.

– Eu não vou me desculpar. Acha que eu sou de ferro, ao vê-la tão próxima e desejando que eu a beijasse?

– Ora! Como pode ser tão... tão pretencioso? – O desejo que estava em seu olhar fora substituído por raiva e indignação.

Com um sorriso irresistível ele revirou os olhos e disse calmamente:

– Era isso que a senhorita queria que eu fizesse, não é?

– Mas isso é um disparate! – ela exclamou sentindo-se ultrajada.

– Não seja dramática. Eu sou de carne e osso. – Ele tentou puxar o corpo para se sentar, mas uma careta o impediu. Com um ar de resignação ele confessou: – Como acha que eu deveria agir ao sentir o toque de seus dedos em meus lábios?

Elinor queria que um buraco a engolisse, tamanha era a vergonha.

Ele tinha razão.

Como pôde ser tão atrevida em tocá-lo tão intimamente? Ela nunca tinha feito nada parecido com aquilo. Com um arquejo, tentou desculpar-se virando-se de costas para que ele não pudesse ver o seu semblante.

– Eu não tive nenhuma intenção de provocá-lo, milorde. Eu só estava preocupada e queria ver se estava respirando normalmente, foi só isso. Peço que me desculpe pelo meu desatino.

– Sim, claro que eu a desculpo, mas confesso que o seu beijo me abriu o apetite e uma vontade de sair da cama e...

– Eu não acredito que está dizendo isso – ela virou-se para ele e encarou-o com incredulidade.

– Ora, mas que mal há em dizer isso? – O conde parecia surpreso com a reação dela e, antes mesmo que ela respondesse, jogou as cobertas de lado, deu um salto da cama e ficou em pé.

Intimidada pela reação dele, ela cobriu o rosto com as duas mãos, pois nunca havia visto um homem em trajes íntimos. Hesitante, quase tropeçando nas palavras, conseguiu dizer:

– Oh, por favor... eu... contenha-se, milorde.

– Perdoe-me, senhorita, mas eu perco a compostura quando está perto de mim.

Elinor ainda mantinha o rosto coberto quando sentiu os braços de Alexander envolver a sua cintura e puxá-la de encontro ao seu corpo, que naquele momento estava ardendo de desejo.

– Não me beije. – Elinor virou o rosto para o lado, tentando impedir que ele a beijasse novamente, porém podia sentir os batimentos cardíacos sendo acelerados em seu peito e um fogo queimá-la nos lugares mais íntimos de seu corpo.

– Não resista. Eu sei que gosta que eu a beije. – Num gesto lento ele desamarrou o cordão do robe que ela usava e o abriu.

10

As mãos envolvendo a sua cintura novamente a deixaram com as pernas trêmulas como gelatina. O tecido da camisola era fino e o toque suave e insistente alisando as suas costas... era como se lhe atingisse a pele nua. Ela sentiu que podia desmaiar em seus braços, tamanha era a sensação de deleite.

Por que o seu corpo reagia daquela maneira ao se aproximar daquele homem, quando a sua rígida educação a fazia lembrar-se de que tinha que ter decoro?

Enfraquecida pelas carícias contínuas de Alexander, Elinor não resistiu quando ele passeou os lábios na linha de seu pescoço esguio e desceu até a curva de seus seios que arfavam em resposta.

Alexander deslizou a mão suavemente na carne rija e passeou pela dobra delicada. Elinor queria pedir para que ele parasse de acariciá-la, mas as palavras morreram em sua garganta e o desejo que ele continuasse se tornava cada vez mais intenso.

– A senhorita me fascina e a sua carne é apetitosa demais...

Quando Alexander a lambeu de modo lento e provocante e voltou os lábios para perto dos seus, um gemido gutural saiu de sua garganta. Com urgência, ele tomou-lhe a boca e introduziu a língua impetuosamente dentro dela. Elinor nunca havia beijado ninguém, a não ser ele, quando estiveram enclausurados sob a ponte Tower Bridge. Sem saber como reagir ao ardor daquele beijo, instintivamente colocou os braços ao redor do pescoço dele e sugou a língua oferecida, fazendo com que ele gemesse de prazer e apertasse ainda mais o corpo delicado dela contra o seu. O calor dos corpos aconchegados parecia vir de brasas, e a temperatura que outrora estivera baixa deixando-os quase congelados pela chuva e pelo frio, agora atingia a extremidade oposta, tornando-se tórrida como se viesse de uma lareira incandescente.

Ao recobrar a consciência, que parecia desvanecer, Elinor colocou as mãos no peito dele e gentilmente o empurrou.

— Por favor, pare... — murmurou, enquanto conseguia resistir aos afagos insistentes.

— Não posso. A senhorita é deliciosa.

Elinor raspou a garganta e, decidida a mantê-lo afastado, empurrou-o, pegou o cordão do robe e o amarrou.

O olhar de Alexander era de desagrado e insatisfação.

— Eu acho que o senhor deve estar confundindo as coisas, milorde — ela disse, tentando mantê-lo à distância, enquanto se refazia do rebuliço que ele causava quando a beijava. — O fato de ter me beijado enquanto eu estava... bem, digamos... precisando do calor do seu corpo... — Elinor engoliu em seco e levantou a cabeça altivamente e completou: — Eu aceitei que me aquecesse, mas agora...

— Agora nós estamos com a temperatura normalizada e não precisamos mais ficar perto um do outro. É isso que quer dizer?

Com um arquejo, Elinor assentiu:

— É isso mesmo. — Mas as palavras que saíram de seus lábios não condiziam com o que estava em seu coração.

— Está bem. — Alexander cruzou os braços sobre o peito e, com um suspiro, aquiesceu. — Eu concordo com o que está dizendo, mas o que posso fazer se a senhorita me atrai como nenhuma outra mulher jamais me atraiu?

Perplexa com a sinceridade dele, Elinor desviou o olhar ao sentir uma alegria esfuziante invadi-la.

— Eu não acredito que nunca tenha amado ninguém.

— Eu acho que a senhorita não entendeu o que eu disse. Qualquer homem cairia de joelhos aos seus pés.

Alexander tentou aproximar-se dela novamente, mas Elinor deu um passo para trás, intimidada. Ela sabia que se ele investisse e a beijasse novamente não conseguiria resistir. Num relance, a imagem de Anthony à sua frente a fez se sentir leviana e indecorosa por estar na presença de um homem que mal conhecia e que estava quase nu diante de seus olhos.

Elinor virou-se em direção à porta do quarto e, antes que saísse, voltou-se e disse convicta:

— Estou feliz que esteja bem. — Os olhos verdes percorreram lentamente cada parte do rosto dele, em seguida acrescentou, sentindo as bochechas ficarem rosadas à medida que falava. — Eu não tenho palavras para agradecer o que fez por mim. Se não tivesse me aquecido com o seu próprio corpo e com a sua... respiração... em minha pele, eu...

— Acho que me deve uma conta alta, não é mesmo? — ele interrompeu, com um ar zombeteiro.

Elinor deixou que um ar de gratidão fluísse em seu rosto.
– É verdade. Socorreu-me da chuva e me livrou de ser atropelada e depois...
Ele arquejou e meneando a cabeça disse:
– Eu estou brincando. Não precisa me agradecer.
Com um olhar inquisitivo, ela o interrogou:
– Por que não me disse que era conde?
– Isso faz alguma diferença?
– Bem... sim... quer dizer – ela revirou os olhos e tentou falar, soando um pouco desordenadamente –, eu acho que...
Alexander descruzou os braços e disse de modo resoluto:
– Isso não tem importância.
– Bem, esse é um título nobiliárquico e de honraria.
– Não se preocupe. É apenas um título.
– Sim, mas, com o título de conde, acho que o senhor terá que escolher uma condessa para ser a sua... esposa – ela pigarreou antes de arrematar –, para lhe fazer companhia neste mausoléu.
– Sim, isso eu não posso negar. Minha casa é exageradamente grande, ou seja, 330 mil metros quadrados, 180 metros de fachada, 355 quartos e...
Elinor sentiu que o seu coração parecia ter sofrido uma rachadura. Ela ergueu o queixo e o interrompeu num tom sério:
– Isso é um problema seu, milorde. – Com um arquejo, acrescentou: – A chuva passou e eu não tenho mais nada a fazer aqui. Por favor, poderia pedir ao seu cocheiro para me levar para casa?
– Está bem. Como quiser, senhorita?... – Ele arqueou as sobrancelhas incitando-a a se apresentar.
– Elinor Chamberlain, esse é o meu nome.
– Lady Elinor – O conde olhou-a insistentemente e, sem dar a ela a oportunidade de recusar, disse –, eu quero que fique e jante comigo.
– Mas eu preciso ir para casa.
– Sim, eu sei que precisa ir embora, mas antes que se vá, gostaria que me fizesse companhia e jantasse comigo.
– Desculpe-me, mas eu não acho que seja apropriado para uma moça solteira ficar na casa de um homem...
Ele ergueu a sobrancelha e a encarou com zombaria.
Elinor olhou-o sobressaltada.
– Está me dizendo que é...
– Não. Eu não sou casado, não se preocupe. Como a senhorita mesma disse, eu preciso de uma condessa.

— Eu não estou preocupada — ela respondeu com uma sensação de alívio —, mas isso não fica bem, e eu...

— Por favor, senhorita Chamberlain, fique. É só um jantar. — Ele olhou-a com severidade, depois virou-se de costas e apoiou o olhar dentro da chama da lareira que crepitava. — Eu quero ter a certeza de que está realmente restabelecida e com o pé curado.

Com um arquejo, Elinor cedeu, dizendo:

— Está bem, milorde, mas assim que amanhecer eu voltarei para casa. Porém, acho necessário mandar uma missiva para as minhas irmãs, que certamente estão preocupadíssimas com a minha ausência.

— Não se preocupe. Eu mandarei um mensageiro levar a sua correspondência imediatamente. No meu escritório encontrará o que precisa para escrever. Vou pedir à sra. Stevenson que a acompanhe até lá.

Elinor se dirigiu até a porta, mas antes que pudesse alcançar a maçaneta, sentiu os dedos firmes do conde segurarem o seu pulso. Perturbada com o toque da mão dele em sua pele, ela virou-se rapidamente e, ao encontrar os olhos cinzentos fitando-a intensamente, ficou sem reação.

— Tem lindos pés, senhorita...

Elinor esboçou um meio sorriso e, sem dizer uma palavra, saiu do quarto com o coração aos pulos.

11

Assim que saiu, fechou a porta do aposento e, com um suspiro, recostou-se a ela por alguns instantes, enquanto descia o olhar para os próprios pés.

Era difícil resistir ao charme do conde, mas tinha conseguido sair antes que ele a beijasse novamente. Por que os beijos dele a faziam quase perder o juízo, desejando que ele não parasse mais?

Perturbada com a situação em que se encontrava, dirigiu-se ao seu quarto com passos rápidos, porém, quase se perdeu. A quantidade de portas a fez ficar duvidosa em saber qual aposento estava hospedada, mas por sorte, havia deixado sua porta aberta e, assim que entrou, respirou com alívio.

Não demorou muito, ouviu leves batidinhas.

– Pode entrar – ordenou.

Logo a sra. Stevenson adentrou e, com o semblante carregado de simpatia, disse educadamente:

– Com licença, senhorita Chamberlain. Gostaria de me acompanhar até o escritório?

– Sim. Por favor, será que a senhora poderia providenciar as minhas roupas?

A mulher começou a gaguejar e, entre desculpas, disse:

– Eu sinto muito, senhorita, mas elas ainda estão úmidas...

Contrariada, Elinor resmungou:

– Bem, nesse caso, terei que ficar perambulando por este castelo usando este robe, mesmo estando de luto.

A governanta ergueu uma das sobrancelhas.

– Eu sei que não é apropriado, mas se não se importar, posso lhe arrumar um vestido de nossas camareiras.

Elinor suspirou, resignada.

– Ah, por favor, faria essa gentileza? Acho que não tenho alternativa, não é mesmo?

Depois de alguns minutos, a serviçal trouxe-lhe um vestido simples, o qual serviu como uma luva, porém a deixou com os tornozelos de fora. Era curto demais. No entanto, não havia o que fazer.

A ida até o escritório foi uma viagem.

Elinor acompanhou a governanta e, depois de atravessar inúmeros cômodos chegou ao escritório, onde pôde escrever algumas linhas à Florence e Jenny explicando superficialmente o que tinha acontecido. James, o mordomo, encarregou-se de enviar o bilhete prontamente. Elinor, então, aproveitou a saída dos empregados e entrou na longa galeria de artes que encontrara no caminho.

O aposento iluminado, com cerca de 40 metros de comprimento, além de conter estátuas famosas, exibia diversos quadros com imagens dos ancestrais da família Highfield.

Como pintora, Elinor sentia-se totalmente atraída por tudo o que se relacionava com tintas, paisagens e pessoas retratadas. Sem se dar conta de quanto tempo ficou observando as telas, virou-se sobressaltada ao ouvir a voz de Highfield soar atrás dela.

— Vejo que algo a deteve aqui por mais tempo que devia.

— Oh! O senhor me assustou... – disse, sentindo o rosto enrubescer ao perceber a presença dele tão próxima.

— Perdoe-me, não tive a intenção de assustá-la.

— Acho que estou sendo inconveniente ao invadir a sua casa dessa maneira – desculpou-se rapidamente depois de dar alguns passos para afastar-se dele. — Mas confesso que o seu castelo é magnífico e os rostos que encontrei nas telas instigaram a minha curiosidade em relação à sua ascendência familiar.

— Verdade? Esta área é exclusiva aos meus patriarcas e faz muito tempo que não entro aqui.

— Quem é? – Elinor apontou para um homem que tinha os olhos cinzentos como os de Alexander.

— Esse é o meu avô, Charles Augusto Highfield.

— Ele se parece muito com o senhor, principalmente os...

— Olhos? – interrompeu Alexander, com um riso de satisfação.

— Sim. Isso mesmo. A maneira de olhar é muito parecida.

— Todos dizem isso.

— O físico também – confessou a jovem sentindo que enrubescia.

— Se isso é um elogio, fico agradecido.

— Não está sendo modesto, milorde.

O olhar de Elinor se fixou no quadro de alguém que lhe pareceu familiar.

— Quem é ele?

Alexander apertou os lábios, parecendo ficar emocionado pelo simples fato de ver a imagem do irmão.

– Meu irmão Douglas.

Com um arquejo e, como se tivesse cansado, dirigiu a conversa para outro rumo.

– Vejo que arrumou um vestido.

– Sim. Foi emprestado de sua criada. Eu não podia ficar desfilando pelo castelo em trajes indecorosos.

– Eu não vejo problema algum. – Ele exibiu dentes brancos como marfim ao esboçar um sorriso que ficava entre ser indecente e malicioso.

Sentindo-se ultrajada, Elinor puxou o decote do vestido para tentar encobrir melhor a curva recatada dos seios que insistiam em revelar a delicadeza de suas formas. Depois de engolir o comentário dele, disse num tom avespado:

– Acho que está sendo descortês, milorde.

– Está enganada, minha querida. Eu só falei a verdade... – disse ele medindo-a dos pés à cabeça. Mas ao ver que ela mantinha a expressão de quem estava constrangida, desculpou-se: –, eu não quero ser grosseiro, mas confesso que é um prazer vê-la em um traje que não seja de luto, embora ache que fica linda de qualquer jeito, mesmo vestida com trapos.

Mais uma vez, Elinor tentou inutilmente puxar com uma das mãos a parte de baixo do vestido para encobrir os tornozelos, e com a outra, tentava tapar o colo alvo exposto.

– Calma, senhorita. – Ele tentou disfarçar o riso ao vê-la apurada em se cobrir. – Não queira esconder os seus atributos físicos. Posso imaginá-los mesmo que esteja coberta com lã de carneiro.

Perplexa, Elinor olhou-o como se o visse pela primeira vez.

– Eu...

Ao notar o desconforto dela, ele se aproximou e pousou delicadamente o dedo indicador sobre os seus lábios trêmulos, impedindo-a de pronunciar qualquer palavra.

– Shhhh... Por favor, não se escandalize.

– Meu Deus! Como pode ser assim tão... tão... – Ela procurava desesperadamente entender tamanha insensatez.

Elinor arquejou e, apertando os lábios, demonstrou que estava visivelmente contrariada. Depois de alguns segundos, disse acidamente:

– Eu acho melhor não pensar nada a seu respeito, senhor Highfield. Na verdade, eu nem sei por que eu aceitei o seu pedido para ficar aqui. Acho que não temos nada em comum.

Elinor virou-se de costas para ele e cruzou os braços em sinal de recusa a qualquer aproximação da parte dele. Sentindo uma enorme confusão de sensações oscilando dentro do peito, firmou o olhar entre as telas e tentou prestar atenção nos detalhes e na maneira como tinham sido pintadas.

— Peço perdão mais uma vez, senhorita Chamberlain. Acho que não estou sendo um anfitrião cortês. Por favor, vamos esquecer o que falamos e começar tudo como se tivéssemos sido apresentados neste momento? — Num gesto de amizade e que indicava que ele estava sendo sincero e arrependido, estendeu a mão para ela.

Por alguns instantes ele permaneceu com ela suspensa no ar e, quando estava prestes a desistir, Elinor arquejou e estendeu a mão para ele. O aperto foi firme e, antes que pudesse demorar mais do que o normal, ela retirou-a e, depois de esfregar uma na outra, disse de modo sucinto:

— Está bem.

Alexander soltou o suspiro que estava retendo e, com um sorriso forçado, falou:

— Venha, vamos para a sala adamascada. Preciso me sentar antes que eu desmaie.

Elinor abriu os olhos mais do que o normal e, com preocupação, perguntou:

— O que está sentindo? Quer que eu peça para chamar o doutor Howard?

— Não é para tanto. Já fui medicado e acho que este mal-estar logo vai passar. — Alexander passou o dorso da mão sobre a testa.

Elinor aproximou-se dele.

— Apoie-se em mim... — Ela ofereceu um dos braços para que ele se enganchasse nela.

Alexander não se fez de rogado e, com um ar mais sério, eles saíram da galeria de braços dados.

Ao chegarem à sala suntuosa, pintada na cor de damasco, ele se desvencilhou delicadamente do braço de Elinor e com um gemido se jogou em uma poltrona. Estava um pouco pálido e a respiração estava um pouco curta.

Elinor também estava se sentindo cansada e com vontade de se deitar, mas se sentou ao lado dele e, mantendo a pose, perguntou:

— Está se sentindo melhor, milorde?

— Sim, agora estou. Na verdade, eu estava preocupado com a sua saúde, mas me alegro em vê-la restabelecida.

— Eu estou me sentindo culpada ao vê-lo assim. Afinal, o senhor salvou a minha vida duas vezes.

Highfield recostou a cabeça no encosto alto da poltrona e deixou cair os cílios. Elinor ficou duvidosa se estava pensativo ou sonolento. A sua cabeça ainda doía um pouco e, mantendo os olhos fechados, ele disse:

— Eu faria tudo novamente. É muito bom ver o seu sorriso e tê-la tão perto.

Elinor engoliu em seco e rapidamente procurou algo para dizer, mas as palavras fugiram de sua mente. Corajosamente fitou o perfil másculo daquele homem e, sentindo uma sensação estranha, num impulso, pegou uma das mãos dele que estava descansando sobre o belo tecido do sofá e a pressionou levemente.

– Eu serei eternamente agradecida pelo seu cuidado para comigo.

Ao vê-lo sendo extremamente atencioso e gentil, mesmo não estando completamente restabelecido, Elinor não conseguiu definir a sensação que a invadiu. Ele não estava bem, mas demonstrava preocupação com o bem-estar dela o tempo todo, e isso a comoveu.

Alexander levantou a cabeça, que parecia estar muito pesada, e encarou os encantadores olhos esverdeados à pouca distância dos seus. O olhar dele parecia estar febril, mesmo assim, esboçou um sorriso. Elinor não teve dúvidas de que ele estava se esforçando para parecer normal. Ela poderia jurar que dentro do peito o seu coração havia parado de bater.

12

A senhora Stevenson surgiu na porta, anunciando que o jantar estava na mesa.
— Boa noite, milorde. Eu ainda acho que o senhor e a senhorita Chamberlain deveriam estar acamados, seguindo as orientações do doutor Howard, mas ordenei à senhora Millie que preparasse um ensopado, como o senhor pediu.

Elinor arregalou os olhos verdes, incrédula.
— Ensopado? — reprovou, depois aconselhou: — Eu creio que seria conveniente que tomássemos um caldo leve e...

Alexander levantou o olhar e, indignado, disse:
— Eu não gostaria de tomar caldo. Estou me sentindo fraco e o caldo me deixará faminto durante a noite toda. Além do mais, temos a sua ilustre visita, lady Chamberlain.

Ignorando o comentário do conde, ela sugeriu educadamente:
— Por favor, senhora Stevenson, poderia servir um caldo?

A mulher olhou confusa para o patrão.
— Eu...
— Ensopado, senhora Stevenson — ordenou o conde.
— Caldo, senhora Stevenson — insistiu teimosamente Elinor.

Vendo que os dois não cederiam, a governanta interveio amenizando a divergência entre eles.
— Acho melhor servir os dois pratos, assim poderão escolher o que acharem conveniente. Está bem assim?

Ambos não responderam e se olhavam como se estivessem em uma disputa para ver quem estava com a razão.

Com um revirar de olhos a senhora Stevenson saiu silenciosamente da sala, deixando os dois discutindo.

— Vejo que é muito teimoso, senhor. — Elinor olhou-o com severidade. — Eu não vim aqui fazer-lhe uma visita, pelo contrário, estou aqui contra a minha vontade e só não fui embora por que ...

— Porque eu insisti que ficasse.

— Na situação em que nos encontramos, acho que seria conveniente tomarmos um caldo levinho e irmos para a cama...

— Juntos? — interrompeu o conde, encarando-a com um riso animado. — Acho que seria perfeito!

Elinor revirou os olhos e, sentindo-se completamente ultrajada, levantou-se do sofá dizendo num tom avinagrado:

— Acho que o senhor está sendo inconveniente, senhor Highfield. Vive colocando palavras em minha boca.

— Perdoe-me, senhorita, mas a sua sugestão foi bem providencial. Deitados em uma cama poderíamos nos aquecer melhor, não acha?

Irritada com os comentários inescrupulosos, ela apontou o dedo em riste na direção dele e disse entredentes:

— Agora o senhor passou dos limites. Eu não vejo graça nenhuma em ficar me colocando na posição de mulheres levianas e indecorosas. Além do mais, eu...

Highfield recostou a cabeça sobre o encosto do sofá novamente e fechou os olhos, como se não estivesse ouvindo-a reclamar. Vendo que ele não reagiu ao seu comentário furioso, Elinor calou-se e prestou atenção na fisionomia dele. Ele parecia ter empalidecido e estava respirando com dificuldade.

Elinor calou-se e, depois de alguns segundos de espera, ficou apreensiva e, chegando mais perto, abaixou e tocou-o levemente no braço.

— Milorde?

Silêncio.

— Senhor Highfield? — insistiu, nervosa. — Não está brincando comigo, está?

Com um olhar duvidoso, ela virou as costas e começou a andar de um lado para o outro, enquanto manifestava a sua indignação.

— Olhe aqui, se estiver brincando comigo e me fazendo de boba só para querer se aproveitar de mim, que sou uma moça de boa índole, eu juro que eu vou...

Elinor parou de supetão ao ouvir alguns resmungos.

— Não, senhorita, não me deixe... por favor, fique aqui comigo... — sussurrou o conde num tom bastante baixo, quase inaudível.

Sem acreditar no que tinha acabado de ouvir, Elinor chegou mais perto para poder ouvi-lo melhor. Será que tinha ouvido direito? Será que ele estava morrendo, ali, bem na sua frente? Sentindo o coração pular dentro do peito, segurou na mão do conde e sentiu-a fria e, ao apertá-la, não obteve nenhuma reação da parte dele.

— Alexander? — insistiu suavemente.

— Elinor...

A voz dele saiu tão baixa que ela só entendeu por que olhou nos lábios dele e pôde ler o que ele acabara de dizer, chamando-a.

— Eu estou aqui, milorde... — ela sussurrou bem perto do ouvido dele. — Pelo amor de Deus, me diga o que está sentindo...

Ao ouvir a voz dela tão próxima, ele virou o rosto e tentou abrir os olhos, que pareciam pesados, impedindo-o de enxergá-la.

— Alexander, eu estou aqui... — repetiu Elinor, agoniada.

Como se tivesse despertado de um sono, ele entreabriu os olhos, que pareciam distantes, e fitou-a como se a visse pela primeira vez. Elinor ficou paralisada, incapaz de dizer algo ou se mover. A atitude dele era de alguém que não estava em seu juízo perfeito. Sentindo o coração aos pulos, ficou olhando-o e quase desmaiou ao ouvi-lo murmurar:

— Eu a amo... — Ele recostou a cabeça novamente e, com os olhos semicerrados, repetiu — Eu a amo...

Elinor engoliu em seco e ficou sem ação. Aquelas palavras entraram em seu peito como uma flecha, deixando-a perplexa.

Aquilo não era real. Não era possível.

Ele devia estar tendo alucinações ou confundindo-a com outra pessoa. Elinor teve a nítida impressão de que as paredes que sustentavam o seu coração tinham sido completamente abaladas.

Assustada com a atitude dele, ela resolveu interpelá-lo novamente:

— Senhor? Está se sentindo bem? Por favor, fale comigo!

Highfield voltou a cabeça e, tenso, olhou-a novamente.

— Acho que estou morrendo, lady Chamberlain...

— Não, por favor, o senhor não pode fazer isso comigo!

— Eu... sinto muito... — o tom de voz dele era muito fraco.

Desesperada, Elinor começou a gritar:

— Senhora Stevenson! Senhora Stevenson!

Ao adentrar na sala, a governanta olhou-a assustada.

— O que houve, senhorita?

— O conde não está passando bem! — exclamou aflita. — Depressa, peça a alguém que chame o doutor Howard!

— Santo Deus! — exclamou a mulher, olhando para o patrão que parecia estar desacordado. Aflita, ela saiu apressada em busca de ajuda.

Elinor pegou-o pela mão e, sacudindo-a, disse energicamente:

— Alexander, eu preciso que reaja. Segure-se em mim. Eu vou levá-lo para a cama.

— Cama? — resmungou ele, quase inconsciente.

Elinor ergueu o queixo dele e, encarando-o, colocou o dedo em seus lábios.

— Calado — repreendeu-o com gravidade.

Como uma criança que obedece à mãe, ele suspirou apoiando-se no sofá e, segurando na mão dela, levantou-se com dificuldade. Ele era bastante alto e forte, e isso dificultou a sua movimentação para voltar até os seus aposentos, devido ao equilíbrio estar comprometido.

Sem pensar nos esforços, Elinor buscou toda a energia que lhe restava e o conduziu até o pé da escadaria. Logo a senhora Stevenson voltou, acompanhada do mordomo, James, e ambos ajudaram a levá-lo até o quarto. Pouco depois, eles saíram, deixando-os a sós e foram verificar se o médico havia chegado.

Com cuidado, Elinor empurrou-o até que o ajeitou sobre os lençóis e o cobriu com várias cobertas. Alexander parecia exausto e gemeu como se estivesse com dor. Os cílios longos e pretos como carvão não se mexiam. Os cabelos desalinhados o deixavam com a fisionomia de um garoto travesso e pediam para que fossem arrumados. Elinor não resistiu e, sentindo uma ternura mesclada de preocupação alisou-os com delicadeza e penteou-os com os dedos, até que ficassem alinhados.

Ao vê-lo tão quieto e vulnerável, estudou as linhas do rosto nobre.

Alexander Highfield era um homem extremamente atraente. Mesmo estando de olhos fechados, ele era perturbador. O corpo espetacular mostrava a forma física invejável que provavelmente mantinha praticando algum esporte diário.

Sem perceber, Elinor estava deslumbrada diante daquele homem que a havia estreitado em seus braços e a beijado com volúpia e sedução.

Um arquejo escapou em meio ao silêncio.

Um tremor no corpo do conde fez com que se aproximasse dele e ficasse alerta a qualquer movimento. Ele permanecia imóvel e isso a assustou. Um cansaço mesclado de medo a invadiu. Será que o destino os separaria em tão pouco tempo?

Não haviam se conhecido o suficiente para estreitar algum sentimento, mas ao vê-lo tão indefeso, o seu coração se enterneceu. Um ardente desejo de estar perto de Alexander fez com que se sentasse com cuidado na cama. Porém, isso não foi o suficiente e logo se viu deitando-se ao lado dele sob a coberta e colocando um dos braços sobre o abdômen que subia e descia em um ritmo lento, como se quisesse protegê-lo.

Ao ver que ele não reagia, sentiu um nó no estômago.

Será que ele estava descansando a mente por trás das pálpebras cerradas? Depois de tudo o que passaram, nada mais justo que ele descansasse.

Ele parecia cansado.

Ou doente.

Possivelmente as duas coisas.

Sem pensar que estava se colocando em uma situação íntima e comprometedora, Elinor teve medo de que algo grave pudesse acontecer com o conde.

Num impulso, pegou a mão dele e levou-a até os lábios e, ao fazer isso, lembrou-se de assoprá-la e aquecê-la com a sua respiração. Com os olhos fechados, foi tocando a pele fria e depositando os lábios suavemente, enquanto expirava o ar quente que saía de seus pulmões. O corpo de Highfield reagiu e um gemido inexprimível saiu de sua garganta. Assustada, tentou sair do lado dele, mas foi agarrada com força pela mão que ela segurava.

— Elinor...

A voz dele era fraca e rouca ao puxá-la para si. Um sobressalto a fez soltar um gritinho e quase cair da cama.

— Eu estou aqui, milorde.

— Não vá, fique aqui comigo. Preciso de você.

Ela sentiu que corria perigo. O seu corpo estremecia a cada palavra que ele dizia.

— Eu estarei aqui, mas preciso sair da cama. Não fica bem eu estar deitada com o senhor quando o doutor Howard chegar.

Alexander afrouxou os dedos, mas continuou a segurá-la como se não tivesse ouvido o que ela havia dito. Com os olhos semicerrados sussurrou:

— Eu a quero... junto de mim...

Elinor parou de respirar quando ouviu a voz dele começar a falhar. Cada membro do seu corpo começou a latejar. Decidida, voltou e acomodou-se ao lado dele, sabendo do risco que corria. Deixando de lado a timidez excruciante, carinhosamente levou a mão no queixo que estava com a barba por fazer e, de olhos fechados, desenhou com a ponta do dedo a forma angular, até estacioná-lo dentro da pequena cova que o dividia ao meio.

Alexander se moveu como se o toque da pele dela fosse extremamente agradável, fazendo com que abrisse as pálpebras, que pareciam pesadas, e a olhasse rapidamente, depois voltando a fechá-las com a expressão suavizada, como se a presença dela fosse o remédio que precisava.

Elinor não soube dizer quanto tempo ficou ali, mas acordou sobressaltada ao ouvir passos dentro do quarto. Porém, ao tentar levantar-se, foi impedida pelo braço de Alexander que descansava sobre a sua cintura.

13

O crepitar da lareira já não se ouvia. Havia somente algumas brasas ainda acesas, quando Elinor retirou cuidadosamente o braço do conde que a prendia, e se levantou da cama apressadamente ao ver o doutor Howard olhando para ela com a sobrancelha levantada.

Piscou por várias vezes para acordar de vez. Olhou para Alexander e viu que ele estava com a fisionomia calma e respirava normalmente.

— Senhorita Chamberlain, o que houve? — inquiriu o médico, com o semblante denotando preocupação.

Elinor ajeitou a saia e depois de limpar a garganta, respondeu:

— Não sei. O conde passou muito mal, mas agora me parece que está dormindo como um anjo.

— Ele não ficou em repouso?

Elinor sentiu que enrubescia e, mesmo assim, conseguiu dizer:

— Nenhum de nós permaneceu em repouso.

— Quer dizer que…?

— Não, não, doutor. Não é o que está pensando. — Ela apertou as mãos com um misto de nervoso e cautela e completou o mais rápido que pôde: — Nós não ficamos acamados como pediu e fomos até a sala para jantar.

— Jantar? — perguntou o médico, perplexo. — Mas eu recomendei que ficassem deitados e…

— A culpa foi toda minha, doutor — falou o conde.

Assustados, Elinor e o médico olharam para ele.

— Vejo que acordou, Highfield — disse o médico, aproximando-se da cama. — O que está sentindo?

— Sinto-me exausto, só isso.

Meneando a cabeça, o dr. Howard pegou o termômetro e colocou nos lábios de Alexander para medir a temperatura.

Sem poder falar, ele olhou para o médico e para Elinor com ar de impaciência. Logo o médico verificou a temperatura e constatou que estava normalizada.

– Está novinho em folha, milorde. Mas passarei a noite aqui, caso precise de mim.

– Obrigado, doutor Howard – agradeceu ao médico e depois olhou para Elinor um pouco confuso. – Confesso que não sei o que houve comigo, porque eu não me lembro de muita coisa.

Que bom que ele não se lembrava das palavras que tinha lhe dito. Só em lembrar, Elinor sentiu que enrubescia.

O doutor Howard achou que o conde estava bem e disse que, se realmente ele piorasse, voltaria imediatamente.

Despreocupado, o médico foi para um dos quartos de hóspedes, deixando Elinor mais tranquila.

Ao perceber que Alexander adormecera, sem ruídos saiu dos aposentos dele e foi para o seu.

A madrugada já havia chegado e, depois de se enfiar entre as cobertas, cansada, ela dormiu até quase às dez horas do dia seguinte.

Ao acordar, sentindo-se ainda um pouco tonta, tocou a sineta e aguardou a chegada da senhora Stevenson.

Logo pediu as suas roupas e, depois de recebê-las totalmente secas, se trocou e foi até a sala de refeições. É claro que andou se perdendo, afinal o castelo era monumental e ela não reconhecia ainda todos os cômodos.

Em um dos corredores, encontrou-se com uma criada que prontamente a conduziu até a sala em que era servido o desjejum todas as manhãs. Não havia ninguém à mesa.

Elinor se sentou e se serviu de pães, queijos frescos, chá, leite, ovos com bacon e frutas. Estava faminta. Depois de terminar, procurou pela governanta, mas pôde constatar que os afazeres domésticos ali eram enormes e certamente ela devia estar ocupada delegando as tarefas. A criadagem era numerosa e, com certeza, o dia a dia naquele lugar era bem trabalhoso.

Ao calcular que o conde ainda estava dormindo e, portanto, não tinha tomado o café da manhã, preocupada com o bem-estar dele, arrumou pães, café, leite e frutas em uma bandeja e saiu em direção ao andar superior.

O caminho até lá era um tanto confuso, mas se orientou pela escadaria larga e subiu vagarosamente para não derrubar a bandeja, contudo, no trajeto, encontrou a governanta, que ao vê-la equilibrando as porcelanas, veio socorrê-la imediatamente.

– Senhorita, deixe que eu mesma faça isso.

Porém, Elinor não se deixou passar por alguém acostumada a ser servida por empregados e, com altivez, disse:
— Não se preocupe, sra. Stevenson, não me custa nada.
— Se o senhor Highfield souber que eu a deixei fazer isso, ele me colocará na rua.
Ela sorriu e meneou a cabeça.
— Ele não precisará saber.
Elinor bateu à porta e, como não ouviu nenhum barulho, adentrou no aposento do conde.
Alexander parecia dormir profundamente. Depois de sondar a respiração dele, percebendo que estava bem, colocou a bandeja sobre a mesa e, antes que ele acordasse, tentou sair pisando na ponta dos pés. Porém, quando estava prestes a fechar a porta, ouviu a voz dele que mais parecia um sussurro.
— Senhorita Chamberlain...
Elinor sobressaltou-se e, sentindo-se como uma intrusa, tentou se justificar:
— Eu vim ver se havia tomado o café da manhã...
— ... E trouxe-o para mim.
— Não. Eu realmente...
Alexander sorriu.
— Que bom que se lembrou de mim. Eu estou faminto!
— Isso é uma ótima notícia. Acho que agora eu posso ir embora sem me preocupar com a sua saúde.
O conde fez uma careta.
— Não faça isso. Eu disse que estou bem, mas isso não significa que esteja curado.
— Bem, se está com fome, isso significa que...
— Que eu estou com fome, só isso. – Ele tentou se sentar, mas contraiu o rosto como se estivesse com dor. – Por favor, pode me ajudar a me sentar? Estou com dor nas costas...
Elinor se apressou em arrumar mais travesseiros para que ele se recostasse e, quando fez menção de se afastar, ele a segurou pelo braço.
— Fique e tome o desjejum comigo...
Delicadamente ela tentou se desvencilhar, mas a mão dele parecia prendê-la como uma corrente de aço.
— Eu já tomei, obrigada. – Ela o olhou firmemente e disse: – Parece-me que fraqueza o senhor não tem, a julgar pela força de sua mão.
O conde afrouxou os dedos e, com um suspiro, desculpou-se pela grosseria.
— Perdoe-me se a machuquei. Não foi essa a minha intenção.
Vendo-se livre da mão dele, ela foi até a mesa e perguntou:
— Como prefere o seu café?
— Sem açúcar.

– Pão? Queijo?
– Ovos com bacon e pão, por favor.
Enquanto colocava o que ele pediu no prato, ela sabia que as suas mãos demonstravam que estava nervosa.
Ao pegar a bandeja, o conde sorriu e agradeceu.
– Obrigado pela gentileza.
– Não há de que, afinal, se não fosse o senhor ter cuidado de mim, eu não estaria viva. Eu lhe devo muito.
Alexander comeu com um apetite voraz. Elinor não sabia se ficava ou se saía do quarto. Logicamente que não era normal uma jovem de família ficar em um quarto sozinha com um homem, mesmo ele estando enfermo. Pensando nisso, se desculpou dizendo:
– Bem, com licença. Eu estou esperando o meu cocheiro vir me buscar a qualquer momento.
Ele a olhou surpreso.
– Vai embora?
Ela foi em direção à porta e disse:
– Eu preciso ir e... por favor, não me procure.
Ele colocou a bandeja ao lado e, com uma expressão indefinida, mas parecendo contrariado, perguntou:
– Posso saber por quê?
– Eu prefiro que não.
Ele jogou a coberta de lado e se levantou.
– Mas o que o senhor está fazendo?
Ele se aproximou e segurou-a pelos ombros.
– Impedindo-a de ir embora.
Antes que Elinor pudesse dizer algo, ele colou os lábios nos dela e a beijou. Primeiro, com suavidade, em seguida com urgência e posse.
A sensação que ela teve era de que ele a queria inteira e que não permitiria que o recusasse. Mesmo sabendo que teria que reagir e impedir que ele continuasse a beijá-la, as forças lhe faltaram porque seu desejo era que ele prosseguisse e não parasse mais.
Highfield era educado, mas direto, obstinado e sedutor. Era difícil não sucumbir ao seu charme e persuasão. Elinor se sentia fraca e incapaz de resistir aos seus beijos e se sentia terrivelmente atraída por ele.
Ela queria mais e mais.
Contudo, um momento de lucidez a fez recobrar a consciência e empurrá-lo.
– Por favor, não torne as coisas mais difíceis para mim.

Alexander deixou de beijá-la, mas continuou a roçar os lábios em seu pescoço, com pequenos toques.

— Mas, por quê? Eu sei que a senhorita não é imune aos meus beijos.

Recobrando-se do deleite que sentia com o toque das mãos dele em sua pele, ela reuniu todas as suas forças e se afastou, porém, a sua respiração estava irregular e delatava a sua excitação.

— Acho que está confundindo as coisas, senhor.

— Eu tenho certeza de que a senhorita não é indiferente a mim. Os seus beijos correspondem aos meus de um modo que eu adoro e...

Por que a cada vez que ficava embaraçada o sangue subia e tingia a sua face denunciando como se sentia?

— O senhor é muito insistente e não me deixa nenhuma alternativa.

— Isso significa que está fingindo? — Ele olhou-a incrédulo e, depois de alguns instantes, meneou a cabeça. — Eu não acredito que não desperto nada na senhorita.

— Pense o que quiser.

Ele pareceu confuso e irritado.

— Eu conheço muito bem uma mulher, senhorita Chamberlain, e posso lhe afirmar que a senhorita me quer tanto quanto eu a quero.

— Não precisa me dizer que é um homem experiente e que teve muitas mulheres em seu caminho e...

— Eu não disse isso.

— O senhor disse que conhece muito bem as mulheres e...

— A senhorita não me engana. Eu a sinto estremecer quando está em meus braços.

Elinor arquejou.

— Está enganado. O senhor me assusta toda vez que chega perto de mim e insiste em me beijar.

Elinor pôde perceber que o conde retesou os maxilares. Ele parecia estar terrivelmente contrariado com a atitude dela. É claro que ele era um homem muito bonito e atraente e ela sentia que desfalecia em seus braços toda vez que ele a beijava, mas não podia dizer a ele que aquilo estava certo. O seu coração parecia que ia explodir e as emoções se acotovelavam em seu peito, deixando-a extasiada depois de ter sido beijada por ele.

Os beijos de Alexander eram profundos, excitantes e a faziam se sentir a mulher mais feliz do mundo, entretanto, precisava esquecê-lo. Ela precisava manter o seu compromisso com Anthony, mas não sabia como faria para esquecer os momentos que passaram juntos, ali, no cemitério e no encontro sobre a ponte Tower Bridge. Como podia se sentir assim, se o conhecia há apenas um dia?

Uma leve batidinha à porta interrompeu a conversa.

— Milorde?

Contrariado, o conde respondeu com voz firme.
– Pode entrar.
James colocou a cabeça no vão da porta e anunciou:
– O cocheiro da senhorita Chamberlain veio buscá-la.
Elinor agradeceu e sentiu a garganta quase se fechar. A hora de ir embora a fez sentir que deixaria parte dela naquele lugar. A companhia de Alexander, mesmo por somente algumas horas, a deixou com a sensação de que sentiria saudades. Com um suspiro, ela agradeceu ao serviçal.
– Oh, obrigada, sr. James.
Highfield dispensou o mordomo com um olhar e um aceno de cabeça. Em seguida, aproximou-se de Elinor e disse:
– Por favor, não vá. Nós precisamos conversar.
Nervosa, olhou-o firmemente nos olhos, tentando parecer segura.
– Eu preciso ir. A minha família deve estar preocupada e...
Alexander pegou em sua mão gentilmente e a levou aos lábios.
– Fique.
– Eu já disse que não posso, milorde. – Elinor suspirou e declarou, sabendo que teria que partir e cumprir a promessa feita ao pai. – Por favor, me esqueça, porque eu vou fazer o mesmo.
Alexander ficou atônito.
– Como pode dizer isso, depois de tudo o que passamos juntos? O que a impede?
Elinor sabia que não poderia voltar atrás e que Anthony seria o seu futuro infeliz, entretanto, precisava ser forte para dizer adeus ao homem que havia abalado o seu coração e feito com que conhecesse o calor de seus abraços. Com um suspiro, disse de supetão:
– Eu lhe agradeço por tudo o que fez por mim, mas eu já sou comprometida e vou me casar em breve.
Antes que o conde pudesse falar alguma coisa, saiu do quarto e fechou a porta atrás de si. As escadas pareciam não ter fim enquanto descia os degraus correndo.
Com os olhos marejados, se despediu da governanta apressadamente ao entrar na carruagem e partiu de volta para Greenwood, sem olhar para trás.

14

– Bom dia, Eli querida – disse Florence carinhosamente ao ver a irmã abrir os olhos ainda sonolentos. – Como está se sentindo?

Elinor ergueu as vistas para a irmã e, com um suspiro, disse com a voz fraca:

– Melhor. Porém, a minha garganta ainda dói e o meu corpo parece estar muito cansado.

– O doutor Howard disse que terá que ficar acamada ainda por mais alguns dias até que se recupere.

– Isso é exagero. Ele já me medicou e eu estou bem. – Elinor apoiou as mãos na cama e tentou puxar o corpo para poder se sentar, porém, a cabeça estava pesada, impedindo-a de se levantar. Florence arrumou os travesseiros e a ajudou a acomodar-se neles.

– Em vista de como você voltou para casa, depois de ter tomado toda aquela chuva, está bem melhor, mas acho que deve seguir as recomendações médicas para que não tenha nenhuma recaída.

Elinor percebeu o semblante preocupado da irmã e, com um meio sorriso, disse:

– Você está me paparicando, isso sim.

– Eli, você não sabe como ficamos preocupadas com a sua demora em voltar para casa – disse Flor. – O que você fez foi uma loucura!

– Florence, eu não tinha como voltar. A tempestade foi tenebrosa e eu tive sorte em encontrar um refúgio na ponte, senão, provavelmente eu não estaria aqui.

Florence apoiou as mãos pequenas sobre as da irmã e, com um afago, disse com os olhos marejados:

– Oh, graças a Deus, minha irmã, porque eu não suportaria perdê-la.

Elinor engoliu em seco e, com um olhar suplicante, pediu:

– Florence, eu preciso ir ao meu ateliê.

– Eli, ainda está muito frio e eu não acho conveniente você sair da cama. Pode fazer-lhe mal e piorar ainda mais.

Dificilmente Florence via Elinor nervosa. Na maioria das vezes, ela se mostrava serena diante dos problemas, e quando ficava em dúvida quanto a tomar resoluções, elas conversavam, discutiam e até mesmo brigavam, porém depois de algum tempo, tudo voltava à normalidade e riam do acontecido.

Entretanto, naquele dia, ela parecia extremamente perdida e Florence não teve palavras para dissipar a sua inquietação; era visível o quanto ela se sentia vulnerável a toda aquela fatalidade.

Ia anoitecendo quando Elinor acendeu um candelabro. A preocupação dos dias vindouros e o que fariam para mudar aquela situação ainda lhe agoniava o coração, porém o compromisso com Anthony a deixava inquieta.

A desarrumação em seu peito era grande.

Estava difícil colocar os pensamentos e os sentimentos em ordem.

Com o passar dos dias tudo se tornara angustiante e incerto, mas naquele dia, não quis mais pensar e, cansada, despediu-se de Florence e foi para o seu quarto.

No dia seguinte, logo pela manhã, chegaram algumas correspondências. O receio de encontrar más notícias quanto à situação financeira em que se encontravam a deixou alerta. Porém um envelope lacrado com um brasão lhe chamou a atenção.

Ao romper o lacre, deparou-se com o convite para um baile que aconteceria no castelo Highfield, assinado pelo conde.

Elinor guardou o convite novamente no envelope e foi até o escritório.

Depois de colocar a pena dentro do tinteiro, bateu a ponta para retirar o excesso da tinta e, resoluta, escreveu:

Caro Lorde Alexander,

Agradeço imensamente pelo convite para a sua ilustre festa, mas só poderei ir se o convite for estendido ao meu noivo e às minhas irmãs, caso contrário, será impossível.

Elinor Chamberlain.

A resposta veio depois de uma semana.

Cara senhorita Chamberlain,

É claro que o convite é para a senhorita e suas irmãs e ficarei honrado com a sua presença que, para mim, é indispensável. Não poderia ser de outra forma. Já enviei o convite ao Anthony e creio que ele as acompanhará.

Cordialmente,

Alexander Highfield.

Depois da leitura, Elinor apoiou o cotovelo sobre a mão que segurava a missiva e, com o polegar, rodou os anéis, ora um, ora outro, enquanto pensava na possibilidade de ir ao castelo de Highfield mais uma vez.

Alexander estava na companhia de seus primos, o visconde Willian Windsor e o marquês Brandon Beaufort. Ambos tinham quase a mesma idade, sendo que o visconde era um pouco mais velho do que o marquês. A conversa animada e as brincadeiras pareciam as mesmas de quando eram meninos, contudo, Brandon apostou em algo mesclado de malandragem e oportunismo.

— Caro primo, você parece estar alienado diante de tantas damas graciosas que até agora embelezaram o seu salão...

Alexander riu e tomou um gole da bebida que tinha em mãos.

Willian aproveitou-se do comentário de Brandon.

— Eu também achei, Brandon. Acho que Alex está apaixonado.

Alexander revirou os olhos.

— Ora seus insensatos, por que não me esquecem e vão conferir se ainda têm crédito com alguma beldade?

Brandon chegou bem perto do primo e, sem desistir de provocá-lo, anunciou:

— Você está muito misterioso, primo. Mas se realmente não está apaixonado, eu sugiro que façamos uma aposta.

Willian embalou na conversa.

— Bem, o salão já está cheio de convidados, porém se a próxima dama que cruzar aquela porta — Brandon apontou para a entrada do salão —, for bonita e você conseguir beijá-la, provará que não tem ninguém ocupando o seu malvado coração, demonstrando que o velho e sedutor Alex ainda é o terror das mulheres!

Alexander esboçou um sorriso indolente.

— Vocês são dois desocupados, mas para manter a minha palavra de conde, eu aceito a aposta.

Os três riram. Porém o riso de Alexander morreu em seus lábios quando ouviu o seu mordomo anunciar repetidamente, por três vezes:
– A senhorita Chamberlain!
– Áh... A senhorita Chamberlain e...
– ...A senhorita Chamberlain, milorde!

Alexander fez uma reverência a cada uma delas, mas o seu olhar se demorou na figura delicada e ao mesmo tempo felina de Elinor, que entrou primeiro, seguida de Florence e Jenny. Os olhos verdes como as águas do oceano pareciam cintilantes.

A contradança entre os casais enfileirados já se encontrava animada. Logo, um dos primos veio até o conde e perguntou quem eram as belíssimas jovens presentes. Alexander explicou ao primo que se tratava da noiva de seu amigo de infância e que as duas mais jovens eram descompromissadas. Isso fez com que Brandon ficasse perto e observasse discretamente qual das duas damas mais lhe agradava aos olhos.

O conde deixou Brandon flertando com as irmãs Chamberlain e se aproximou de Elinor.
– Onde está Anthony?
– Infelizmente ele não pôde vir, milorde, mas pediu-me para que o senhor recebesse as suas desculpas e...

Alexander segurou no cotovelo de Elinor e, enquanto a conduzia a um canto mais reservado, observou:
– Já sei. Ele viajou a negócios, não foi?

Elinor suspirou e assentiu.

Alexander deixou de olhá-la e, ao passar os olhos pelo salão, se deparou com o sorriso malicioso de Brandon, lembrando-o da aposta. Disfarçadamente ele desviou o olhar e, ao ver um dos garçons passar, aproveitou e pegou uma taça de conhaque.

Elinor procurou as irmãs com os olhos, encontrando-as entretidas na conversa de algumas moças da idade delas.

Distraída, mas com o coração apreensivo, ela assustou-se ao ouvir a voz grave do conde.
– Concede-me a primeira dança, senhorita Chamberlain?

Antes que Elinor respondesse, viu-se conduzida até o meio do salão.

Uma valsa soava suave e convidativa e a luz bruxuleante das velas incitava a um clima romântico.

Alexander sustentou as suas costas com mãos firmes e a conduziu com leveza e destreza. Parecia um exímio dançarino.

Elinor se concentrou no ritmo *um, dois, três... um, dois, três...*

Nos braços de Alexander, ela teve uma gama de sutis emoções. Havia uma ameaça tranquila de um amável contentamento.

Embora houvesse uma distância respeitável, quando ele a olhou, havia naquele olhar uma informação mais completa, fiável e pertinente. Com um tom íntimo e suave ele murmurou:

– Eu quero dançar com a senhorita assim e muito mais... eu a quero assim... eu a quero por muito tempo.

Elinor desviou o olhar e levantou a mão direita, que estava sobre o ombro dele, e contemplou as pedras dos anéis escondidas debaixo da luva. Com um sorriso irônico, disse com sarcasmo:

– Até toda noite virar uma noite ou outra, até uma noite ou outra virar de vez em quando, até de vez em quando virar cada vez menos, até cada vez menos virar nunca mais...

Decidido, o conde a conduziu a um canto discreto que ficava debaixo da escadaria que levava ao andar superior e a encurralou na parede.

– Está enganada, senhorita Chamberlain. Ainda que tudo mude e que eu seja outro e a senhorita também... isso jamais a senhorita irá se esquecer...

Inesperadamente Alexander curvou-se e a beijou. Elinor quis se desvencilhar, mas ele permaneceu segurando-a com firmeza para que não escapasse de seus braços que a prendiam como correntes de aço.

As suas bocas já se conheciam, mas aquele beijo foi diferente dos demais. Era mais exigente, profundo e cheio de intenções. Constrangida, Elinor se debateu, mas Alexander parecia insensível às suas objeções.

Incapaz de conseguir refreá-lo, ela cedeu e, quando se deu conta estava entregue ao beijo, com as pernas trêmulas e o coração disparado. Todo aquele arrepio que sentia pelo corpo a fez se dar conta de que o desejava como homem. Era isso que ela havia ouvido a respeito de sensações prazerosas entre um homem e uma mulher.

Quando ele a largou, ambos estavam inflamados de desejo e com as emoções se debatendo em seus corações.

Elinor passou os dedos trêmulos sobre os lábios inchados e, olhando ao redor do salão que estava cheio, murmurou:

– Está louco? Como pôde ser tão atrevido? O senhor se esqueceu que eu sou comprometida?

Alexander ignorou as queixas e a olhou gravemente.

– Como posso me esquecer se a senhorita vive me lembrando que está comprometida com o meu melhor amigo? E onde está ele, que não a acompanha e a deixa sair sozinha?

Irritada, ela o deixou e saiu em busca de suas irmãs. Precisava ir embora dali o quanto antes.

Sem conseguir esconder o nervosismo, ela encontrou Jenny e Florence comendo algumas guloseimas. Ao avistá-la, Jenny disse:

— Eli, olhe quanta coisa diferente tem nessa mesa. Bem que você poderia pedir ao conde para a cozinheira me fornecer a receita destes doces e...

Com o semblante transtornado, Elinor disse de supetão:

— Vamos embora.

Florence e Jenny a olharam atônitas.

— Mas nós acabamos de chegar, Eli! — exclamou Florence. — O que houve, por que você está tão nervosa?

— Eu, nervosa? Imagine. Vocês duas não prestam atenção em nada. — Elinor colocou a mão nas têmporas e fingiu estar com dor de cabeça. — A minha cabeça está estourando e...

Antes que uma delas pudesse dizer mais alguma coisa, foram interrompidas.

— A senhorita me concede esta dança? — O olhar de Willian caiu sobre a figura delicada de Florence.

Florence olhou para a irmã mais velha procurando a aprovação, porém Elinor somente assentiu com um gesto de cabeça.

Sem entender o que se passava com a irmã, Florence resolveu seguir o seu instinto e acabou aceitando o convite do cavalheiro de cabelos com tons castanhos e dourados, e sorriso franco, para valsar.

Jenny estava entretida com uma fatia de bolo na mão, quando foi abordada por Brandon, convidando-a para dançar. Com um suspiro, Elinor consentiu e, como tinha que esperar pelas irmãs, resolveu tomar um pouco de ar e se dirigiu à balaustrada.

Sentia calor e as têmporas ardentes. Será que estava febril de verdade?

Aflita, descalçou a luva de uma das mãos e encostou o dorso na testa para verificar a temperatura. Desde que ela e o conde haviam ficado doentes por causa da temperatura baixíssima a que foram expostos, ela nunca mais tivera dor de cabeça, mas naquela noite, havia mentido para as irmãs e agora realmente sentia pontadas na fronte.

A voz conhecida do conde soou atrás dela, abordando-a:

— Procurei-a pelo salão. Por que veio se refugiar aqui? Está fugindo de mim?

— Não, milorde. Eu gostaria de ir para casa, mas as minhas irmãs estão dançando e...

Alexander se aproximou e, encarando-a, disse:

— Por favor, não vá embora.

Impaciente, Elinor procurou as irmãs entre os dançarinos e, como se estivesse desinteressada, comentou:

— Quem são os cavalheiros? Amigos de infância também?

Alexander riu e, com o semblante alegre e descontraído, disse:

— Eles são meus primos, o visconde Willian Windsor e o marquês Brandon Beaufort. Não precisa se preocupar, eles são cavalheiros educados e sabem respeitar uma senhorita.

— Bem, se forem como o senhor, então é melhor eu ficar atenta. Eu não quero que as minhas irmãs sejam beijadas e se coloquem em situações comprometedoras. Elas são jovens demais.

Alexander esboçou um sorriso que mais parecia um aviso do que um galanteio:

— Ora, eu não sei por que a senhorita está ofendida. Afinal, já nos beijamos em outros momentos e, se continuar me evitando, eu serei capaz de tomá-la em meus braços à força e... — Alexander aproximou-se.

Com a voz um tanto hesitante ela balbuciou:

— Eu... Oh, por favor, não se aproxime. Se fizer isso, eu gritarei e então o seu baile acabará...

Sem dar importância aos pretextos dela, ele a segurou pelos ombros e encarou-a. Com a voz acalorada murmurou:

— Está sendo espirituosa. Se continuar assim, eu a beijarei de novo e ninguém me fará parar.

Elinor fechou os olhos, imóvel, e prendeu a respiração.

Ela sabia que ele iria beijá-la e iria ficar aborrecidíssima se ele fizesse isso pela segunda vez naquela noite.

Porém, ao abri-los...

Pôde constatar que estava completamente sozinha.

21

Elinor olhou em volta em busca de Alexander, mas não o encontrou.

Como havia sido tola. Certamente ele a havia achado boba e infantil em ter reagido com inúmeros caprichos, rejeitando-o, e acabou desistindo de suas investidas, deixando-a sozinha e com cara de idiota.

Bufando de raiva e se sentindo uma verdadeira imbecil, voltou para o salão.

O baile estava animado e, ansiosa, Elinor se meteu em meio aos convidados, muitos deles com suas taças em mãos e falando alto, para procurar pelas irmãs, porém sem sucesso.

Desanimada, voltou para o canto de onde saíra e, para distrair-se, pegou alguns docinhos na bandeja para degustar, enquanto aprendia a exercitar a paciência de esperar por Jenny e Florence.

Por que tinha deixado que elas fossem para a pista de dança e valsassem com os primos de Alexander? Será que eles eram da mesma estirpe do conde?

Enquanto falava com os seus botões não percebeu que acompanhava o ritmo da valsa com os dedos das mãos, tamborilando sobre a saia.

Florence estava com as bochechas rosadas e o riso solto quando deixou Willian e voltou para perto da irmã. Elinor assustou-se quando Flor a surpreendeu com um beliscão em seu braço, despertando-a de seus pensamentos.

– Eli, eu nunca dancei tanto em minha vida!

Preocupada, Elinor inquiriu:

– Florence, onde está Jenny?

– Bem, eu a havia visto no salão quase ao meu lado, mas eu aposto que ela deve estar perto de alguma mesa experimentando um doce qualquer.

Florence percorreu o salão com os olhos atentos e, ao avistar a irmã mais nova, disse com um sorriso travesso:

— Ela está vindo aí e parece que bem acompanhada. — Elinor olhou para Florence com um ar reprovador e acrescentou entredentes: — Você devia estar junto da sua irmã e não a ter deixado sozinha com um cavalheiro que mal conhecemos.

— Mas Eli, como eu poderia me enfiar no meio deles? — Florence revirou os olhos para o alto.

Brandon trouxe Jenny até onde elas estavam e, com um galanteio, afastou-se. Parecendo aliviada, Elinor disse categoricamente:

— Bem, senhoritas Chamberlain, acho que agora nós podemos ir embora.

Demonstrando insatisfação, Jenny disparou:

— Mas por que tanta pressa, Eli? — Jenny fez uma careta de desagrado. — Justo agora que o baile está ficando interessante?

Elinor suspirou. Ela sabia que as irmãs não queriam ir embora, mas sentia que precisava sair dali.

O seu coração começou a ganhar velocidade nas batidas ao ver Alexander parar ao seu lado. Com o polegar, procurou os anéis e girou-os numa tentativa de acalmar-se.

— Está gostando do baile?

Elinor direcionou o olhar para o salão.

— O baile está maravilhoso, mas infelizmente temos que ir embora e...

Surpreso, Alexander se virou para ela e procurando os seus olhos, disse:

— É cedo ainda.

Florence aproveitou a oportunidade e não dispensou o pedido de Willian para que fossem dar um pequeno passeio até o jardim, porém Elinor a aconselhou a levar Jenny com ela. Florence assentiu.

Elinor observou as irmãs se afastarem.

— Somos moças de família, senhor, e não é de bom tom ficarmos tanto tempo fora de casa.

— Ora, mas é só um baile. E, festas como esta, nunca terminam cedo. — Ele levantou as sobrancelhas e um olhar de dúvida se instalou. — Há alguém que as espera em casa?

Uma sombra surgiu nos olhos de Elinor.

— Não, não há ninguém, somente a sra. Evie.

— Ela sabe que vieram para cá, não sabe?

Elinor assentiu e um meio sorriso se insinuou em seus lábios.

— Sim, mas ela é cuidadosa como o meu pai era conosco e agora...

Alexander segurou em seu queixo e, levantando-o, fixou o olhar nos olhos melancólicos.

— Eu entendo. — Ele baixou a mão e avistou Florence que conversava com o visconde, próximo dali. — Eu acho que suas irmãs estão se divertindo mais do que a senhorita e não expressam o menor desejo de irem embora.

— Bem, elas ainda são muito jovens e não pensam como eu.

— Elas estão certas.

— Está me contestando, milorde.

— Acho-a muito atraente quando se aborrece, senhorita. — Um sorriso zombeteiro surgiu nos lábios do conde.

Elinor apertou o lábio inferior com os dentes, pensando no que iria responder, porém preferiu ignorar o comentário deixando os seus olhos fixos em Florence, e pôde notar que a irmã estava conversando animadamente com o primo do conde. Jenny havia ido dançar novamente com Brandon e tinha no olhar um ar sonhador.

Elinor suspirou.

— Acho que a senhorita está nervosa e entediada. — Alexander encarou-a. — Está com saudades do noivo?

Elinor apoiou o polegar sobre o seu anel e girou-o como se a resposta que precisava dar ao conde dependesse daquilo.

O mordomo de Alexander se aproximou, interrompendo-os, e anunciou algo no ouvido dele. Uma expressão de desagrado se instalou imediatamente no rosto do conde.

— Com licença, senhorita Chamberlain, eu preciso resolver um problema, mas volto logo. — Alexander segurou levemente em seu braço e com um olhar firme pediu: — Por favor, fique mais um pouco.

Elinor assentiu. É claro que o baile estava maravilhoso e suas irmãs estavam se divertindo na companhia de um visconde e de um marquês, mas ela não podia dizer que estava se divertindo como elas. A presença de Alexander a deixava nervosa. O seu coração batia descompassadamente com a simples presença dele e, quando ele se aproximava demais, não conseguia raciocinar direito e discernir o que lhe ia no coração.

A intimidade que tiveram quando se conheceram — nas circunstâncias em que se encontraram — foi muito intensa e difícil de ser esquecida. Um arrepio em seu corpo a fez tremular os lábios ao se lembrar dos beijos e do contato físico com o corpo dele junto ao seu.

Ela ficou apreensiva com o pedido dele para que o esperasse voltar. O olhar de Alexander parecia gentil, mas Elinor sabia que se ele tentasse beijá-la novamente não conseguiria resistir, porque era isso que ansiava que ele fizesse novamente.

Ah, céus! O que estava acontecendo com ela?

Como poderia sentir aquelas sensações embaraçosas e intensas na presença de Anthony, se o seu coração gritava pelas carícias de Alexander?

Decidida, atravessou o salão e convenceu as irmãs a irem embora dizendo que não estava passando bem.

Aborrecida, Jenny disparou:

— Eli, não podemos ficar mais um pouco? A festa ainda não terminou.

Florence concordou com Jenny, mas Elinor não se deixou levar pela empolgação das irmãs e, decidida, pediu ao mordomo que chamasse a carruagem para que as levasse embora.

Depois de pegarem os casacos no vestíbulo, Florence e Jenny saíram rindo e fazendo comentários a respeito das roupas dos convidados e da comida farta que foi servida no castelo Highfield.

— Que festa maravilhosa! — exclamou Jenny animada. — A comida estava saborosíssima.

— Eu amei o modelo daquela dama que estava com um vestido vermelho... — comentou Florence entusiasmadíssima. — Você viu, Eli? Estava um luxo.

Elinor esfregou as mãos uma na outra e se deu conta de que havia deixado uma de suas luvas sobre a balaustrada, enquanto estivera conversando com Alexander e avaliando a própria temperatura.

Sem pestanejar, pediu às irmãs que fossem se acomodar na carruagem, enquanto voltava para buscá-la. Ela tinha certeza de que a havia deixado sobre a mureta.

Elinor subiu as escadas apressadamente um pouco receosa de encontrar-se com o conde. Afinal, ele havia pedido para que ficasse mais um pouco, mas estava indo embora sem se despedir dele.

Ao ouvir vozes masculinas que vinham do terraço, Elinor se retesou.

— Caro primo, você não perde a oportunidade de estar com uma mulher bonita, não é?

— Bem, eu acho que a aposta está ganha. É claro que eu fiquei em dúvida achando que alguma beldade já tinha colocado a corda no seu pescoço, mas depois que eu o vi beijando uma das irmãs Chamberlain, agora posso dizer que o bom e velho Alexander ainda está na ativa.

Risos.

Elinor empalideceu. Com o coração apertado e as pernas bambas, se recostou na parede para não cair. Que conversa era aquela? Será que ela tinha ouvido bem? Ela fora motivo de uma aposta entre canalhas e depravados?

Sentindo-se uma idiota, saiu em disparada como se tivesse com os pés em chamas e só segurou as emoções e as lágrimas que lhe queimavam os olhos quando se sentou ao lado das irmãs na carruagem.

Olhando-a minuciosamente, Florence perguntou:

— Eli, o que houve? Cadê a luva?

— Eu não a encontrei. — Elinor olhou para as mãos e completou indiferente: — Acho que alguém a encontrou e deve tê-la guardado. Em outra oportunidade eu perguntarei ao senhor Highfield.

Florence e Jenny aproveitaram o trajeto para tagarelar e, logicamente, sobre os cavalheiros que as conduziram até o salão para valsarem.

— Flor, você tinha que ver o senhor Beaufort. Ele é um marquês e é um verdadeiro cavalheiro. Além de bonito, é interessante e soube me ouvir falar sobre pratos salgados e doces e...

— Ah, Jenny, você tinha que ver o senhor Windsor. — Florence suspirou. — Ele tem os cabelos num tom dourado maravilhoso, além de se vestir elegantemente e ser um visconde, é claro.

Irritada, Elinor as interrompeu:

— Por favor, será que vocês duas podem parar de falar um pouco? — repreendeu-as com uma careta —, depois que chegarmos em casa, vocês poderão contar as proezas de seus parceiros de dança até o amanhecer. Mas já vou adiantando que eu não aprovei nenhum dos dois. Além de serem oportunistas, são mulherengos e...

Indignada, Jenny discordou:

— Elinor Chamberlain, eu não estou lhe reconhecendo. Nós estamos confabulando! Por que está dizendo isso, se mal teve tempo de cumprimentá-los?

Florence olhou para a irmã, que parecia mais pálida do que nunca, e a interrogou seriamente:

— Eli, você não costuma ser tão intransigente assim, aconteceu algo?

Elinor meneou a cabeça e a recostou no banco.

— Eu estou com muita dor de cabeça, é só isso.

Florence e Jenny se calaram e deixaram para conversar quando chegassem em casa. Aliviada, Elinor fechou os olhos e se martirizou com a ideia de ter sido alvo de uma aposta.

Como ele pode ter feito isso com ela?

Cretino!

No alto da escadaria, Alexander Highfield ficou observando a carruagem que partia com as irmás Chamberlain. Em uma de suas mãos, ele apertava com força o tecido macio da luva deixada por Elinor. Instintivamente ele a levou até as narinas e inalou o perfume de rosas que ali ficara retido.

22

Na manhã seguinte, Elinor despertou mais cedo do que o normal. A noite tinha sido tumultuada por pensamentos preocupantes e a cama parecia estar com espinhos.

Depois de se arrumar e olhar o tempo através da janela, foi até a sala de refeições. Jenny comia com um apetite voraz e Florence folheava uma revista de moda.

— Bom dia, meninas.

— Melhorou? — Florence levantou os olhos da revista.

Surpresa, Elinor olhou-a.

— Quem, eu?

Jenny engoliu o pedaço de torta de morangos e, depois de lamber os dedos, disse:

— Você não estava com muita dor de cabeça ontem?

Elinor disfarçou a mentira dizendo:

— Sim, melhorei. Por favor, me passe o bule de chá, Jenny.

Depois de colocar um pouco de leite no chá e tomar um gole, Elinor olhou para as irmãs que pareciam descansadas e, com o semblante plácido, disse em um tom sério e compenetrado:

— Nós precisamos conversar.

Florence continuou a olhar uma página demonstrando interesse.

— Sobre o quê?

— Sobre ontem — disse Elinor.

Florence fechou a revista e, com um olhar insatisfeito, resmungou:

— Eli, por favor, não vá dizer que...

— Queiram ou não, agora eu sou responsável por vocês duas e eu não quero que...

Jenny a interrompeu:

— ... que arrumemos um namorado, é isso?

Elinor suspirou.

— É isso. É claro que eu não quero que fiquem solteiras pelo resto da vida, mas vocês precisam pensar em escolher rapazes de boa família e que sejam educados e...
— ... ricos! – adiantou-se Jenny.
— Jenny! – Elinor a repreendeu – Eu não disse isso!
— Só faltou dizer isso – completou Jenny dando de ombros.
— Vocês duas não passam de crianças e, ainda por cima, desobedientes!
Florence repreendeu Jenny e olhou gravemente para Elinor.
— Eli, ontem você agiu de modo incomum. Estava calada, com o semblante preocupado e ficou nos vigiando.
Elinor arquejou.
— Bem, já que vocês querem saber, eu digo. Vocês duas conheceram os primos do conde e eu não acho que eles sejam homens honestos e que estejam procurando uma noiva para se casar. Eles me pareceram devassos e mulherengos. Pronto, falei.
Florence e Jenny ficaram mudas. Elinor continuou.
— Além do mais, eu acho que vocês estão se esquecendo de que não temos dote, aliás, nenhum tostão sequer. Vocês acham que um visconde e um marquês iriam se interessar por garotinhas bonitas, mas pobres?
Florence suspirou e Jenny derrubou o beiço.
— O papai me pediu para que cuidasse de vocês e é o que eu estou fazendo, mas se vocês não me ajudarem, tudo vai ficar difícil para todas nós.
— Eli, mas você vai se casar e... – Jenny parecia não entender a preocupação da irmã.
— Meu amor, Anthony não sabe que eu não tenho dote nenhum. Eu não contei a ele que o papai nos deixou na ruína, mas assim que ele souber, eu tenho certeza de que desmanchará o nosso noivado.
— Eli, mas Anthony está apaixonado... – Florence parecia não acreditar no que a irmã estava dizendo.
— Pode ser, Flor, mas o pai dele não vai querer que ele se case com alguém que não tem dinheiro. Mas eu não estou ligando para isso. Prefiro não ter dinheiro a casar com alguém só para tê-lo. Acho que posso viver sem isso e me casar com o homem que me conquistar de verdade.
Florence estreitou o olhar.
— E... nós podemos saber quem é ele?
Jenny soltou um risinho.
— Eli! Você está amando? Quem?
Elinor se levantou da cadeira e pegando a xícara para levar à pia, resmungou:
— Ora, suas fofoqueiras, vocês estão falando besteiras!
Elinor deixou as irmãs e foi para o seu ateliê. Lá, poderia relaxar e trabalhar em suas telas.

Havia dias que não pintava.

Um pouco receosa, descobriu a tela que estava coberta no cavalete. Um suspiro saiu de seus pulmões ao ver que o esboço estava quase pronto e, que agora, mais do que nunca, ela poderia terminar os contornos, a profundidade e a luz daqueles olhos cinzentos.

Elinor passou o dia no ateliê. A cada pincelada, um suspiro.

Durante várias vezes, ficou com o pincel suspenso e o olhar no vazio, lembrando-se do modo como Alexander a olhava, do tom de sua voz e do seu sorriso extraordinário.

Esqueceu-se de comer e tomou somente a água que mantinha na jarra sobre a mesa, ao lado do pequeno sofá.

O rosto foi surgindo e ela ficou emocionada ao ver que aquele era o seu primeiro quadro em um novo estilo e o percebia com prodigiosa segurança, de habilidade e de espírito. Com sua sensibilidade, era possível alcançar a frescura, como a penugem de um pêssego ou uma leve camada de pó sobre uma uva, o detalhe com a singularidade de sua observação em tornar sensíveis as particularidades mais ingênuas. Os tons brancos e gris foram adquirindo uma densidade e delicadeza surpreendentes.

A imagem de Alexander em traje de gala era imponente e sedutora. Elinor soube captar não a monotonia do olhar, mas a profundidade, a efervescência de quando ele a olhava nos olhos.

Ela usou as mais agradáveis cores, sobretudo cinzentos cariciosos, com uma observação impecável das linhas que ela bem estudara enquanto o observava.

Um novo talento surgia e em seu coração brotava a paixão, o desejo de estar com Alexander em seu domínio, mesmo que fosse na tela. Ali, podia olhá-lo secretamente, sem medo, e apreciar cada linha de seu rosto amado.

O dia terminou e Elinor estava exausta.

Havia trabalhado arduamente para construir o rosto, os olhos, o nariz e a boca de forma admirável. Ainda não estava pronto e, provavelmente, demoraria muitos dias para que ficasse do jeito que desejava, ou seja, perfeito.

Mas para isso, precisaria vê-lo novamente.

Seria isso possível?

23

Anthony ficou ausente por duas semanas. O seu trabalho exigia que estivesse permanentemente em viagens. Em seu íntimo, Elinor dava graças a Deus por ele não ter aparecido e, durante a sua ausência, ela ensaiava o que iria lhe dizer quando fosse contar que o pai a havia deixado coberta de dívidas e que agora ela não tinha dote nenhum.

Ao saber que ela e as irmãs teriam que arrumar um emprego para poderem se sustentar, provavelmente ele iria desistir de se casar com ela. Como será que ele iria reagir? Será que a amava a ponto de aceitá-la nessas condições levando as duas irmãs para morar com eles?

Elinor decidiu que teria que contar a verdade, independente de ele aceitá-la ou não.

Jenny apareceu na sala e parecia entusiasmada com uma travessa de um bolo meio achatado cheirando à baunilha.

— Eli, veja o que eu aprendi.

— Hum, o cheiro está estupendo! O que foi que você fez?

— Um bolo de baunilha com recheio de creme azedo e goiabada — Jenny parecia estar orgulhosíssima de seu bolo mirabolante.

— Parece delicioso, mas eu vou comê-lo mais tarde, querida.

— Não quer experimentar uma fatia agora? — Jenny apertou os lábios. — Você sabe como a Flor é. Se você bobear, ficará sem.

— Mas é claro que eu sei, Jenny, mas realmente agora eu me sinto enfastiada. Acho que comerei no chá da tarde, pode ser?

Jenny fez um beicinho e choramingando reclamou:

— Bem, eu espero que você coma e me diga depois o que achou da receita. Eu preciso saber para garantir a minha vontade de ter uma confeitaria.

Surpresa, Elinor encarou a irmã.

— Isso é sério, Jenny?

— Mas é claro que sim. Afinal, nós estamos pobres e se eu não achar algo para ganhar dinheiro, terei que trabalhar como babá, e eu odeio crianças.

— Não diga isso, Jenny. Logo encontraremos uma solução.

— Flor não pensa assim. Ela está desenhando desesperadamente os seus modelos e acha que pode trabalhar com isso e conseguir dinheiro para sobrevivermos. O que você acha?

— Eu acho que não devemos descartar nenhuma dessas hipóteses, mas não podemos nos esquecer que para tudo isso precisaremos de um capital.

Jenny deixou o bolo sobre a mesa e colocou um dedo sobre os lábios, pensativa.

— E quem poderia nos ajudar com um empréstimo?

— Pois é, minha querida. Quem poderia nos ajudar? Realmente eu não sei.

Florence entrou na sala com um caderno e um lápis na mão. Em uma folha havia o esboço de uma modelo coberta com um vestido de gala.

— Eli, Jenny, o que acham desse modelo?

— Fabuloso! — exclamou Jenny. — Mas quem usaria isso, Flor?

Irritada, Florence respondeu:

— Não seja burra, Jenny. É claro que uma mulher milionária e que seja elegante e que tenha bom gosto.

Elinor tentou apaziguar as rabugices das garotas.

— Meninas, pelo amor dos meus pincéis, não discutam como se fossem crianças.

Jenny fez uma careta para a irmã número dois.

— Eu fiz um bolo delicioso, mas eu não quero que você coma.

— É claro que eu não vou comer. Parece duro como pedra e eu não quero engordar e perder a elegância. — Florence revirou os olhos, ofendida. — E se fôssemos depender dos seus bolos para viver, morreríamos de fome. Eles são horríveis.

— *Oh, céus!* O que eu faço com você duas?

A chegada da sra. Evie interrompeu momentaneamente as picuinhas entre as irmãs Chamberlain ao anunciar que Anthony havia chegado.

Elinor sentiu gelar as suas mãos.

Depois de ordenar a Florence e Jenny para que não os interrompesse, ela foi até a sala para receber o noivo.

Assim que a viu, Anthony se aproximou e beijou-a respeitosamente nos lábios.

— Querida!

Elinor cumprimentou-o polidamente.

Ele se sentou no divã como se estivesse cansado.

— Estou exausto e confesso que essas viagens me deixaram esgotado. Você acredita que eu tive que fazer as minhas malas novamente? Viajarei depois de amanhã e ficarei mais vinte dias fora. Eu não sei como a minha mãe aguentou o meu pai fazendo isso a vida inteira! Eu espero que você compreenda a minha profissão, Eli. Ela exige muito mais de mim do que uma esposa.

Elinor esboçou um sorriso sem graça. Anthony só estava preocupado com ele mesmo. E o que ele faria se soubesse que ela quase morrera de frio e ficara presa sobre a ponte com um desconhecido? Que fora beijada a ponto de sentir arrepios em seu corpo e que se deleitou com carícias insinuantes que a deixaram em brasa?

Enquanto Anthony reclamava da vida nos negócios, Elinor arquitetava alguns argumentos para justificar a situação complicada em que ela e as irmãs se encontravam. Contudo, Anthony não lhe dava folga para entrar na conversa que ela precisava ter com ele de uma vez por todas.

Depois de vinte minutos de visita, ele decidiu ir embora. E, antes de se despedir, ele perguntou:

— Como estão Florence e Jenny? Estão mais conformadas?

Antes que Elinor pudesse responder, Anthony pegou uma fatia do bolo de Jenny que havia ficado sobre a mesa e deu uma mordida.

— Nossa, acho que quem fez esse bolo se perdeu na receita. Está parecendo um pedregulho. Não foi você, não é, querida?

Elinor meneou a cabeça.

— Jenny está aprendendo algumas receitas e acho que essa foi uma experiência um tanto desastrosa e...

Anthony riu, colocando o pedaço de volta na travessa, e disse com desdém:

— Mas é claro. Ela é somente uma criança, e se tivesse que fazer disso uma profissão, certamente morreria de fome.

Elinor sentiu o sangue ferver.

— Anthony, eu acho que precisamos conversar e...

— Querida, vamos deixar para quando eu voltar de viagem? Eu sei que temos que resolver inúmeros detalhes sobre o casamento, mas acho que podemos esperar. Eu realmente estou muito cansado.

Elinor assentiu, contrariada e o acompanhou até a porta e, antes de sair, ele quis saber:

— A propósito, foram ao baile no castelo Highfield?

— Sim, fomos.

— E Alexander aceitou a minha ausência ou ficou aborrecido?

— Ele foi gentil e aceitou as suas desculpas por não poder comparecer.

— Ótimo! Certamente ele tomou conta de vocês como o excelente anfitrião que é.

— Sim. Ele é um cavalheiro.

Apesar de estar com muita raiva por saber que Alexander havia feito uma aposta com os primos para beijá-la, ainda assim ela achava que o conde era melhor que

Anthony. Ela tentou conversar com ele, mas não foi possível. Esse era um dos problemas que teria que resolver e, enquanto não o fizesse, o seu coração não se aquietaria.

Anthony a beijou no rosto e se despediu. Elinor deu graças a Deus por isso, afinal, ainda mantinha a lembrança do sabor dos beijos de Alexander queimando os seus lábios e entorpecendo a sua mente com ideias indecorosas e secretas.

Com um suspiro de alívio, ela se recolheu em seu ateliê.

Antes de dormir, precisava ver o rosto do seu amor secreto. Ao levantar o pano que cobria a tela, olhou nos olhos cinzentos que pareciam penetrá-la profundamente e, com um suspiro apaixonado, disse:

– Boa noite, milorde.

24

Elinor juntou os seus apetrechos de pintura e foi para o jardim. Não planejava sair, mas precisava espairecer a cabeça, e o único modo para ficar mais calma era pegar os seus pincéis e se distrair com a natureza e com as aves.

O céu estava claro, porém continha alguns borrões mais escuros.

As nuvens pareciam indecisas. Algodoavam um pouco ali, outro pouquinho acolá e logo se dissipavam perdendo a forma e mudando de lugar. O sol parecia fraco e sem força para iluminar o mundo. Sendo o astro-rei do universo, não demonstrava que iria clarear a Terra e as demais coisas naquele dia.

Elinor fez o que pôde para captar o melhor da paisagem. A inspiração estava parca e ela parecia absorta em mil pensamentos que lhe invadiam a mente causando preocupação e desânimo. O fato de não ter conversado com Anthony quando ele esteve em sua casa a deixou desalentada e ela sabia que nunca mais veria o conde.

Os pincéis foram logo deixados sobre a palheta de tintas; sentindo um torpor na mente, ela resolveu sentar-se no banco e olhar o vazio.

A sra. Evie teve que chamá-la por três vezes para que a ouvisse.

– Senhorita Elinor...
– O que houve, sra. Evie?
– A senhorita tem uma visita.
– Quem é?
– O conde Highfield.

Elinor estremeceu. O susto a emudeceu e imediatamente o seu cérebro começou a divagar.

Duvidosa, perguntou.
– Tem certeza?
– Sim.

A governanta olhou-a sem entender.
– Como ele é?

A mulher o descreveu.
— Bem... ele é alto, forte e...
— Bonito.
A sra. Evie pareceu constrangida. Depois, com um sorriso assentiu.
— Sim, muito bonito. Eu acho que ele já esteve aqui, na festa do seu noivado.
Elinor se levantou em um salto.
— Diga-lhe que eu... ou melhor... eu acho que...
— Quer que eu diga para ele vir até aqui?
Assustada com a sugestão, ela recusou terminantemente.
— Aqui? Não! É claro que não.
— Então eu digo que...
— Não diga nada, senhora Evie, eu vou até lá para recebê-lo.

Depois do baile, eles não haviam se encontrado mais. Os olhos de Elinor cintilaram como nunca ao revê-lo; e se surpreendeu com as preparações do destino. Ao ver o conde andando de modo impaciente de um lado para outro na sala principal, o tom de voz saiu agradável e aveludado como uma pena ao fazer uma breve reverência.
— Senhor Highfield...
— Senhorita Chamberlain...
Elinor apoiou o polegar no dedo anelar e rodou o anel, como se ele pudesse dar-lhe força para se controlar diante da presença perturbadora do conde. Ambos ficaram se olhando e pareciam se comunicar somente por essa cumplicidade que havia.
Neles havia muita emoção e sentimentos secretamente guardados.
No ar, vibrava algo profundo e prestes a explodir.
Seria paixão?
O palpitar do coração estava prestes a fazer com que Elinor sofresse um desmaio. Alexander parecia um menino inexperiente e indeciso, enquanto a olhava.
A chegada de Jenny rompeu o silêncio entre eles.
— Senhor conde...
— Senhorita Chamberlain. — O conde fez uma mesura quase imperceptível com a cabeça.
— Eu sou a número três: Jenny.
— Sim, claro, eu a reconheci. — O conde estreitou o olhar. — A senhorita dançou a valsa com Brandon, não foi?
Jenny estampou o seu melhor sorriso e disse animadamente:
— Isso mesmo. O marquês é um cavalheiro.
O conde assentiu com um sorriso.

— Sim. E posso lhe dizer que ele também ficou encantado com a senhorita... número três, é isso?

— Isso mesmo. — Jenny olhou para a irmã e, percebendo que devia deixá-los a sós, fez uma reverência e disse: — Por favor, senhor Highfield, quando encontrar-se com o marquês transmita-lhe as minhas saudações. Com licença.

Alexander fez uma breve reverência.

— Certamente que sim, senhorita Chamberlain... número três.

Jenny olhou para Eli e, com um sorriso desajeitado, deixou-os a sós.

— Bem, senhor Highfield, a que devo a sua visita?

— O que a levou a ir embora sem se despedir no dia do...

Nesse momento, Florence, que estava no seu estúdio desenhando adentrou na sala.

— Eli, o que você acha desse...

Elinor pigarreou e olhou com severidade para Florence.

— Querida, será que podemos conversar sobre os seus desenhos depois? Eu estou conversando com o senhor Highfield.

— Oh, queiram me perdoar, eu não sabia que tínhamos visita... — Florence fez uma reverência ao conde. — Como vai, milorde?

Cortesmente o conde moveu a cabeça numa mesura e olhou para Elinor e depois apontou para a irmã do meio com um sorriso.

— Senhorita Chamberlain... suponho que seja a... número dois?

Confusa com a pergunta, Florence olhou para a irmã em busca de ajuda.

Elinor assentiu.

— Esta é Florence, a número... há... dois.

Florence gaguejou e com uma breve reverência saiu da sala meneando a cabeça como se ela estivesse embaralhada.

— Eu... bem... fique à vontade, milorde.

Elinor se desculpou dizendo:

— Perdão, milorde, mas as minhas irmãs ainda são jovens e...

Alexander sorriu. Elinor sentiu uma ligeira pontada em seu peito.

Ai, santas tintas!

Como ele ficava irresistível quando sorria.

— Não se preocupe, senhorita Chamberlain. Eu só não sabia que eram enumeradas... — Um sorriso zombeteiro surgiu em seus lábios. — Então, eu concluo que a senhorita seja ... a número um?

Elinor se levantou e, nervosa, explicou secamente:

— Isso era coisa de meu pai. Quando éramos pequenas, ele se confundia com os nossos nomes e nos apelidou por números. Assim ficava mais fácil e ele não errava quando queria falar com cada uma de nós. — Uma sombra perpassou o olhar de Elinor e uma saudade dolorosa a invadiu ao se recordar do pai. – Como eu sou a mais velha, ele sempre me chamava de número um.

O conde percebeu a melancolia no tom de voz de Elinor e, solidário, comentou de modo gentil:

– Perdão, eu não pensei que isso a faria se recordar de seu finado pai.

Elinor suspirou e fechou as pálpebras por alguns segundos.

– Eu me lembro dele todos os dias e eu não quero esquecê-lo.

– Eu a entendo e posso lhe dizer que eu faço isso todos os dias também.

De repente, uma cumplicidade espiritual os fez ficar em silêncio. A dor que ambos sentiam em relação aos seus entes queridos eram similares e só eles sabiam a intensidade. Nada no mundo os faria se separar daquele sentimento tão importante e doloroso. Por mais que tentassem viver sem sofrer pela ausência deles, isso era impossível. Somente o tempo se encarregaria de amenizar a dor que ambos sentiam.

Elinor se recuperou mais rápido que Alexander. A raiva e irritação fez com que ela endireitasse a coluna com altivez e apoiasse o cotovelo direito sobre a mão esquerda e, com o braço levantado e com a mão próxima ao rosto, rolou o arco do anel do dedo anelar com força, como se ele pesasse uma tonelada. Depois, com um tom severo na voz disse de modo direto:

– Bem, eu acho que o senhor não veio aqui para falarmos de nossos familiares que não estão mais conosco, então, por favor, seja breve.

Surpreso com a atitude fria e indiferente dela, Alexander raspou a garganta e falou:

– A senhorita parece muito diferente depois que esteve no baile.

Os olhos de Elinor soltaram faíscas e um tom mais escuro cobriu a íris esverdeada.

– E o que o senhor esperava? Que eu o recebesse com uma chuva de pétalas de rosas vermelhas?

O conde observou-a por alguns instantes calmamente, depois perguntou secamente:

– Eu não sei o que houve para que esteja falando assim, mas eu estou disposto a reconsiderar a sua atitude e ouvi-la. Pode explicar, para que pelo menos eu possa me justificar?

Elinor tinha em seus olhos mágoa e ressentimento. Depois de respirar fundo e girar o anel da mãe continuamente e, em seguida o anel de noivado que Anthony tinha colocado em seu dedo, ora um, ora outro, numa velocidade que poderia ser diagnosticada como nervosismo, disparou:

– Bem, já que está aqui, eu vou lhe dizer. Embora eu ache que não deveria lhe dar explicações, afinal o seu comportamento junto de seus... primos, deve ser sempre despudorado e...

Enquanto ela ia desfiando o assunto que tanto a tinha deixado ultrajada, Alexander ia mudando a expressão de seu rosto. Confuso, ele a interrompeu:
— Por favor, seja mais direta e objetiva. Eu não gosto de rodeios.
Perplexa, Elinor engoliu a raiva e disse sem pausa:
— Como pôde fazer uma aposta com os seus primos dizendo que conseguiria me beijar?

25

Alexander enfiou as duas mãos nos bolsos da calça e apertou os lábios, como se estivesse experimentado uma bebida com gosto azedo.

– Então é isso.

Elinor cruzou os braços sobre o peito e ficou esperando-o se explicar, enquanto batia um dos pés no chão, impaciente.

Alexander não pôde deixar de relaxar os lábios e insinuar um sorriso com cara de quem havia compreendido o mal-entendido, ao vê-la tão aborrecida. Ele a achava demasiadamente atraente, e quando ela mudava de humor, ele a achava comicamente linda.

– Confesso que isso realmente aconteceu, mas...

Elinor descruzou os braços, conferindo que estava certa e parecendo estar inconformada.

– Ah, então confirma essa leviandade? E com essa cara, não sente remorso?

– Por favor, deixe-me explicar. Não é o que está pensando, visto que deve ter ouvido algo e interpretou da maneira que lhe aprouve.

– Não queira me ludibriar, senhor Highfield. Eu sei muito bem o que significa uma aposta, e os seus primos não são nem um pouco... inocentes!

Alexander aproximou-se dela e quis segurá-la em seus braços, mas Elinor se esquivou e o olhou com altivez.

Alexander aceitou a frieza dela e lhe deu razão, desconcertando-a completamente.

– Bem, a senhorita não conhece os meus primos realmente e posso lhe afirmar que isso foi somente uma brincadeira entre família. – Com o canto dos olhos, Alexander a sondou para ver a sua reação enquanto se justificava. – Eles são incorrigíveis, mas isso é uma coisa que fazemos entre nós desde que éramos crianças. Eles podem não ser inocentes como a senhorita está dizendo, mas foi somente uma brincadeira, nada demais.

— Pode ter sido uma brincadeira, mas envolveu o meu nome e a minha reputação e eu não...

Alexander se aproximou novamente, e dessa vez, ela se sentiu fraca e impotente. Ele estava perfumado e ela ficou pensando com os seus botões se era água de barbear ou sabonete.

— Acha mesmo que eu precisaria de uma aposta para desejar beijá-la?

— Eu...

Alexander se curvou e, com a ponta do dedo indicador, levantou-lhe o queixo e a fez olhá-lo dentro dos olhos cinzentos como chumbo.

— Responda-me.

Elinor não conseguiu responder. Instintivamente fechou os olhos e segurou a respiração esperando pelo beijo.

Sem que ela lhe respondesse, ele a soltou.

Confusa, Elinor abriu os olhos e o viu encarando-a com um ar austero. Parecia demonstrar que estava ressentido, porém existia em seu olhar uma mistura de preocupação e honestidade.

— Jamais pense que eu faria algo tão leviano que fosse afetá-la. Eu a beijei naquele dia porque não resisti.

Elinor sentiu o coração ferver diante daquela confissão. A raiva se dissolveu e em seu peito instalou-se um desejo enorme de se refugiar naqueles braços e sentir aquele corpo protegendo-a e acolhendo-a como no dia frio em que ficaram presos na torre.

Alexander enfiou a mão dentro do casaco e dele retirou a luva que ela havia deixado no castelo. Enquanto alisava o tecido com ambas as mãos, ele se desculpou.

— Eu peço perdão em nome de meus primos, e em particular da minha pessoa, se isso a faz se sentir melhor. Por favor, não os tenha em um péssimo conceito. Eles são rapazes honestos e brincalhões, é só isso.

Sentindo-se incapaz de dizer algo para amenizar o clima tenso que ficou entre eles, Elinor pigarreou antes de agradecê-lo.

— Obrigada pela luva. Eu sabia que a tinha esquecido no castelo, mas confesso que nunca iria voltar lá para buscá-la.

— Eu esperei que fosse, por esse motivo demorei para trazê-la. — Ele entregou-lhe a luva e, quando Elinor estendeu a mão para pegá-la, ele a segurou e calmamente a vestiu. O toque dos dedos dele em sua pele a fez queimar por dentro.

Benditas tintas! Como ele a deixava instável e nervosa.

Sem saber o que dizer, ela ficou olhando-o como se pudesse pintá-lo com os olhos. Os traços tão conhecidos a faziam ficar extremamente vulnerável. Bastava ele se aproximar e ela se derretia como sorvete em dia de verão.

Delicadamente, ele levou uma das mãos cobertas aos lábios e beijou-a suavemente. Enquanto fazia isso, levantou o olhar e a encarou. O coração de Elinor quase parou.

Como amava aqueles olhos cinza-escuros e graves.

Neles, havia uma profundidade sem fim. Era como percorrer um túnel escuro sem volta. E ela desejava ardentemente se perder entre eles.

Um suspiro saiu de seus pulmões. Depois de ouvi-lo se redimir do que tinha feito, desejava que ele a tomasse em seus braços e a beijasse apaixonadamente.

– Elinor, eu...

Nos olhos de Alexander havia desejo e paixão. A sua boca não se deteve. Das mãos, ele passou a beijar o antebraço com suaves toques até chegar em seu pescoço e desembocar em seus lábios, que estavam ansiosíssimos pelos seus beijos.

Elinor não o repeliu, pelo contrário, enquanto a língua experiente do conde explorava o interior de sua boca com tanta intimidade, ela gemia baixinho como se estivesse com dor e aquele beijo pudesse curá-la por completo.

Alexander não se conteve e cada vez mais a apertava em seus braços como se ela fosse escapulir deles a qualquer momento. Os seus corpos ardiam de desejo e crepitavam acesos como lenha na lareira.

Eles queriam mais do que simples beijos.

Voltando a si, Elinor se conteve e, com um sussurro, murmurou contra a sua vontade:

– Estamos perdendo a compostura... – Com a voz quase inaudível, conseguiu pronunciar – por favor, Alexander...

– Oh, Elinor, eu a quero tanto...

Ela colocou as duas mãos no peito dele e, com aquele simples toque, pôde sentir o seu coração batendo mais forte do que o normal.

– Eu sinto muito, mas...

– Diga que não ama Anthony.

Ao ouvi-lo pronunciar o nome do noivo, Elinor ficou lúcida e sentiu esfriar cada parte de seu corpo incandescente.

– Eu vou me casar com ele.

Alexander a soltou e, com os olhos cobertos por uma névoa, disse:

– Se é assim que a senhorita deseja... – Ele estreitou o olhar e lançou a ela uma pergunta direta e objetiva: – Se vai se casar com ele, como pode reagir como se quisesse que eu a possuísse e a tornasse minha para sempre?

Elinor abaixou o olhar sentindo-se envergonhada.

– Eu...

– As suas palavras não condizem com as suas atitudes, senhorita Chamberlain, entretanto, eu quero fazer-lhe somente mais uma pergunta...

Sentindo-se acuada, Elinor levantou o olhar.

– Se a senhorita vai se casar com ele, responda-me. Ama-o verdadeiramente?

Uma reviravolta em seu coração a fez quase desmaiar. Não conseguia raciocinar com lucidez. A presença de Alexander a deixava completamente desorientada. Sem forças, ela conseguiu emitir uma única palavra.

– Sim...

– Eu não acredito.

Incrédulo, ele se aproximou novamente e a segurou pelos ombros.

– Repita isso olhando em meus olhos.

Elinor não queria encará-lo. Se assim o fizesse, certamente diria que não. Ela não amava Anthony como deveria, mas não podia confessar isso ao seu melhor amigo. Tentando ser forte, reuniu toda a sua coragem e o encarou dizendo resolutamente:

– Eu o amo e vou me casar com ele.

A atitude dela o deixou atônito.

O semblante, até então seguro e determinado, tornou-se frio e indiferente. Alexander não deixou transpassar o tumulto que a resposta de Elinor lhe causou. Simplesmente, ele respirou fundo e indo em direção a porta, parou e voltou a olhá-la como se quisesse fitá-la pela última vez.

– Adeus, senhorita Chamberlain. Só me resta desejar felicidades aos noivos.

Depois que ele fez a reverência ao despedir-se, Elinor soltou a respiração e, desalentada, deixou-se cair na poltrona. Os seus olhos foram inundados rapidamente, como se as comportas de uma represa tivessem sido rompidas e suas águas invadissem o rio. Ela sabia que não poderia mandar em seu coração, era impossível domá-lo. Queria desesperadamente amar Anthony e cumprir com a promessa feita ao seu pai. Mas sabia que isso era impossível e que sem o amor de Alexander jamais poderia ser feliz.

O que fazer?

Cumprir com o desejo de seu pai ou fazer o que o seu coração desejava?

Alexander era um homem bonito, nobre, milionário e parecia que ela o atraía intensamente. Quando estavam juntos tudo ficava mais bonito, agradável e a presença dele a deixava tranquila, feliz e com a certeza de que ele era o amor de sua vida.

Como poderia esquecer essa paixão?

Elinor foi até o seu ateliê e lá se fechou pelo resto do dia. Não queria falar com ninguém, quem quer que fosse.

A imagem de Alexander não se desvanecia.

Ela segurou as expressões dele em sua mente como se a sua vida dependesse daquilo. Ela precisava retê-las e imprimi-las na tela.

O olhar penetrante, a boca sedutora, o cheiro inesquecível. Elinor pincelou desesperadamente os traços tão amados. Cada linha lhe custava um suspiro e um gemido doloroso.

Meu Deus, como o amava!

O quadro foi tomando formas e proporções definidas e bem delineadas. Quem conhecesse o conde, olhando a pintura, o reconheceria imediatamente.

Os cabelos alinhados e escuros realçavam a tez clara. As sobrancelhas volumosas e escuras acentuavam o olhar enigmático e profundo. O nariz reto e comprido o definia como um homem atraente e altivo. A boca tinha lábios sedutores e linhas proporcionais ao belo rosto. O maxilar era ligeiramente anguloso e quadrado, demonstrando determinação e soberba, contudo, depois de conhecê-lo, Elinor pôde constatar que ele era nobre, mas sem arrogância, bonito, mas não exibido.

Havia inúmeras qualidades que ela desejava ardentemente conhecer. Porém, depois de tudo o que tinha acontecido entre eles, seria impossível encontrarem-se novamente.

A partida de Alexander tinha sido para sempre.

Só de pensar que não o veria nunca mais, Elinor sentiu o coração apertar.

A madrugada já ia alta quando deixou os pincéis. Depois de cobrir a tela cuidadosamente, recostou-se no divã debaixo da janela que dava para o jardim e deixou-se ser vencida pelo cansaço.

O dia e a noite não foram suficientes para que concluísse o retrato do conde, mas tinha deixado para retocá-lo assim que amanhecesse.

Ela precisava terminá-lo.

Precisava ter algo que a fizesse se lembrar dele todos os dias.

Secretamente, poderia olhá-lo e admirá-lo.

Com a ponta dos dedos, poderia acariciar os lábios tão exigentes e impetuosos, alisar os cabelos como se estivesse alinhando-os verdadeiramente.

E amá-lo em particular.

O seu coração tinha lugar somente para ele. Não cabia mais nada, nem ninguém. Ele clamava de desejo pela sua paixão, pelo seu amor.

26

Durante os dias que se seguiram, Elinor não cessou de trabalhar em seu quadro secreto. Apenas ela entrava em seu ateliê; não queria que ninguém soubesse de sua paixão clandestina pelo conde Highfield.

Isso seria algo que guardaria em seu coração a sete chaves.

Elinor exibia olheiras que tinham a cor arroxeada e, consequentemente, havia perdido alguns quilos. Estava mais magra e abatida. A paixão pelo conde a consumia em devaneios e delírios durante o sono agitado.

As irmãs perceberam que a número um havia mudado desde a visita do ilustre conde, mas não ousaram falar nada. O humor de Elinor estava ácido. Além de se isolar, ela comia pouco e conversava com as irmãs somente o necessário.

Ela esperava ansiosamente pela visita de Anthony. Queria resolver a situação deles de uma vez por todas.

Passados quinze dias da vinda do conde, a sra. Evie surgiu à porta de seu ateliê e anunciou a chegada do noivo, dizendo que ele a esperava na sala de visitas.

Elinor sentiu um calafrio percorrer sua espinha. Ela sabia que chegara o momento crucial; ou Anthony se casaria com ela ou a rejeitaria.

Ao adentrar na sala, raspou a garganta para ser notada, pois ele estava com um caderno e uma caneta nas mãos fazendo algumas anotações. Quando a viu, se levantou e disse:

– Como vai, querida? Sentiu a minha falta?

Elinor conseguiu esboçar um sorriso meio sem graça e se empenhou para ser atenciosa e interessada em sua presença. Com esforço, respondeu:

– Sim. Quando chegou de viagem?

Desatento, Anthony disse:

– Antes de ontem. Mas eu tive que ir até Mayfair para visitar o sócio de meu pai para resolver alguns problemas pendentes. – Anthony segurou em suas mãos e olhou-a. – E você, o que tem feito?

Elinor tentou ser mais atenciosa possível.
— Pintando, como sempre.
— Isso é bom. Quando nos casarmos, irei providenciar um ateliê enorme para que possa guardar as suas telas.
Sem entender, Elinor inquiriu:
— Guardar?
— Sim. As suas pinturas não têm valor comercial, querida. Eu entendo que é somente uma distração e que você pinta para se relaxar e...
— Está enganado, Anthony.
— Eu não estou entendendo.
— Eu considero a pintura uma profissão.
— Pode ser, querida, mas não para uma mulher.
— As mulheres também precisam trabalhar e...
— Elinor, você não precisa nem precisará trabalhar. Eu sou muito rico e posso sustentá-la sem que precise se preocupar com dinheiro. Eu tenho certeza de que o seu pai ficaria despreocupado com isso se estivesse vivo. Além do mais, você também é uma moça rica e pode ter tudo o que quiser.
Elinor engoliu em seco. Ela sabia perfeitamente que o pai estaria feliz com o rumo de sua vida. Estar casada com Anthony, um jovem rico e bem-sucedido, era tudo o que sonhara para a filha número um.
— Anthony, eu não sou rica.
Anthony riu.
— Querida, é claro que você é. Quando nos conhecemos, o seu pai assegurou ao meu que você tinha um dote milionário e que...
— O meu pai mentiu.
Anthony riu e olhou-a com atenção.
— Elinor, você deve estar brincando, não é?
— Eu não estou brincando. Eu não sou rica, Anthony e, antes de nos casarmos, você precisa saber... o meu pai morreu e nos deixou na miséria.
O sangue fugiu do rosto de Anthony.
— Não pode ser, eu...
— Eu sinto muito, mas eu precisava dizer-lhe a verdade.
Parecia que Anthony tinha levado um soco certeiro no rosto. Durante alguns minutos, ele pareceu ficar em estado de choque.
— Mas, por que diabos você não me contou isso antes que ficássemos noivos?
Elinor se levantou do sofá e completou:
— Eu achei que você compreenderia e que iria me aceitar, mesmo sem dinheiro...
Ele levantou-se abruptamente do sofá e falou alto como se estivesse falando consigo mesmo:

— O meu pai não vai aceitar isso.

— Eu tentei dizer na última vez que esteve aqui, mas você me disse que estava muito cansado e...

— Elinor, se você tivesse falado que era sobre esse assunto, certamente eu a ouviria. — Depois de alguns minutos de reflexão, ele disse: — Isso muda tudo.

Elinor ficou calada. Ela não queria interferir na decisão dele. Antes de concluir, arrematou:

— Eu também não lhe disse que depois que nos casássemos, as minhas irmãs, Florence e Jenny, teriam que ir morar conosco. Elas são muito jovens e não podem ficar sozinhas e...

Anthony parecia aturdido com tantas informações ao mesmo tempo.

— Meu Deus! Só agora eu compreendo a preocupação de seu pai para que apressássemos o noivado...

— Provavelmente ele queria que eu e minhas irmãs ficássemos seguras financeiramente.

Repentinamente, Anthony lhe pareceu frio e distante.

— Elinor, eu não posso lhe responder nada agora, mas tenho certeza de que o meu pai não irá aceitar essa situação. E você sabe que eu trabalho junto com ele e a nossa fortuna é incalculável, portanto, ele gostaria que eu me casasse com alguém que tivesse o mesmo nível social e financeiro, você compreende, não é?

— Sim, eu entendo perfeitamente. E confesso que já esperava por essa atitude de sua parte.

Anthony parecia aflito e com pressa de sair dali o mais rápido possível. Sem mais delongas, ele se levantou e disse:

— Eu sinto muito, mas, por agora, acho melhor você me devolver o anel de noivado e...

Elinor já previa que essa seria a reação dele. Ela não se importou nem um pouco com o fato de ele não querer mais se casar, contudo, ficou chateada por Anthony não ter se importado se elas estavam passando por privações ou não. É claro que a situação estava começando a ficar apertada. O pouco dinheiro que tinham era reservado estritamente para a comida. Já não podiam mais gastar com roupas e demais necessidades. Num gesto de indiferença, Elinor retirou o anel e o entregou a ele. Anthony despediu-se e partiu, deixando-a com uma sensação de alívio.

Elinor entristeceu-se ao ver que as suas tintas estavam escassas. A pintura era a única coisa que a deixava alegre. Sem isso, os seus dias eram cinzentos e tediosos.

Sem dinheiro, não podiam viajar, nem mesmo sair de casa. Logo teriam que vender a carruagem e despedir Alfie e a sra. Evie, o jardineiro e as três criadas.

Florence ficara muito brava com a atitude de Anthony.

– Engraçado, Eli, como Anthony pôde dizer que a amava e, depois, ao saber que ficamos pobres, abandoná-la assim, tão de repente?

Elinor fez uma careta e deu de ombros.

– Confesso que eu não me importei. Na verdade, ele tirou o peso da responsabilidade que o papai tinha colocado em meus ombros. Se ele tivesse me aceitado, sei que iria me arrepender no futuro.

Jenny discordou.

– Mas pelo menos não teríamos que nos preocupar com dinheiro, não é? – Jenny revirou os olhos. – Oh, meus fornos! Eu nunca pensei que um dia teria que me preocupar em ficar com meia dúzia de vestidos e não poder comprar três ovos.

Florence arquejou.

– Nem eu. E agora, como faremos para ir aos bailes, se não temos carruagem nem cocheiro? – Florence arregalou os olhos e disse preocupada: – Eli, como faremos para arrumar um marido?

Elinor olhou para as irmãs.

– Número dois e número três, prestem atenção ao que eu vou lhes dizer...

Florence e Jenny olharam atentamente para Elinor esperando uma solução convincente e imediata.

– Diga, Eli. Estamos ouvindo – disse Florence animada.

– Sim, Eli, você é a número um e entende de muitas coisas que nós não sabemos, não é mesmo, Flor?

Florence assentiu.

– Shhh, Jenny, deixe a número um falar.

Elinor se endireitou no sofá e começou a dizer calmamente:

– Pois bem. De agora em diante, teremos que parar de pensar em arrumar um marido. Vocês viram o que aconteceu com Anthony. Já faz mais de vinte dias que ele esteve aqui e nós conversamos. Ele me disse que iria falar com o pai dele, mas pelo visto, o pai não concordou. Eu não estou triste, absolutamente, e tampouco com raiva dele. É óbvio que o sr. Ayers quer uma moça rica para se casar com o filho dele e que possa aumentar o patrimônio milionário que eles já possuem. Mas, na verdade, não é disso que eu quero falar com vocês.

Florence apoiou o cotovelo sobre a mesa e deixou o queixo descansar na palma da mão, enquanto ouvia atentamente as palavras de Elinor. Jenny cruzou as pernas uma sobre a outra e suspirou nervosa.

Elinor começou a dizer com cautela:

– Florence, você é a número dois, portanto me ouça e tente entender.

Jenny adiantou-se e lamuriou:

— Assim não vale, só porque eu sou a número três não significa que seja criança e não entenda o que você vai dizer.

Elinor olhou para ela com um punhado de carinho e disse:

— Calma, querida, você já vai entender – continuou Elinor –, de agora em diante, nós vamos ter que dividir as tarefas. A sra. Evie ficará somente até amanhã e as criadas também não virão mais. Os afazeres que temos aqui são muitos, portanto, daqui para a frente, teremos que nos arranjar para deixar esta casa em ordem. Isso não será por muito tempo, pois dentro de aproximadamente um mês teremos que desocupá-la e arrumar outro lugar para viver.

Elinor olhou para o anel, a única lembrança viva que carregava da mãe e, com um suspiro, disse:

— Eu vou tentar penhorar este anel e com ele conseguir algum dinheiro para que possamos respirar por uns dias, mas creio que não será o suficiente.

Os olhos de Florence se encheram de lágrimas.

— Ai, meu Deus, você tem certeza? Essa é a única lembrança que temos da mamãe... O que será de nós, Eli?

Disfarçando a preocupação, Elinor continuou:

— Florence, o papai só não se desfez deste anel porque ele estava em meu poder, mas o porta-joias da mamãe está vazio. Ele deve ter vendido tudo. Bem, agora não temos que ficar choramingando por causa disso, além do mais, existem muitas pessoas que não têm a metade do que possuímos e trabalham para sobreviver e...

Jenny se rebelou.

— Eu não quero trabalhar, Eli.

Florence interveio, nervosa.

— Jenny, deixe de ser criança. Não está vendo que não temos escolha?

Elinor manteve a calma.

— Por favor, se acalmem, meninas. A situação já não é das melhores e, se formos discutir, tudo ficará gigantesco. – Elinor fez uma carícia na bochecha da caçula. – Jenny, eu confio em você. Você é inteligente, e tenho certeza de que o papai gostaria de vê-la forte e não como uma criança chorona e mimada que choraminga por qualquer coisa.

Jenny se recompôs e limpou delicadamente os olhos com a ponta dos dedos.

— Acho que tem razão, Eli. Eu não sou mais criança. Continue, por favor.

— Muito bem. Eu escolhi cuidar da limpeza dos cômodos, tirar o pó, lavar o chão e administrar o pouco que temos. – Ela virou-se para Florence. – Número dois, você pode cuidar das roupas de cama e dos nossos vestidos? – Depois, virou-se para Jenny. – Número três, como você gosta de cozinhar, que tal preparar a nossa comida?

Jenny se animou.

— Verdade que eu posso tomar conta da cozinha?

Elinor e Florence riram.

— Não é isso que você gosta de fazer?

Jenny se esqueceu das dificuldades e se animou.

— Sim. Modéstia à parte, eu acho que fiquei com a melhor parte.

Florence pareceu resignada.

— Eu também estou contente por poder cuidar de nossas roupas.

Esperançosa, Elinor procurou amenizar a situação transmitindo paz e confiança para as irmãs. Embora estivesse intimamente aflita pelo que estavam passando, ela, sendo a mais velha e a responsável por tudo e por todas, deveria demonstrar segurança e tranquilidade.

— Ótimo. Acho que teremos que nos unir e organizar a nossa vida de acordo com a situação. Não adianta nos desesperarmos antes da hora. Enquanto isso, podemos ver os anúncios nos jornais oferecendo emprego e procurar algo que seja próximo do que gostamos de fazer. Acho difícil, mas quem sabe, não encontramos?

Jenny anunciou disposta:

— Vou agora mesmo pegar o jornal de algumas semanas atrás e procurar um emprego de balconista ou mesmo de confeiteira em alguma padaria, ou quem sabe, em um café? Por que não?

Florence parecia contida e nervosa. Depois que Jenny foi ao escritório em busca de jornais, ela disse:

— Eli, quando o conde esteve aqui, eu percebi que há algo entre vocês. Estou enganada?

Elinor olhou surpresa para a irmã.

— O que você quer dizer com isso?

— Nada, eu apenas pensei que agora que Anthony rompeu o noivado, bem que você poderia...

— Florence! Eu não sou interesseira. Além do mais, se Anthony não quis se casar comigo por eu ser pobre, você acha que o milionário conde de Highfield iria querer?

Florence esboçou um sorriso maroto e, levantando-se da cadeira, arrematou:

— Só você pode responder isso, minha querida irmã.

27

O comentário de Florence não saiu da cabeça de Elinor. Certamente logo o conde iria saber que ela e Anthony não estavam mais noivos e que agora ela era a mais pobre criatura de Londres. Além de não ter dinheiro para viver, também não tinha onde morar. Precisava desesperadamente arranjar ao menos um emprego decente.

No dia seguinte, todos os empregados de Greenwood foram dispensados, depois que Elinor chegou da joalheria onde tinha deixado o anel em penhora, em troca de um punhado de moedas.

Foram muitos abraços de despedidas e lágrimas, principalmente da sra. Evie, que tinha trabalhado naquela casa desde que as irmãs eram crianças, mas não havia escolha diante da situação em que se encontravam. As irmãs fizeram questão de acompanhar a governanta até a estação. Antes da partida, choraram e se abraçaram como se alguém tivesse morrido, tamanha era a tristeza.

– Senhora Evie, um dia eu irei buscá-la novamente. Eu prometo! – Elinor engoliu o nó na garganta e a abraçou com gratidão.

– Não se preocupe, querida. Eu estarei disposta a retornar quando puderem. Cuidem-se – aconselhou a mulher antes de subir no trem e partir.

Abraçadas, as três irmãs ficaram acenando até que o trem desapareceu em uma curva, levando a governanta que cuidara delas a vida toda.

Mesmo diante do caos, as irmãs Chamberlain não tinham mais tempo para se lamentar. Precisavam trabalhar em casa arduamente para que tudo permanecesse limpo e cuidado. Ao menos havia um pouco de comida para a sobrevivência.

Os dias tornaram-se difíceis e cansativos. Elas não tinham experiência com os afazeres domésticos, pois nunca precisaram fazer absolutamente nada; sempre tiveram tudo nas mãos.

Jenny não saía da cozinha. Vivia fazendo receitas mirabolantes e usava os mantimentos escassos que tinham para fazer algo saboroso e nutritivo.

Florence remendava as roupas, pregava botões, fitas e fazia a bainha dos vestidos. As roupas já estavam ficando desbotadas e feias. Não tinham muitas alternativas quanto ao trabalho doméstico. Viviam cansadas e, no final do dia, se reuniam para conversar um pouco e logo iam para a cama, exaustas e deprimidas.

– As nossas meias estão horrorosas. Não consigo mais remendá-las. – Florence embolou os pares e jogou-os num cesto na lavanderia.

– Precisamos encerrar as compras de jornais. Não temos dinheiro para isso – disse Jenny com um ar sério, depois de enxugar a louça.

Elinor assentiu.

– É verdade. Das revistas também.

Florence se rebelou.

– Oh, meu Deus! Como poderei saber como anda a moda se não podemos sair de casa nem olhar revistas e jornais?

Jenny se sentou à mesa e debruçou a cabeça sobre as mãos.

– Não temos mais quase nada na despensa. Não sei o que farei para o jantar.

Elinor acendeu uma vela e a colocou sobre a mesa. Enquanto pensava em alguma solução, olhava o crepitar lento e como ela ia perdendo a forma e tamanho.

A imagem desconsolada das irmãs a deixou terrivelmente abalada. Certamente, se o seu pai soubesse que elas iriam ficar tão desprotegidas e desorientadas na vida, ele não teria perdido toda a fortuna que possuíam em coisas ilícitas. Elinor podia jurar que ele tinha desperdiçado todos os bens em jogos, nos cassinos.

A busca pelo anel em seu dedo foi imediata. A falta dele a fazia se sentir desprotegida e com muitas saudades da mãe e do pai. Tudo cooperava para um período em que a sobrevivência era prioritária. A preocupação estava em como iriam se alimentar e procurar um abrigo que as acolhesse. Mas, onde?

Naquela noite, o sono faltou para a senhorita Chamberlain número um.

Elinor pegou um toco de vela que restava e a levou até o seu ateliê. Ela precisava olhar nos olhos do conde. A angústia que sentia era indescritível.

Talvez tivesse sido melhor se tivesse morrido no dia em que ele a salvara de ser atropelada pela carruagem em alta velocidade, ou mesmo quando ficou quase congelada na ponte.

– Oh, Alexander, por que não me deixou morrer?

Era muito melhor ter morrido a ver as irmãs sofrendo sem ter o que comer e sem nenhuma perspectiva de vida.

O que lhes restava?

Elinor decidiu terminar o que faltava no retrato do conde. Ela sabia que a vela não iria durar, mas, mesmo assim, ficou retocando os detalhes que faltavam até que a vela se apagou.

Exausta, deitou-se no divã e deixou que as lágrimas corressem livremente, escondida de suas irmãs.

Assim que amanheceu, Elinor pincelou arduamente a tela, como se fosse a última coisa a fazer na vida. Ela havia decidido vender o retrato e arrecadar algum dinheiro para que pudessem comprar comida.

O dia passou. Elas quase não tinham mais mantimentos.

Assim que terminou, olhou e ficou satisfeita com o resultado, porém, ela ainda o retinha, e se sentia amargurada por ter que se desfazer de algo com um valor tão inestimado.

Por último, assinou em baixo, do lado direito: Lady Elinor Chamberlain I.

O retrato de Alexander Highfield era o despertamento para um estilo que antes não dominava e a mais valiosa obra de arte que já havia reproduzido.

Nele, ela havia depositado toda a sua paixão e queria possuí-lo no mais absoluto sigilo.

Ele era seu. Obra de suas mãos.

Aquela tela era um elo entre duas paixões que ela jamais desmancharia, e a fazia sentir-se dona de seu trabalho predileto. Entretanto, ela precisava fazer a coisa mais difícil de sua vida. Desfazer-se da sua obra de arte era o mesmo que esquecer-se de seu amor por ele.

Contudo, não havia outra solução.

Era a única coisa que restava.

Talvez conseguisse colocá-lo em alguma galeria ou vender para alguma pessoa milionária que gostasse de arte.

Elinor juntou dois quadros menores de natureza-morta com o retrato do conde. Teria que sair e tentar pegar uma carona com alguma carruagem que passasse por ali e a levasse até o centro de Londres.

Depois que se despediu das irmãs, foi até a estrada. Olhou o tempo e verificou se não iria chover, caso isso acontecesse, perderia os seus quadros.

As horas pareceram intermináveis, quando uma carruagem que levava uma mulher e uma criança parou para lhe dar uma carona até Westminster.

Elinor decidiu ir à National Gallery, no Museu de Arte. Ela teve sorte em ir naquele dia. Havia uma exposição de algumas obras de pintores renomados e várias pessoas abastadas financeiramente e apreciadoras de arte visitavam o local.

Com determinação, entrou na galeria com as suas telas debaixo do braço e foi procurar alguém responsável pela compra das obras.

Depois de abordar o cavalheiro que estava parado à porta de entrada e ter sido avaliada com um olhar parcimonioso, foi informada de que teria que marcar um horário para ser atendida, mas que, no momento, a agenda estava lotada e não havia previsão. Desanimada, voltou para o lado de fora e decidiu expor os seus quadros na calçada.

Alguns pedestres circulavam por ali e passavam sem lhe dar a importância devida como artista. Embora ela soubesse que as mulheres não tinham caminho aberto para a arte de pintar quadros, ela não desistiu de mostrar suas obras. Muitos foram especulativos e alguns admiraram o seu trabalho, mas nada além disso.

Elinor havia decidido mostrar somente os quadros de natureza-morta.

Não demorou muito, a mesma pessoa que a atendeu veio pedir para que saísse dali, pois era proibida a venda de quadros de pessoas desconhecidas na frente da galeria, e completou dizendo que, com aquela atitude, estava espantando os verdadeiros apreciadores e colecionadores interessados em visitar o Museu.

Cansada, ela recolheu as telas menores e amarrou-as com o barbante. Quando estava prestes a sair dali alguém a abordou e apontou para a tela maior.

— E aquela, por que está coberta, senhorita?

— Ela não está à venda.

O desconhecido insistiu.

— Posso dar uma olhada?

— Eu sinto muito, mas...

Repentinamente, um vento arrastou algumas folhas e deixou algumas damas preocupadas em segurar os chapéus mal colocados na cabeça. Ao receber a lufada, o tecido que cobria a tela deslizou, revelando o retrato pintado com a imagem do conde.

A pessoa interessada exclamou:

— Que belo trabalho, senhorita. Quem é o cavalheiro?

— Ninguém.

Elinor tentou cobri-lo, mas foi em vão. O vento empurrava o tecido. Enquanto ela tentava esconder a tela, o desconhecido disse:

— Este é uma verdadeira obra de arte. Quanto quer por ele?

Por alguns instantes, ela se sentiu tentada a vender o quadro, mas algo dentro dela a fez abrir a boca e responder:

— Ele não está à venda, senhor, me desculpe.

A pessoa interessada questionou:

— Vá entender esses artistas!

Apressadamente, Elinor cobriu o retrato e o amarrou junto das outras telas, com receio de que mudasse de ideia.

O cavalheiro insistiu na compra, mas ela foi resistente. Resignado, ele arrematou uma tela menor por um preço irrisório.

Elinor recolheu as telas e ficou esperando alguém que passasse por ali e fosse na direção de Greenwood; ansiava em voltar para casa.

O dia havia sido longo e cansativo, e apesar de ter feito uma única venda, isso a encheu de confiança. Com um suspiro, agarrou-se à sua tela preferida e a sensação de alívio a invadiu, mesmo sabendo que tinha agido com o coração ao invés da razão. Elinor apertou os lábios e um arrependimento repentino a fez se sentir irresponsável por negar a venda e arrecadar dinheiro para a compra de comida.

Irrefutavelmente, a pintura era a arte que fazia o seu coração cantar e, naquele momento, a sua obra de arte era tudo o que lhe restara. Elinor olhou para o céu e jurou para si mesma que jamais iria se desfazer dela.

A volta foi apática. Depois de conseguir uma carona novamente, ela chegou em Greenwood somente ao anoitecer. O cansaço da viagem a deixou esgotada e mais desanimada do que nunca.

Assim que chegou, guardou o quadro do conde em um canto de seu ateliê e foi até a cozinha.

Jenny havia preparado um chá e algumas torradas. Faminta, Elinor comeu e lambeu os dedos. Com as pernas queimando, puxou uma cadeira e as estendeu para descansar.

Jenny olhou-a, esperançosa.

– E então, Eli, como foi a venda dos quadros?

Elinor meneou a cabeça e lastimou:

– Um desastre. O atendente da galeria colocou-me na rua. Senti-me um cão chutado depois de cair de uma carroça. – Elinor segurou no dedo em busca do anel, e depois de comprimir os lábios, concluiu: – Somente uma tela menor foi comprada, e por um preço ingrato. Se ao menos eu fosse uma pintora famosa...

Florence entrou na cozinha e, puxando a travessa com as torradas, pegou uma, e antes de dar uma dentada, disse:

– Eli, se você fosse famosa, logicamente não teria feito o que fez.

– Sim, você tem razão. Eu sou uma boba mesmo. – Elinor suspirou resignada, contudo, disse com convicção: – Tudo está muito difícil agora, mas eu e a minha arte nos completamos e, um dia, o meu nome será motivo de regozijo e orgulho, vocês ainda verão isso, minhas queridas irmãs.

Jenny apertou a mão de Elinor e disse:

— Sim, Eli. Você vai conseguir. E quando isso acontecer, comemoraremos com um bolo maravilhoso que eu mesma farei.

Florence bocejou e, depois de fazer um pouco de suspense, anunciou:

— Bem, eu tenho uma ótima notícia para contar.

— Arrumou emprego de modelista?

— Quase. — Florence fez uma careta. — De ajudante de costura.

Elinor abraçou a irmã e a encorajou:

— Mas isso é uma ótima notícia, Flor! Primeiro você irá mostrar o seu valor com a delicadeza e a habilidade que tem com as agulhas, depois você mostrará os seus desenhos e eu tenho certeza de que logo subirá de cargo.

— Pode ser. Não é bem o que eu queria, mas por hora vai nos ajudar a não morrermos de fome.

As três irmãs suspiraram. Jenny rompeu o silêncio.

— Bem, eu acho que podemos comemorar. Eli vendeu um quadro e Florence está empregada.

— Como brindaremos? — perguntou Florence com uma gargalhada.

Jenny pegou uma garrafa de groselha, que até então estava sendo guardada para o domingo, e a abriu. Depois de encher três copos e misturar com um pouco de água, serviu às irmãs.

— Esta é a única bebida que temos.

Depois do brinde, cada uma foi para o seu quarto.

Elinor não quis pensar no tamanho dos problemas que estava enfrentando, mas estava mais tranquila ao saber que Florence havia arrumado um trabalho. Jenny era bem nova e ainda se preocupava bastante com ela.

Precisava arrumar um emprego também. As suas telas não valiam muita coisa e provavelmente ela não iria até Westminster novamente.

Com um suspiro, fechou os olhos e não percebeu o quanto estava cansada. Logo pegou no sono, porém, antes que dormisse profundamente, a imagem do conde apareceu diante de seus olhos. A expressão de desagrado dele quando a ouviu dizer que amava Anthony não lhe saía da mente.

Como se arrependera de ter dito aquilo. Jamais poderia amar um outro homem que não fosse ele.

Elinor suspirava de amor.

O seu coração estava adoecido e, a cada dia que passava, a aflição a tomava.

Será que ele havia se comprometido com alguém? A mulher que ele escolheria para ser a condessa de Highfield não seria ela. Pensar que o conde amaria outra mulher a fazia enlouquecer de ciúmes.

Inconsciente, meneou a cabeça de um lado para o outro no travesseiro dizendo a si mesma que não suportaria vê-lo com outra mulher. A sua alma clamava pelo amor impossível de Alexander. De seus lábios saiu um gemido e um choro amargurado sem lágrimas.

– Alexander Highfield, minha paixão, como poderei esquecê-lo?

28

– Meninas, o momento de entregarmos Greenwood ao novo proprietário está bem próximo – anunciou Elinor, assim que se sentaram à mesa para o chá.

– Quando? – inquiriu Florence, com a voz embargada.

– Dentro de uma semana – informou Elinor, depois de um gole da bebida –, mas acho que devemos arrumar as nossas coisas, desde já.

Enquanto bebericavam, a amargura parecia passear nos semblantes de cada uma. As únicas coisas que poderiam levar eram algumas roupas que ainda estavam em bom estado e alguns acessórios. A mobília e os utensílios domésticos seriam entregues junto com a casa.

Elinor olhou o jardim através da janela e uma pontada no coração a atingiu ao se recordar da sua infância com suas irmãs naquela casa.

Cada cômodo era especial e trazia lembranças de dias felizes. O riso contagiante das meninas parecia soar alegremente ecoando por todo o lugar.

Como num dia de chuva, a tristeza começou a gotejar em seu peito como uma goteira que cai do telhado ininterruptamente.

Insistente.

Interminável.

Elinor guardou o que restava das tintas, os pincéis, e embrulhou os seus quadros. O carinho e o zelo com os seus apetrechos eram costumeiros. Com os olhos marejados, ela percorreu o seu ateliê, agora vazio e sem vida.

Como faria para pintar?

Durante a sua adolescência aquele fora o seu esconderijo secreto para se refugiar nos dias em que queria ficar sozinha e produzir a arte que tanto amava.

Sabendo que precisava ser forte, enxugou o rosto com o dorso das mãos e decidiu parar de sofrer. Não havia tempo para isso. Ela precisava limpar a casa.

Antes de começar a faxina, decidiu lavar o vestido que havia usado no dia do seu noivado com Anthony para mantê-lo limpo e conservado, porém, uma nódoa escura na saia havia comprometido o uso e a beleza da peça, pois a mancha não saiu, deixando-a frustrada. O preço da roupa tinha sido uma exorbitância para agora ter que desfazer-se dela. Lá se ia a esperança de vestir-se com elegância para algum evento oportuno em que fosse imprescindível apresentar-se de acordo.

Depois que a sra. Evie e as criadas haviam ido embora, os vidros estavam feios e embaçados, as cortinas pesadas estavam precisando ser lavadas, os tapetes estavam empoeirados e ela não tinha dado conta de todo o serviço; tudo tinha ficado acumulado.

Arrumar as camas e levar a roupa suja para lavar era a tarefa que Elinor fazia diariamente, contudo não conseguia espanar o pó dos móveis, limpar os lustres e lustrar a prataria. Embora naquele dia tivesse lavado, passado e organizado as roupas de cama, que eram muitas, ela ainda não tinha conseguido limpar os quartos de hóspedes e os demais cômodos que não usavam mais.

A casa era bem grande e demandava um serviço pesado e precisaria de vários empregados para deixar a faxina em dia. Resignada, sabendo que nada voltaria a ser como antes, suspirou e, num rompante, disse:

– Oh, céus, que vergonha. Nem para limpar a casa eu sirvo.

Quando Alfred Chamberlain era vivo, ele gostava que tudo estivesse bem limpo e não media esforços para contratar quantos empregados fossem necessários para manter a propriedade bem cuidada.

Enquanto amarrava um lenço nos cabelos para prendê-los, Elinor lembrou-se de que depois de limpar parte da casa, ainda restava o jardim. O mato havia crescido entre os canteiros e as ervas daninhas haviam invadido a plantação de flores e as árvores. Tudo parecia feio e abandonado.

Elinor pegou o balde com água e sabão, e com uma escova começou a esfregar o chão do salão principal. Florence havia ido trabalhar na loja de costura. Jenny estava na cozinha preparando o almoço, limpando o fogão e lavando as louças.

O barulho de alguém batendo na aldrava a assustou, fazendo com que a sua mente fizesse indagações duvidosas.

Quem seria o inoportuno àquela hora?

As visitas dos conhecidos de Alfred já não tinham mais frequência desde que ele tinha falecido. Será que o novo proprietário tinha vindo se apossar da casa antes da data prevista?

Um calafrio percorreu a espinha de Elinor ao pensar que poderiam ser despejadas imediatamente. Embora soubesse que faltavam poucos dias para saírem dali, ainda tinha esperanças de arrumar um lugar decente que pudesse acolhê-las.

Com um suspiro de resignação, limpou o suor da testa com o dorso da mão e abriu a porta.

Elinor sentiu as bochechas arderem ao ver a figura masculina que estava à sua frente. A voz sumiu de sua garganta e um tremor nas pernas quase a fez desmaiar.

Alexander Highfield a olhava como se estivesse vendo um fantasma.

Atônita, Elinor levou as mãos ao lenço que amarrava os seus cabelos e tentou guardar algumas mechas que tinham escapado. Ao fazer uma reverência desajeitada exclamou:

— Senhor Highfield!

— Senhorita Chamberlain?

Alexander se aproximou dela e, com a ponta do dedo, limpou uma mancha escura em sua testa. Os cabelos desgrenhados evidenciaram o árduo trabalho que ela estava fazendo.

Sentindo-se envergonhada por ele encontrá-la toda desarrumada, empoeirada e descabelada, Elinor limpou as mãos na saia do vestido e o cumprimentou timidamente.

— Perdoe-me por recebê-lo dessa maneira, mas é que...

Alexander sorriu, encantado.

— Não se preocupe com isso. Está mais bela do que nunca.

O nervoso a fez ter um acesso de riso repentino. Ao vê-lo sério e encarando-a, ela tentou se justificar:

— Não me faça rir, eu...

— Não acredita no que estou dizendo? Quer que eu...

Elinor cessou o riso fora de hora e deu um passo para trás.

— Por favor, milorde, comporte-se.

Alguns móveis fora do lugar deixaram-no surpreso. Curioso, perguntou:

— Posso saber o que está acontecendo aqui?

— Bem, eu estou...

Ele parecia incrédulo.

— A senhorita está... fazendo a faxina, é isso?

Elinor apertou os lábios e assentiu.

— Sim, isso mesmo. Faxina.

O conde parecia confuso.

— E... isso é normal, ou...

Elinor o deixou mais confuso ainda.

— Nunca foi, mas agora é.

Ele levantou uma sobrancelha e permaneceu assim, como se tivesse uma pergunta no ar, sem precisar fazê-la com palavras.

Acanhada, ela o convidou para sentar-se, enquanto tentava pensar rapidamente como poderia explicar a situação, com medo de que ele tivesse a mesma reação que o ex-noivo tivera.

— O senhor tem visto Anthony?

— Anthony? Não, faz algum tempo que eu não o vejo.

Elinor arquejou e, procurando se acalmar, se sentou um pouco distante dele.

— A senhorita está sem criados?

Elinor baixou o olhar para as mãos e, depois de um suspiro corajoso, explicou:

— Como sabe, o meu pai sempre fora um homem rico e bem-sucedido. Nós tínhamos uma vida próspera e nunca faltou nada para mim nem para as minhas irmãs.

Enquanto falava, pôde observar o semblante preocupado do homem que tanto amava e que agora a olhava atentamente, sem entender o que ela estava lhe dizendo.

Perturbada com o olhar penetrante que ele lhe dirigia, Elinor tentou continuar, mas a voz falhou. Vendo que ela estava nervosa ele a encorajou.

— Por favor, continue.

Elinor engoliu a saliva e depois de umedecer os lábios, sem perceber que com esse gesto havia despertado um lampejo no olhar do conde, retomou:

— Bem, o meu pai possuía um patrimônio muito alto em propriedades e ações, mas depois de sua morte, o seu advogado nos informou que todos os nossos bens haviam sido penhorados e que não nos restou nada além de dívidas.

Alexander franziu o cenho, entretanto ficou calado, incitando-a a prosseguir.

Elinor umedeceu os lábios novamente que estavam sequíssimos pelo nervosismo e continuou a explicar:

— Eu e minhas irmãs despedimos as criadas, o jardineiro, o cocheiro e a governanta, e como o senhor está vendo, nós estamos cuidando da casa sozinhas.

O conde ficou impassível. Nenhum músculo em seu rosto se alterou.

— E esta casa foi o que restou?

Elinor suspirou e, com a voz embargada, disse:

— Não. Nós a perdemos também e dentro de alguns dias teremos que desocupá-la e entregá-la ao novo proprietário. Como pode ver, senhor Highfield, agora eu sou uma moça pobre e sem dote, e sem ter para onde ir.

Alexander levantou-se de onde estava e enfiou as mãos nos bolsos da calça. Parecia que ele estava pensando rapidamente em algo. Depois, foi até a janela e olhou para o jardim como se lá estivesse a solução para aquele problema.

Elinor o observou atentamente. Cada gesto que ele fazia, ela tentava registrá-lo em sua mente e em seu coração. Ela não sabia quando o veria novamente e cada linha de expressão e gesto corporal seria o material para o seu trabalho com os pincéis.

Como se soubesse que estava sendo observado, Alexander virou-se repentinamente e a encarou.

— E onde estão as suas irmãs?

— Florence conseguiu um emprego de costureira em uma loja e está trabalhando e Jenny está cuidando da cozinha, enquanto eu...

Alexander suspirou. O seu olhar era grave e sério.

— E onde está Anthony?

Elinor sorriu, sem graça.

— Bem, eu não sei. Ele rompeu o noivado assim que soube e nunca mais apareceu.

Alexander deteve o olhar interrogativo dentro dos olhos dela e, estreitando-o, quis saber:

— E a senhorita está sofrendo por ele tê-la deixado?

Elinor levantou o queixo e declarou resoluta.

— Isso não vem ao caso.

Alexander pareceu surpreso.

— Não considera importante o fato de ter sido abandonada pelo homem que dizia que a amava?

— Como pode constatar, Anthony não me ama e...

— Ele é um covarde! — rugiu Alexander.

— Eu não me importo se ele deseja uma noiva rica para se casar. Provavelmente, o pai o fez tomar essa atitude. Anthony é um homem fraco e sempre esteve sujeito às ordens do pai.

— Se bem o conheço, realmente o sr. Ayers jamais aceitaria que o filho se casasse com alguém que não tivesse uma fortuna considerável.

Elinor assentiu. Depois de um arquejo, ela o inspecionou:

— Eu pensei que a sua visita aqui fosse pelo fato de ter descoberto sobre isso.

O conde raspou a garganta.

— Na verdade, eu estava passando aqui por perto e, como na última vez em que nos vimos a nossa despedida não foi muito amigável, então pensei em fazer uma breve visita para me desculpar.

— Entendo.

— Porém, acho que o fato de eu ter vindo aqui só veio confirmar o sentimento que estava em meu coração. Eu precisava revê-la.

A seriedade na voz do conde a deixou nervosa. O semblante dele denotava preocupação e cuidado.

Elinor emudeceu e ficou estudando os sinais que o seu rosto emitia. Ele pareceu contrariado ao saber que ela não iria mais se casar com o seu melhor amigo, mas não condenou Anthony e tampouco se prontificou a tomar uma atitude em relação a sua situação. Depois de alguns minutos em silêncio, ele olhou para ela e perguntou:

— E o que a senhorita pensa em fazer?

— Bem, Florence já conseguiu um emprego, mas Jenny e eu ainda estamos desempregadas. Penso que não será difícil arrumar um trabalho de babá para Jenny e talvez eu consiga a vaga de criada ou preceptora na casa de alguma família abastada.

O olhar de Alexander parecia querer se infiltrar em seu íntimo.

— A senhorita aceitaria se humilhar a tal ponto?

Elinor pareceu surpresa com a pergunta dele.

— Bem, eu não tenho experiência nem referências, porque nunca trabalhei na vida, mas diante das circunstâncias, eu não vejo muitas alternativas.

— Eu sei que uma das coisas que afetam o espírito é a pobreza. Com dinheiro, somos respeitados, ganhamos a autoconfiança e conseguimos ter em parte a felicidade, mas...

— Oh, não se preocupe, milorde. Eu sei que não será fácil, mas nós somos jovens e felizmente estamos bem de saúde. Não morreremos por isso, fique tranquilo.

O conde colocou as mãos para trás e atravessou a sala com a cabeça baixa, como se estivesse pensativo. Ao voltar perto dela, ele perguntou:

— A senhorita quer um emprego? — Ele pigarreou e, encarando-a, disse de supetão: — Aceitaria trabalhar para mim?

29

Elinor sentiu a cabeça zonza como se tivesse sido atingida por uma tacada de uma bola de golfe. Atônita, tentou pronunciar algo, mas a voz não saiu.

O conde se aproximou dela e repetiu a pergunta:

– Aceitaria?

A decisão, naquele momento, pareceu ser desesperadora para a número um.

Jenny entrou abruptamente na sala com um pano de pratos nas mãos.

– Eli, o que faremos para...

Elinor olhou para a irmã mais nova como se precisasse de ajuda.

– Jenny...

O conde virou-se e, com uma breve reverência, cumprimentou Jenny, que o olhou admirada.

– Senhor Highfield, que surpresa!

Elinor raspou a garganta e engoliu em seco. Em seguida, se dirigiu à irmã e disse:

– Jenny, por favor, me traga um copo de água e, para o senhor Highfield um...

O conde se adiantou:

– ... um copo de água para mim também, por favor, senhorita Chamber... número três, não é isso?

Jenny assentiu de modo simpático, em seguida saiu ventando em direção à cozinha.

O conde aproveitou que estavam a sós novamente e insistiu na pergunta.

Enquanto a repetia, procurou pelos olhos de Elinor, que fugiram e foram se fixar na janela que dava para o jardim.

– A senhorita não respondeu à minha pergunta.

– Eu... não sei...

– Bem, já que disse que trabalharia na casa de alguma pessoa rica, eu posso lhe dizer que eu sou...

— Ora, não seja modesto, milorde. A sua casa é um palácio e eu nem me atreveria a questionar sobre a sua fortuna e...

— Eu lhe pagarei bem, além de acomodar a senhorita e as suas irmãs com conforto e liberdade.

Elinor ficou abalada com a oferta de Alexander.

Aquilo não era uma solução. Era um convite constrangedor e perigoso. Como poderia trabalhar para o homem que amava e viver debaixo do mesmo teto que ele, como sua empregada?

Como se tivesse lido os pensamentos que a preocupavam, o conde explicou da melhor maneira possível.

— Se a sua preocupação é ter um lugar para viver com as suas irmãs, eu posso lhe garantir que será muito bem paga pelos seus préstimos e que as senhoritas serão tratadas como hóspedes. Poderá conduzir os empregados como se estivesse em sua própria casa e usufruir de todas as comodidades necessárias para o bem-estar de vocês, além de ganhar um salário digno, é claro.

Elinor o ouviu atentamente e, para sua surpresa, ele lhe pareceu bastante prestativo e desinteressado em cortejá-la. Isso a entristeceu, porém, naquele momento, ela precisava se esquecer de seus sentimentos particulares e pensar no bem-estar do que restou da sua família: a número dois e a número três.

Jenny adentrou na sala com uma bandeja e dois copos. Depois de servir a irmã, encheu o copo do conde e se sentou enquanto eles bebiam. Um tanto incomodada pela visita de um nobre nas circunstâncias deploráveis em que se encontravam, ficou a observar a irmã e a visita ilustre.

Elinor bebeu o líquido de uma vez. Além de estar com sede, o nervosismo a deixou com a garganta seca. Enquanto o conde sorvia elegantemente a bebida, observava os gestos da anfitriã.

Mesmo estando com um vestido desbotado e com os cabelos despenteados, ela estava adorável. O semblante corado a fazia parecer mais jovem do que era. Os olhos que ainda há pouco estavam tristonhos emitiam uma luz profunda que a embelezava com a mesma candura com que as flores brotam na primavera.

Com um suspiro, o conde devolveu o copo para Jenny, que captando o clima um pouco tenso, pediu licença e voltou para a cozinha.

Elinor levantou-se como se estivesse dando a visita por terminada. Depois de esfregar as mãos uma na outra, de modo agitado, como se estivesse impaciente com a presença dele, disse por fim:

— Na verdade, eu não lhe disse a minha primeira intenção. Estou vendendo os quadros que pinto, e penso que serei bem-sucedida.

Alexander se surpreendeu com a determinação que ela manteve na voz e na postura.

— Bem, a senhorita há de convir comigo que isso leva tempo e, pelo que eu vejo, tempo é algo que vocês não têm, não é mesmo?

É claro que ela sabia que a situação dela e das irmãs estava arruinada, mas ainda assim não conseguia se imaginar aceitando uma oferta como aquela, vinda do homem que a fazia perder a razão. Era constrangedor demais.

Em silêncio, Alexander fixou o olhar buscando os olhos dela e ergueu as sobrancelhas como se tivesse feito a mesma pergunta novamente.

Elinor limpou a garganta e, erguendo o queixo que estava prestes a tremer, conseguiu argumentar, mesmo sabendo que estava sendo teimosa, porém, o receio de ficar debaixo do mesmo teto que ele a fez insistir em sua decisão.

— É verdade. Mas eu insisto em correr atrás do meu sonho e, mesmo parecendo difícil, acho que não é impossível, milorde.

Alexander voltou-se para a janela e, como se buscasse lá fora mais uma justificativa para convencê-la, disse:

— Vejo que pintar é um objetivo muito importante e eu não quero destruí-lo em hipótese alguma, senhorita Chamberlain, mas talvez adiá-lo, diante das circunstâncias. — Ao voltar-se para olhá-la, com o semblante demonstrando estar indiferente, insistiu com calma: — Poderia pensar assim, talvez?

Elinor respirou fundo e ficou em silêncio, sabendo que ele estava certo. Ainda um pouco reticente, acabou dizendo:

— A arte de pintar é a minha vida e, sem exercê-la, eu não saberia fazer outra coisa que abastecesse a minha alma, milorde, mas, diante das circunstâncias, confesso que eu reconheço que nós não temos o tempo a nosso favor e eu... — Ela buscou forças para assumir que não adiantava protelar e que a responsabilidade que o pai havia deixado estava sobre os seus ombros. Depois de arquejar, concluiu com desânimo na voz: — Não posso tomar essa decisão sozinha. Eu preciso consultar as minhas irmãs e...

— Eu entendo. Como quiser — disse Alexander, ajeitando o colarinho. — Eu não tenho pressa, senhorita Chamberlain, mas o tempo engole grandes pedaços de nossas vidas, e como disse que o prazo é curto, eu gostaria que me desse a resposta o quanto antes para que eu mande um coche vir buscá-las e levá-las para a minha casa.

Confusa com a insistência dele, Elinor disse de modo resoluto:

— Bem, assim que nós resolvermos eu mandarei um mensageiro até Highfield.

— Como quiser.

Depois que o conde partiu, Elinor desabou no sofá. Ela e as irmãs não tinham nenhuma perspectiva de vida. A oferta de Alexander lhe pareceu vantajosa e providencial. Embora estivesse pensando em recusar de modo que não parecesse nada pessoal, não via outra solução.

Sem perceber, pegou a escova e se ajoelhou para dar continuidade ao trabalho doméstico. Ansiosa, começou a esfregar o piso incessantemente, querendo deixá-lo polido e sem manchas.

Jenny veio até a sala novamente e, vendo que a irmã esfregava energicamente o chão no mesmo lugar, perguntou:

— Eli, o que houve?

Perdida em pensamentos, Elinor se sobressaltou ao ouvir a irmã chamá-la. Depois de olhá-la com um ar de interrogação, se sentou desconsoladamente no chão e recostou as costas no sofá, deixando a escova de lado.

Com amargura no tom de voz, murmurou:

— Minha irmãzinha querida, os nossos dias estão contados em Greenwood.

Sentindo-se carente, Jenny resmungou tristemente:

— Que saudades do papai, Eli...

— Sim, minha irmã.

Jenny veio se sentar ao seu lado e Elinor a abraçou; emocionadas, ficaram ali se recordando da infância e dos dias felizes que passaram naquela casa até chegarem às lágrimas.

Florence entrou e Jenny e Elinor não se deram conta de sua presença, até que um soluço escapou da garganta de Elinor e, de repente, a segurança e a força que ela sempre manteve diante das irmãs desabou. Ela caiu em um pranto convulsivo e palavras desalentadoras escaparam de seus lábios.

— Oh, meu Deus! Por que tudo isso nos sobreveio? Por que tanto infortúnio?

Florence se juntou a elas e, por algum tempo, as irmãs Chamberlain ficaram abraçadas e unidas pela desventura.

Florence olhou em volta e, com o coração apertado, confessou tristemente:

— Eu nunca vou me esquecer deste lugar.

— Nem... eu... – disse Jenny entre soluços.

Elinor se recompôs e enxugou os olhos com o dorso das mãos. Depois de parar de lamentar, segurou nas mãos das irmãs, endireitou a coluna e disse num tom sério:

— Queridas, nós precisamos conversar.

Atemorizada, Florence apertou os lábios e olhou para Elinor.

— Por favor, Eli, não nos dê más notícias.

Elinor acariciou afetuosamente a mão da irmã e, com cuidado, a acalmou.

— Calma, Flor...

Antes de Elinor continuar, Jenny se adiantou:

— O conde esteve aqui e...

Elinor a repreendeu.

— Jenny, deixe que eu fale.

– Vocês duas estão me assustando...
Resoluta, Elinor disse:
– O conde de Highfield me ofereceu um trabalho no castelo.
Um lampejo de alegria perpassou os olhos de Florence.
– Mas isso quer dizer que...
Resignada, Elinor confessou:
– Que temos que aceitar. É a única solução.
Florence se demonstrou bastante otimista com a proposta do conde. Animada, ela disse:
– Bem, eu acho que em vez de ficarmos chorando, vamos arrumar as nossas bagagens.
Admirada com a atitude positiva de Florence, Elinor perguntou:
– Você concorda?
Florence levantou as sobrancelhas e, olhando de uma para a outra sem entender, disse:
– E temos opção?
– Eu também concordo – falou Jenny.
– Eu acho que devemos agradecer ao conde pelo resto de nossas vidas.
– Eu ainda não estou bem certa se é o que deveríamos fazer – disse Elinor mais para si mesma do que para as irmãs.
Incrédula, Florence colocou as mãos na cintura e olhou para a irmã mais velha.
– Elinor Chamberlain, se não aceitar a oferta do conde, o que será de nós? Se você me disser que tem a solução ideal para os nossos problemas, eu concordarei com você. – Depois de ver que a irmã não conseguiu responder, estendeu os dedos das mãos e começou a enumerá-los dizendo: – Teremos um palácio para morar; teremos comida e roupas; poderemos participar das festas com pessoas nobres e milionárias... o que mais poderemos querer?
– Eu sei que não temos opção e essa foi a única que apareceu, mas eu ainda estou receosa. Afinal, somos três moças jovens e inexperientes e não ficaria bem irmos morar em um palácio com um cavalheiro descompromissado e...
– Bonito... – Jenny deixou escapar.
– Isso mesmo... Bonito – Elinor confessou. – Ele me ofereceu um cargo para ser uma espécie de governanta. Disse que teremos liberdade e que ficaremos em quartos de hóspedes e não de empregados.
– Está vendo? Esse homem caiu do céu e você ainda está pensando?
– Florence, não seja tola. Eu só estou preocupada com o nosso bem-estar e com a nossa reputação, é só isso.
– Eli, eu sei que a nossa situação já deve estar sendo comentada no nosso círculo social e devem estar dizendo horrores sobre o papai, mas você se esqueceu de

que agora não precisamos mais pensar nisso? Não temos dinheiro, não temos lugar para morar nem para receber visitas, e o pior de tudo: não temos dote nenhum!

– Eu sei, Flor. De agora em diante, nós estamos banidas de circular nos bailes e, com certeza, as nossas amizades não serão mais as mesmas.

– É verdade, Eli. – Jenny endossou as justificativas da irmã número dois, depois acrescentou animadamente: – E não se esqueçam de que se pudermos participar das festas, ao menos no castelo, poderemos conhecer algum cavalheiro nobre como o conde e, quem sabe, sermos pedidas em casamento.

Elinor e Florence olharam admiradas para Jenny. Ao perceber os olhares de reprovação das irmãs número um e número dois, Jenny gaguejou:

– Bem, e-eu... s-só... q-quis dizer que ...

Incrédula, Elinor olhou-a com um ar de severidade e a repreendeu:

– Jenny, você está me parecendo uma mocinha interesseira querendo arrumar um marido rico.

Jenny pareceu ofendida.

– Oras! E que mal há nisso?

– Bem... não há nenhum mal, mas você se esqueceu de que os nobres não olham nem querem comprometimento com criadas?

Jenny murchou e com um muxoxo deu de ombros.

Florence ajeitou os cabelos com as mãos de modo despretensioso.

– Bem, eu acho que morando no castelo de Highfield, talvez possamos encontrar os primos do conde.

Elinor deu um salto e ficou em pé.

– Pelo amor dos meus pincéis! – Ela intimidou-as seriamente. – Então é por isso que querem ir morar no castelo?

Irritada, Florence respondeu:

– Elinor Chamberlain, você acha que a essas alturas nós estamos planejando ir morar no castelo do conde com a intenção de encontrarmos com o... há... – ela olhou para Jenny e, depois de uma discreta piscadela perguntou, demonstrando desinteresse –, como era mesmo o nome do visconde? E... do marquês?

Jenny olhou para as unhas e disse:

– E eu sei? Eu até já me esqueci.

Florence coçou a nuca com a ponta do dedo indicador e virou o rosto para o lado.

– Está vendo? Quem disse que nós queremos encontrá-los novamente?

– Eu nem tinha pensado nisso... – Jenny colocou o dedo na boca e mordeu a ponta da unha.

– Bom, acho que estou sendo um pouco severa, eu concordo, mas já vou avisando as duas para tirarem esse tipo de pensamento da cabeça, porque de agora em diante, seremos pobres e teremos que trabalhar duro para conseguir algum dinheiro e podermos reconstruir um patrimônio decente. Quem sabe um dia possamos construir uma família, não rica, mas pelo menos que seja digna, e para não morrermos de fome.

Com a voz embargada, Florence sugeriu num tom nostálgico:

– Sim. Quem sabe não poderemos reaver Greenwood novamente?

Elinor esboçou um sorriso que ficava entre amargura e melancolia.

– Um dia, minhas queridas, quem sabe, um dia...

30

Enquanto arrumava os baús com os seus pertences, Elinor respirava fundo uma vez ou outra, tentando com isso conter as lágrimas que teimosamente desciam e esquentavam a pele de seu rosto.

O momento era doloroso.

O caos que estava em sua mente, acrescido da vergonha e da impotência, a fazia se sentir insegura quanto ao destino das irmãs Chamberlain. Contudo, seu papel era o de irmã mais velha, e a responsabilidade para com elas a manteve paciente para compreender a situação ao encaixotar presentes e lembranças dos pais que ela guardara com muita estima durante toda a sua existência. Coisas miúdas e sem tanto valor sentimental ela teria que deixar na casa de Greenwood por não ter como levar para o castelo de Highfield. Eram muitas coisas acumuladas, afinal, os Chamberlain moraram ali desde que Elinor nascera, mas agora elas não caberiam mais no estilo de vida que teriam futuramente.

As três irmãs haviam tentado deixar a casa o mais limpa possível para que o novo dono se apropriasse dela e não tivesse uma má impressão da família. Se Alfred ainda estivesse vivo, ela sabia que o pai teria feito a mesma coisa.

É claro que em seu íntimo estava terrivelmente amedrontada com o que o futuro lhes reservava, afinal, agora teria que pensar não somente em si mesma, mas nas irmãs mais novas que estariam sob seus cuidados. Além da preocupação que sentia por elas, Elinor frustrava-se por não ter conseguido suprir todas as necessidades que tiveram desde a perda do pai. Faltou a comida farta à qual estavam acostumadas, os passeios e viagens às casas de campo foram descartados, as vestimentas de alta-costura tiveram que ser substituídas por peças mais simples com consertos e remendos. E agora, precisava pensar em arrumar um bom marido com uma situação financeira próspera para cada uma. Essa era a promessa feita ao pai e era preocupante. Não que elas lhe dessem trabalho, mas Elinor temia que Florence e Jenny trilhassem algum caminho impróprio e viessem a sofrer algum dano irreversível; se isso acontecesse a qualquer uma delas, não se perdoaria.

Embora Anthony tivesse rompido o noivado, mesmo sendo um dos melhores partidos de Londres, como havia dito o seu pai, Elinor não se sentia incomodada e sabia que nada de grave havia perdido com isso, porque o único sentimento que nutria por ele era de amizade. E, agora, nem isso ela considerava mais. Afinal, se Anthony não tivesse rompido com ela, não estariam passando por essa situação desagradável e ficado à deriva em pleno alto-mar.

Com um arquejo, Elinor pegou sua valise de mão e foi até a sala principal. Lá, encontrou a número dois e a número três sentadas no sofá, amuadas, esperando por ela.

— O coche já chegou e está à nossa espera — anunciou Florence, com o semblante denotando desalento.

Elinor fechou as pesadas cortinas e pegou o molho de chaves para entregar ao advogado do novo proprietário.

— Bem, só nos resta irmos.

Florence e Jenny pegaram as bagagens que estavam com os seus pertences empacotados e se dirigiram à porta de entrada, prontas para se mudarem para o novo lar.

Logo o cocheiro de Alexander veio pegar as bagagens para colocá-las na carruagem. Antes que Elinor adentrasse no veículo, olhou em volta sentindo um aperto no peito e, com os olhos marejados, percorreu cada canto como se quisesse retê-los em sua memória.

Ela sabia quase que de cor e salteado quantas árvores havia naquelas terras, quantas espécies de flores enfeitavam o jardim, e qual o melhor ângulo para aproveitar a luz do sol para produzir um quadro. Nostálgica, ela disse baixinho:

— Adeus, Greenwood. Quem sabe, um dia, voltaremos aqui.

Dentro do coche, as irmãs Chamberlain permaneceram caladas. A tristeza e a saudade estavam presas dentro de seus corações como algo valioso, mas que precisava ficar escondido por um bom tempo.

Porém, não havia volta, elas sabiam.

De agora em diante, teriam uma nova vida. Teriam que aceitar a nova condição e se resignar com o que o futuro iria lhes proporcionar, fosse bom ou ruim, não havia escolha.

Elas permaneceram assim durante toda a viagem. Perdidas em pensamentos, suspiravam comovidas pela despedida de Greenwood e por todas as lembranças.

Na estrada, só se ouviam os ruídos dos cascos dos cavalos que galopavam velozmente levando-as a um outro destino.

Exaurida de tantas emoções, Elinor recostou a cabeça no banco e ficou com os olhos fechados. Naquele momento, estava difícil olhar para as irmãs e segurar o pranto. Ela não queria esmorecer na frente delas e demonstrar o medo que estava sentindo. Jenny havia adormecido como uma criança indefesa, mesmo com o barulho do trote dos cavalos, e parecia alheia à realidade que as cercava.

Florence olhava pela janela e parecia tão perdida quanto ela. De quando em vez, havia um suspiro de uma ou de outra, e evitavam olhar-se, camuflando a dor que sentiam.

Elinor estava apreensiva quanto a viver tão próxima de Alexander. Ela temia pela vida das irmãs, mas estava receosa por ter que assumir um trabalho que não conhecia e assistir à vida cotidiana do conde.

Durante o tempo em que esteve doente e ficou no castelo, ela pôde observar o andamento dos afazeres dos criados. E agora voltava para lá, como um deles.

Elinor deixou os devaneios de lado assim que os cavalos foram freados em frente ao castelo.

Depois de avistar Elinor, a governanta cumprimentou-a amavelmente:

— Senhorita Chamberlain, seja bem-vinda.

Elinor desceu e cumprimentou a mulher dizendo:

— Florence é a número dois, e Jenny é a número... — Ela enfiou a cabeça dentro do coche e chamou:

— Jenny, acorde.

Jenny acordou e apareceu com o rosto todo amassado.

— Há... O que houve, Eli?

Com um sorriso, Elinor disse baixinho:

— Jenny... Chegamos...

Florence segurou Jenny pela mão e anunciou:

— Esta é a senhorita Chamberlain número três.

A mulher olhou para as três irmãs e disse com um sorriso que mais parecia ser por diversão do que de surpresa:

— Sejam bem-vindas, senhoritas Chamberlain número um, número dois e... número três.

Em uníssono, as três irmãs soaram agradecidas:

— Obrigada.

O conde não apareceu para recebê-las. Com uma comichão de curiosidade difícil de conter, Elinor perguntou:

— O sr. Highfield não está?

— Ele precisou ir até Londres ontem, mas deve chegar até o final do dia. Por favor, me acompanhem até os seus aposentos.

Elinor já conhecia alguns cômodos do castelo, porém, para chegarem até os quartos em que ficariam foi uma viagem.

– O sr. Highfield deixou ordens para que as senhoritas ocupassem a ala oeste. Os quartos são confortáveis, possuem lareira e uma saleta adjacente interligada por uma porta, além de uma sala de banho. Eu preparei os quartos rosa, azul e lilás. Podem escolher qual for mais agradável a cada uma de vocês – explicou a governanta, e depois desculpou-se deixando-as a sós. – Com licença.

Jenny quis ficar no quarto rosa, Florence escolheu o lilás e Elinor ficou com o azul. Todos eram encantadoramente decorados. A suntuosidade, mesclada com a delicadeza dos detalhes, era rica e admirável.

Elinor deixou as irmãs com as suas respectivas bagagens em seus novos aposentos e foi para o seu. Depois de puxar as cortinas e abrir todas as janelas, inspirou profundamente a brisa suave que soprou acompanhada da luz solar que tenuamente penetrou no seu aposento. A vista era esplendorosa. Dava para o extenso jardim e se estendia até às distantes colinas numa planície mais alta.

Com um suspiro, Elinor virou-se ao ouvir James, o mordomo, entrando com todos os seus baús, telas e apetrechos de pintura, depositando-os em um canto.

Depois de agradecê-lo, ela fechou a porta e encostou-se a ela de olhos fechados.

Em seu íntimo, havia um sentimento de medo junto com uma euforia sem sentido. Mas o fato de estar novamente no palácio do conde também a fazia se sentir melancólica ao recordar-se do dia em que o conhecera e estivera hospedada ali.

Por ora, não sabia o que iria fazer exatamente naquele lugar para ganhar um salário que pudesse suprir as suas necessidades e as das irmãs, mas, pelo menos, veria o conde todos os dias e poderia trabalhar em seu retrato secretamente, colhendo todos os detalhes necessários que ainda faltavam para deixá-lo primoroso, como queria.

Elinor resolveu descer e conversar com a Sra. Stevenson sobre as suas tarefas, e ao passar pelo quarto de Florence, a irmã a chamou.

– Eli, você pode vir um momento aqui, por favor?

As duas irmãs conversaram sobre o que deveriam fazer, agora que estavam sob o domínio do conde.

Florence havia decidido que não iria mais trabalhar, devido a distância ser muito grande. Ela não queria se aproveitar da generosidade do patrão de sua irmã para que cedesse um coche que a conduzisse todos os dias até o centro de Londres, pois seria muito dispendioso.

– Eu acho que seria extremamente desagradável ter que pedir ao conde tal capricho. Ele já está sendo bastante gentil em nos acolher aqui. O que você acha?

Elinor aprovou a atitude sensata da irmã.

– Sejamos razoáveis e conscientes de que não estamos mais em nossa casa. Eu acho que é melhor assim, por enquanto, Flor. Depois falaremos sobre isso com mais calma. – Antes de sair do quarto, ela acrescentou: – O seu talento não será destruído, minha irmã, é somente uma questão de tempo e então tudo se resolverá, pode ter certeza.

Mas ela mesma não tinha certeza de nada. Diante das mudanças ocorridas em suas vidas de maneira tão drástica, não queria pensar no que poderia acarretar o fato de terem vindo morar no castelo de Highfield.

Jenny foi para a cozinha e se enfurnou lá para fazer amizade com as cozinheiras e aprender o máximo que podia sobre receitas e quitutes. Ela amava cozinhar e gostava de se entreter facilmente entre ingredientes e segredinhos sobre tempo de cozimento, medidas e temperos que pudessem ajudá-la a melhorar no preparo de suas guloseimas.

Elinor encontrou-se com a sra. Stevenson na hora do almoço e decidiu abordá-la.

– Sra. Stevenson, como deve saber, eu e minhas irmãs viemos para o castelo de Highfield a pedido do conde e eu não sei que tarefa tenho que executar e...

A mulher olhou-a com um sorriso simpático e interrompeu-a:

– Senhorita Chamberlain, eu acho melhor esperar pela volta do sr. Highfield, sim? Eu não estou a par do teor de sua visita juntamente com suas irmãs. O conde ordenou somente para acomodá-las da melhor maneira possível em seus aposentos para que se sentissem acolhidas. – A mulher desculpou-se, dizendo: – Bem, com licença, eu vou ver se o almoço já está pronto.

Elinor calou-se. Ela não estava entendendo nada. Como seria possível o conde não ter comunicado à sra. Stevenson sobre a razão da vinda delas a Highfield, se ela era a mais nova criada contratada?

31

Elinor se sentou na poltrona e, observando um quadro que estava sobre a lareira, comentou:

— Quem será essa mulher?

Jenny e Florence seguiram o seu olhar e ficaram admirando a imagem feminina. Ela era clara como leite e muito bonita. Os olhos eram cinzentos e redondos como botões. Um sorriso cativante pairava em seus lábios rosados.

Jenny levantou-se e foi ver o quadro de perto.

— Aqui diz... — Jenny falou apontando para o quadro — ...Margareth Augusta Highfield.

Elinor observou os traços severos. Alexander era bem parecido com ela. As sobrancelhas e o modo de olhar eram bem similares.

— Só pode ser a senhora Highfield.

Com um suspiro, ficou imaginando como teria sido a infância do conde.

Curiosa, Florence perguntou:

— Quando será que ela morreu?

— Eu não sei — disse Elinor, pensativa.

O conde sempre morara com os pais. Depois da morte deles, ele e o irmão mais velho ocuparam o castelo, até que a tragédia aconteceu, deixando Alexander solitário como um lobo.

O castelo era imenso e ele vivia na companhia de mais de cinquenta empregados, quase todos fiéis e dedicados, além dos inúmeros aposentos vazios.

Florence olhou para Elinor e inquiriu:

— E por que será que o conde ainda não arrumou uma condessa e se casou?

Elinor deu de ombros, tentando parecer indiferente.

— Sei lá. Acho que ele ainda não encontrou uma mulher por quem se apaixonasse e quisesse assumir o título e vir morar nesse castelo imenso. A família dele parece ser numerosa, mas eu acho que muitos parentes já morreram.

Florence pareceu ficar triste de repente. Ela olhou para as irmãs e com os olhos úmidos, falou:

– Que saudades do papai...

Jenny suspirou e balançou a cabeça concordando. Logo ela sugeriu:

– Bem que nós poderíamos ir ao cemitério.

Florence olhou para Elinor e disse emocionada:

– Eli, o que acha de pedirmos ao conde para nos levar até o cemitério de Highgate Hill? Nós nunca mais voltamos lá e poderíamos levar algumas flores para colocar no vaso sobre a sepultura do papai e da mamãe.

Realmente, elas nunca haviam voltado ao cemitério para visitar o túmulo de Alfred Chamberlain e agora que não tinham como ir, talvez essa fosse a única maneira de irem até lá. No entanto...

Elinor suspirou e disse:

– Eu não sei se o conde faria isso, afinal, é um pouco longe e eu não tenho coragem de pedir esse favor e...

A voz do conde sobressaltou-as.

– Favor? Que favor?

Elinor e as irmãs se levantaram e com uma mesura disseram em uníssono:

– Milorde Alexander.

Com um aceno de cabeça, ele cumprimentou-as com gentileza:

– Senhoritas Chamberlain.

Sentindo-se embaraçada, Elinor tentou fazê-lo acreditar que ele tinha ouvido algo sem importância.

– Oh, não é nada, milorde. Nós estávamos falando sobre...

– O nosso pai – completou Jenny, desviando o olhar da irmã número um, pois sabia que quando estivessem sozinhas ela iria ser repreendida.

Depois de cumprimentá-las com um pequeno gesto de cabeça, Alexander se sentou próximo a elas e cruzou as pernas confortavelmente enquanto olhava para as três irmãs, curioso.

– Entendi – ele disse, e logo quis saber –, mas eu ouvi algo sobre algum favor... Posso saber do que se trata?

Elinor pigarreou e se sentiu acanhada por ter que pedir para que ele as levasse até o cemitério. Ela ergueu a cabeça de modo altivo e encerrou a conversa dizendo:

– Não é nada que possa fazer por nós, senhor Highfield.

Irritada pela insistência da irmã número um em não pedir ao conde para que as levasse ao cemitério, Florence ignorou as justificativas de Elinor e falou:

– Nós gostaríamos de ir até o cemitério de Highgate Hill para visitar o túmulo de nosso pai e não temos como ir até lá, é isso.

Alexander emudeceu. O seu semblante pareceu ficar sombrio e pálido.

Assustada, Florence perguntou:

— Perdão, milorde, eu disse algo errado?

O conde levantou o olhar e, decidido, disse:

— Não, senhorita Chamberlain, de modo algum. — Ele levantou uma das sobrancelhas e olhou em direção a Elinor, inquirindo:

— E quando gostariam de ir?

As três moças se entreolharam e disseram de uma vez só:

— Hoje.

Elinor sorriu, sem graça e completou:

— Se for possível, é claro.

— Está bem. Sairemos daqui a pouco, se estiverem de acordo.

Florence sorriu e Jenny disse alegremente:

— Muito obrigada, milorde. O senhor é muito complacente.

— Não me agradeça. Eu farei o possível para suprir as necessidades que tiverem. — Ele se dirigiu a Elinor e completou compassivo: — Por favor, não se sintam acanhadas em pedir o que quer que seja.

Elinor levantou-se e, olhando para as irmãs, fez um sinal imperceptível com a cabeça para que fizessem o mesmo.

— Bem, iremos buscar os casacos.

O conde assentiu e disse:

— Assim que a carruagem estiver pronta, partiremos.

Enquanto subiam a escadaria que dava para os aposentos, Elinor não deixou de olhar para as irmãs como se quisesse esganá-las. Jenny foi a mais esperta; desconfiada do sermão que iam levar, disfarçou e subiu mais rápido do que Florence. Florence, no entanto, já estava preparada para o puxão de orelhas da irmã número um. Ela bem sabia que Elinor não ia deixar de adverti-las para que não pedissem favores ao conde e para respeitá-la quando ela tomasse uma decisão que fosse a melhor para todas.

Assim que chegaram no corredor que conduzia aos aposentos, ela foi desenrolando o novelo minuciosamente e Florence foi a primeira a ouvir. Num tom baixo e raivoso ela foi falando à medida que iam andando:

— Florence Chamberlain, como ousa pedir para o conde nos levar ao cemitério se você tinha me visto disfarçar para que ele não soubesse do que estávamos falando e do seu intento?

— Eli, mas...

Elinor a interrompeu duramente.

— Não tem nada de "mas".
Nervosa, Florence insistiu.
— Eli, pelo amor de Deus. Ouça-me...
— Eu não quero ouvir nada. — Elinor parou de andar e levantou o dedo para que a irmã número dois a ouvisse, depois completou energicamente: — Você e Jenny. — Elinor olhou para o final do corredor e viu que Jenny estava escondida atrás da porta do seu quarto, mas sem perceber que a sua cabeça estava saliente, então, propositadamente, ela ergueu o tom de voz: — Prestem atenção, vocês duas no que eu vou dizer!

Florence revirou os olhos para cima.

— Nós estamos morando aqui de favor, não se esqueçam disso, e o conde não tem obrigação de fazer tudo o que quisermos, entenderam? Eu quase morri de vergonha!

Florence discordou, dizendo:

— Mas ele foi tão gentil e pronto a nos atender que...

— Florence, o conde é um cavalheiro e, certamente, mesmo que ele não pudesse, eu tenho certeza de que o faria. — Elinor arquejou, verdadeiramente irritada. — Além do mais, ele é um homem muito ocupado e não tem tempo para ficar atendendo caprichos de mocinhas que não têm o que fazer.

Depois de ouvir a repreensão da irmã número um, Jenny saiu de onde estava e veio até elas, parecendo muito chateada.

— Eli, me perdoe, acho que a culpa é minha.

Florence meneou a cabeça e, arrependida, disse:

— Bem, eu reconheço que não agi educadamente. — Ela esboçou um sorriso torto, olhou para a irmã número três e concluiu: — E já que Elinor não quer que peçamos nada ao conde, eu juro... — Florence levou os dedos cruzados à boca e os beijou — ...que não farei mais isso.

Jenny fez a mesma coisa.

Elinor cruzou os braços sobre o peito e perguntou duramente:

— Estamos conversadas?

Jenny e Florence assentiram.

— Bem, agora só nos resta fazer o que dissemos e aguardar alguém vir nos chamar.

Depois que subiram na carruagem, as irmãs número dois e três emudeceram. Logicamente que não era um passeio, e sim uma viagem que as levaria a um lugar triste e lúgubre. Depois que sepultaram Alfred, elas nunca mais haviam ido ao cemitério. Durante todo o trajeto, as lembranças dolorosas daquele dia fatídico foram reavivadas e trouxeram saudade e sofrimento.

Elinor sondou o perfil do conde e pôde notar que ele parecia distante e com o semblante amargurado.

Como era charmoso!

O que será que o afligia?

Qual seria o problema que o torturava?

Elinor se manteve em silêncio com suas divagações e logo caiu em um cochilo inquieto.

O toque de uma mão sacudindo-a levemente a despertou.

Elinor abriu os olhos e assustou-se com os olhos cinzentos encarando-a, enquanto a chamava cuidadosamente:

– Senhorita Chamberlain, chegamos.

Jenny e Florence se espreguiçaram desanimadas e, ao descerem da carruagem, estavam com o semblante abalado. Jenny se enganchou nos braços de Elinor e Florence fez a mesma coisa. Ambas estavam nervosas e deprimidas.

Depois de cruzarem os portões, o silêncio absoluto que reinava naquele lugar sombrio e legitimamente melancólico as afetou. Elinor, como sempre, manteve-se calma e serena. O conde vinha logo atrás, andando lentamente e com a cabeça baixa.

Enquanto procuravam o sepulcro de Alfred e Emma Chamberlain, o conde se afastou sem que as irmãs percebessem.

Um pouco receosa, Jenny apontou para o local com o dedo indicador assim que o avistou. Sobre a lápide, havia flores secas e feias e a placa com os nomes dos pais estava coberta de pó.

Emocionada, Elinor apertou as mãos das irmãs e, depois de desprender-se delas, aproximou-se. Com as mãos trêmulas, retirou as flores secas que enfeavam o túmulo e, com a ponta dos dedos, limpou a poeira acumulada.

Ali perto havia algumas roseiras que estavam com alguns botões de rosa florescendo e, assim que os viu, apanhou alguns e juntou-os em um pequeno buquê e os ajeitou sobre a sepultura.

Florence ajoelhou-se e ficou de olhos fechados como se estivesse fazendo uma prece. Emocionada, Jenny apertou as mãos sobre o peito e chorou baixinho, desconsolada.

Enquanto Elinor olhava para o túmulo dos pais e lamentava a falta que eles faziam, tanto para ela quanto para as irmãs, um soluço chegou aos seus ouvidos.

Procurou pelo conde.

Depois de olhar em volta e ver que ele não estava por ali, tentou se concentrar na conversa particular que teria com o pai para que pudesse se esvaziar. Precisava se retratar pelo casamento anulado com Anthony e dizer que estava cuidando das irmãs como havia prometido a ele e que elas estavam se saindo muito bem, mesmo sendo deixadas com uma montanha de dívidas.

Um pigarro para começar o assunto foi o que surgiu antes que as lágrimas a impedissem de falar num sussurro.

— Oh, minhas borradelas... Bem, eu... Quer dizer... Papai... eu me lembro de que, ainda pequenas, nos enumerou para que não errasse mais os nossos nomes de batismo quando queria nos presentear com uma boneca para cada uma.

Silêncio.

— Ah! Lembra-se do dia em que nos levou para a casa da praia e carregou a Jenny no colo e andou comigo e a Florence penduradas em seus braços? — Elinor apertou os lábios e sorriu com amargura. Depois de suspirar e tomar fôlego, continuou: — Eu nunca me esqueço dos dias em que havia tempestade e o senhor estava sempre pronto a apaziguar os meus medos lendo histórias de conto de fadas para que eu pudesse dormir.

Ao inclinar a cabeça, todas as histórias vividas com o seu pai herói foram trazidas. Com o dorso da mão, enxugou uma lágrima teimosa e suspirou novamente. Então, um pouco zangada, explicou a sua decepção:

— Como acha que estamos vivendo sem o senhor aqui? Por que não nos contou que havíamos ficado na miséria? Eu o entendo em não querer contar para a número dois e para a número três, mas, por que não contou para mim?

Depois de alguns minutos em silêncio, como se esperasse por uma resposta que a convencesse, encostou-se na lápide e ficou de costas para refletir e tentar aceitar que diante do repouso eterno haveria somente quietude e nada mais.

Sem encarar o sepulcro, criou coragem para confessar:

— Papai, eu preciso lhe contar uma coisa muito importante. Eu sei que não vai aprovar, mas...

Elinor fechou os olhos e disse de uma só vez:

— Eu não pude me casar com Anthony. É isso. E a culpa é sua, sabia?

Novamente um murmúrio chegou aos seus ouvidos.

Elinor parou com o desabafo, deu dois passos e ergueu a cabeça à sua direita.

E lá estava ele. Como da primeira vez, ela se viu diante da figura masculina sucumbida ao choro: Alexander Highfield.

32

A família Highfield tinha em seu castelo espaço suficiente para sepultar os parentes, porém, quando a mãe de Alexander falecera, o pai ainda não tinha o título nobiliárquico. Antes de partir, John deixou claro aos filhos que gostaria de ser sepultado ao lado da esposa em Highgate Hill e, quando Douglas morreu, Alexander decidiu que todos ficariam juntos em um só sepulcro.

Elinor se aproximou, não como da outra vez, mas se condoeu novamente ao vê-lo tão amargurado. Com cautela, tocou-o no braço tirando-o do torpor em que ele se encontrava.

– Milorde...

O conde ergueu a cabeça, e em seus olhos havia angústia... talvez martírio? Ela não soube definir, mas era um sofrimento gigantesco que parecia assolá-lo de corpo e alma.

– Senhor Highfield, eu sinto muito.

Alexander respirou fundo para se recompor e passou as mãos nos cabelos que estavam um pouco desalinhados. Ele estava muito emocionado.

– Quer falar um pouco, para amenizar o que está sentindo?

Ele olhou para o alto como se buscasse forças.

Ela precisava dissuadi-lo a sair daquele padecimento. Cuidadosa, insistiu:

– O que o senhor estava fazendo naquela ponte, no dia em que nos conhecemos?

Ele se afastou dela e encostou-se na parede. Com a voz embargada, começou a dizer:

– Naquele dia, depois de sair daqui eu não queria mais viver.

Elinor assentiu, porém, em seu íntimo ela parecia não acreditar no que estava ouvindo.

– Como pôde pensar assim?

O conde a olhou com amargura e tristeza.

– Eu tinha acabado de perder o meu irmão mais velho. – Ele suspirou e depois continuou. – Nós éramos inseparáveis e estávamos saindo para caçar. O cavalo dele estava com algum problema em uma das patas, e ao me desafiar para uma corrida, antes do evento, o seu cavalo veio a cair e levou a vida de Douglas para sempre.

Alexander cobriu o rosto com as mãos.

Elinor apoiou a mão no seu antebraço e, compreensiva, disse:

– Se não quiser continuar, eu vou entender.

Ele meneou a cabeça e continuou:

– Ele caiu do cavalo e quebrou o pescoço. – O conde passou o dorso das mãos sobre o rosto para limpar as lágrimas que corriam.

– Oh, meu Deus! Eu sinto muito! – Elinor cobriu a boca com as mãos e completou: – Que morte trágica!

O conde virou o semblante para o lado, como se quisesse ocultar a dor que estava sentindo.

Elinor se aproximou mais e, solidária, segurou em suas mãos e disse:

– Eu perdi o meu pai de modo abrupto e compreendo a sua dor.

– A culpa é minha.

– Como pode saber? Tem certeza do que está dizendo?

Ele assentiu.

– Fui eu que o convidei. Se eu não o tivesse convidado para caçar, talvez ele ainda estivesse vivo.

Compadecida, Elinor tentou acalmá-lo dizendo:

– Mas o senhor não pode se sentir culpado e se torturar dessa maneira. Talvez ele tenha se descuidado do cavalo e isso pode ter causado o acidente sem culpa de ninguém e...

De modo duro e enérgico ele reafirmou:

– Não. Ele morreu por minha culpa e eu não me perdoo por isso. Naquele dia em que nos vimos na ponte Tower Bridge, ao olhar para o rio Tâmisa, eu quase cometi uma loucura. Eu não queria mais sofrer e... – Depois de um segundo em silêncio, ele concluiu – Bastaria um salto.

Elinor o encarou aturdida.

– Santo Deus!

Naquele momento, ela pôde se esquecer um pouco do seu sofrimento em relação ao pai e se condoer por Alexander. Ele parecia inconsolável e atormentado.

Elinor não teve palavras para confortá-lo. Ela achou melhor deixá-lo desabafar sem interferir em seu testemunho.

– Eu daria a minha vida para vê-lo vivo.

A voz de Alexander sumiu.

Comovida, ela segurou no queixo dele e fez com que ele a olhasse. Com a voz emocionada tentou apaziguar o sofrimento dele dizendo docemente:

– Eu tenho certeza que sim. Nós dois temos lembranças dolorosas de pessoas muito queridas em nossas vidas, mas o que podemos fazer a não ser deixá-los descansar em paz? Nós não podemos fazer mais nada por eles.

O conde estava em um conflito interno imenso. A culpa e a revolta o haviam machucado a ponto de se martirizar e se condenar pela perda do irmão.

Compadecida do tormento em que ele se encontrava, com a ponta do dedo, Elinor enxugou uma lágrima que rolou no rosto dele.

Atingido pelo interesse que ela demonstrou em sua dor, ele segurou-lhe a mão, levando-a aos lábios e beijando-a suavemente.

Um sentimento de cumplicidade os envolveu e ambos choraram juntos com a elevação da alma quando ela se reveste e encontra o alicerce para não desmoronar.

Algo de belo e supremo se estabeleceu entre eles.

A forma como haviam perdido os seus entes amados era distinta, contudo, as perdas eram valiosas da mesma maneira e isso fez com que dividissem as dores em um só pranto. Um ar que beirava a poesia revestiu-os com a dureza do momento.

Era triste, mas contagiante.

Era doloroso, mas os aproximava.

Alexander deu um passo e tão próximo ficou dela que desencadeou um estremecimento involuntário emocional em Elinor.

Ela o fitou somente.

O conde inclinou-se o bastante para que ela sentisse a sua respiração e a envolveu em seus braços como se ela fosse o seu porto seguro e, emocionados, ficaram silenciosos tentando apagar a dor e a saudade, um nos braços do outro, somente absorvendo a agradável sensação de estarem tão próximos.

Eles estavam em um estágio desconhecido quando Elinor abriu os olhos ao sentir o toque leve no seu ombro e a voz suave de Florence chamando-a, trazendo-os de volta à realidade.

– Eli...

O conde afrouxou os braços e ela afastou-se dele e se deparou com Florence olhando-a com as sobrancelhas levantadas.

– Abaixe essas sobrancelhas, Flor... – Elinor disse discretamente –, você não viu nada de mais, ou melhor, não é nada do que está pensando.

Florence continuou com a mesma expressão no rosto.

– Eu não estou pensando nada, Eli, eu só nunca vi um homem desse tamanho chorar. – Florence cochichou ao enganchar o braço na irmã, enquanto olhava para o conde que havia se afastado delas e alinhava os cabelos parecendo estar desconfortável.

— Mas você estava olhando para nós como se estivéssemos fazendo algo indecoroso e...

— Eli, você há de convir que não fica bem uma mulher consolar um cavalheiro em seus braços. A não ser que ele seja o seu marido.

— Eu só estava dando o meu ombro para ele chorar, Flor.

— Mas por quê?

— Pelo amor dos meus pincéis, Flor! Ele perdeu o irmão e... — explicou Elinor num tom mais baixo ainda.

— E você perdeu seu pai — Florence completou.

Elinor ergueu as sobrancelhas e olhou para a irmã com gravidade, porém Florence parecia querer saber mais.

— Agora abaixe as sobrancelhas, Eli. Você está com uma expressão péssima e não combina nada com quem é solidária.

Elinor suspirou e mudou de assunto.

— Onde está Jenny?

Florence apontou para a direção do sepulcro da família Chamberlain e Elinor viu a irmã debruçada sobre a lápide aos prantos.

Alexander franziu o cenho com aquela cena e, recompondo-se, disse:

— Vamos embora.

Florence suspirou, agradecida, e enganchou o seu braço no de Elinor. As duas irmãs foram até Jenny e a resgataram da prostração em que ela se encontrava.

Elinor pegou-a pela mão carinhosamente e disse num tom afetuoso:

— Jenny, querida, temos que ir...

Jenny olhou-a e, com o semblante transtornado, perguntou baixinho:

— Eli, é tão difícil deixá-lo aqui. Será que ele não ficará bravo conosco?

Florence pareceu desesperar-se e, com um soluço involuntário, saiu apressadamente em direção à saída.

Elinor segurou a irmã número três e fez com que ela se apoiasse em seu braço. Jenny parecia não poder se sustentar nas próprias pernas. Com uma força que não tinha, manteve a calma para não cair num choro convulsivo, porém tudo conspirava para que a dor e a saudade as arrebatassem.

A volta para o castelo foi deprimente e bem pior do que a ida ao cemitério de Highgate Hill. Jenny apoiou a cabeça no ombro de Florence e as duas ficaram com as mãos entrelaçadas durante todo o trajeto. Todos pareciam esmorecidos e perdidos em lembranças penosas.

Vez ou outra, Elinor olhava para elas e sentia uma dor profunda invadi-la. Como era difícil vê-las sofrendo. Florence era mais comedida e sentimental, porém Jenny era dramática e autêntica, sem saber esconder as emoções.

Mesmo com as diferenças em personalidade e atitudes, elas eram unidas e se amavam, acima de tudo.

Preocupada com Jenny, ela passou a mão em seus cabelos e depositou sobre eles afeto e comiseração. Num tom baixo, perguntou:

– Está tudo bem, querida?

Jenny assentiu, desalentada.

Alexander permaneceu silencioso e parecia atento às atitudes das irmãs Chamberlain.

Elas estavam bem abaladas com a visita ao cemitério.

Elinor virou a cabeça para acomodá-la melhor no banco e seus olhares se cruzaram, como se tivessem sido atraídos por algo magnético.

O seu coração aqueceu.

Perturbada, levou a mão até o peito como se quisesse guardar nele uma generosa quantidade de emoções que iam desde admiração até... paixão. O momento que tiveram ainda há pouco seria guardado e relembrado com um sentimento único: cumplicidade.

Alexander parecia ter se recuperado e, encarando-a com tranquilidade, ele pareceu não ter pressa em desviar seus olhos dos dela, até que o cocheiro freou os cavalos, anunciando que haviam chegado ao castelo de Highfield.

33

Na manhã seguinte, todos pareciam perdidos em seus pensamentos, enquanto tomavam o desjejum à mesa. A ida ao cemitério de Highgate Hill os deixou melancólicos e saudosos e parecia que esses sentimentos pairavam sobre as suas cabeças e refletiam em seus rostos como nuvens cinzentas.

O conde olhou para o relógio ao lado da prateleira e, em seguida, rompeu o silêncio como se estivesse com pressa:

– Eu preciso ir a Londres ainda hoje e se as senhoritas quiserem que eu traga algo que estejam precisando, me digam agora para que eu possa me lembrar.

Elinor olhou para Florence, Florence para Jenny e Jenny para Elinor. Em conjunto, as três disseram:

– Obrigada, milorde.

O conde comeu apressadamente e, assim que as irmãs terminaram o desjejum, pediram licença e foram para os seus aposentos.

Elinor sabia que, assim como ela, as irmãs adorariam e estavam precisadas de novos apetrechos de entretenimento na arte que faziam.

Florence não havia reclamado de nada, mas Elinor a viu com o olhar perdido e a achou desanimada. Certamente, uma revista de moda com os modelos femininos que estavam em evidência era tudo o que ela desejava no momento para sair do marasmo da nova vida que levavam. Jenny, por sua vez, era um pouco mais agitada, e Elinor tinha certeza de que ela adoraria um livro de receitas para ficar toda enfarinhada ao executar novos pratos na cozinha do castelo. Ela já tinha feito algumas guloseimas que estavam boas, porém algumas estavam... bem, haviam ido para o lixo, mas na maioria das vezes, ela sempre estava disposta a tentar um novo quitute.

Elinor se sentia pior ao constatar que precisava com urgência renovar suas tintas e adquirir novas telas, principalmente para dar acabamento em seus quadros e iniciar outros.

Assim que entrou em seu quarto, olhou para a sua palheta de cores e para o cavalete e suspirou. Ela desejava ardentemente terminar o quadro do conde, mas com o pouco que tinha, logo teria que interromper o seu projeto secreto.

Num ímpeto, caminhou até a janela e a abriu. A surpresa ao ver que as irmãs número dois e três haviam feito a mesma coisa, ao mesmo tempo, a deixou com as bochechas coradas.

No instante em que estava prestes a subir em sua carruagem e partir para Londres, Alexander ouviu o barulho das janelas se abrindo e, com o semblante confuso, olhou para as três irmãs debruçadas sobre elas, cada qual em seu respectivo quarto.

Com o cenho franzido, perguntou com um grito:

– Senhoritas Chamberlain, precisam de algo?

Elinor olhou para a janela do seu lado esquerdo e avistou Florence debruçada, e ao olhar à sua direita, avistou Jenny, que, com um sorriso desconcertado, estava olhando para elas. Acanhadas, olharam para o anfitrião, sem graça e, com os rostos vermelhos como beterraba, acenaram e disseram:

– Boa viagem, milorde!

Antes que ele respondesse, todas se recolheram e fecharam as janelas ao mesmo tempo.

Com um aceno de cabeça, Alexander se despediu e deu de ombros. Assim que ele se sentou no banco, murmurou para si mesmo:

– Três pares de olhos com vontade de pedir algo e... – O conde meneou a cabeça e listou mentalmente a sequência enumerada das irmãs. Duvidoso, coçou a cabeça. – A senhorita Flor é a número... dois... que gosta de cozinhar... ou três? Será que é a senhorita Jenny que desenha?

A hora do almoço havia chegado e a sra. Stevenson anunciou que seria servido às treze horas em ponto, na sala de refeições, na cor verde maçã.

Florence sentou-se no sofá da sala de visitas e pegou um periódico que estava sobre a mesa, ao lado da janela de ferro com vitrais coloridos, para ler.

Elinor perambulou pelo corredor que levava até a galeria e ficou a apreciar as pinturas que havia visto na presença do conde no dia em que esteve hospedada ali.

Precisava rever alguns detalhes delas e estudar como poderia aplicá-los em suas criações.

Logo Jenny apontou a cabeça à porta e disse solenemente:

— Senhorita Chamberlain número um, e senhorita Chamberlain número dois, o almoço será servido dentro de dez minutos!

Florence caiu na gargalhada. Elinor, que estava um pouco distante, ouviu o som da risada de Florence e veio ver o que estava acontecendo.

— Pelo amor dos meus pincéis! Jenny, sua destrambelhada, o que você está fazendo? – repreendeu-a, depois, com a mão na boca, segurou o riso. – Nós não estamos em casa, será que eu vou ter que ficar tomando conta de vocês duas para que tomem jeito e não façam palhaçadas na casa dos outros?

Florence interveio, divertida.

— Eli, é somente uma brincadeira...

— Eu sei que é brincadeira, mas aqui nós devemos ter modos e nos comportarmos como moças finas e educadas, não se esqueçam disso. Por favor, não me matem de vergonha.

Florence e Jenny assentiram, mas assim que Elinor virou as costas, ambas colocaram a mão na boca para segurarem o riso, de modo travesso.

Não demorou muito, o almoço foi servido. Na mesa havia fartura de comida, cozidos, frutas e sobremesas, coisas que, fazia algum tempo, elas estavam privadas de comer.

Antes de se servir, Elinor apoiou os cotovelos sobre a mesa e cruzou as mãos, enquanto observava o semblante das irmãs. Sem rodeios, perguntou:

— Jenny, o que houve para que fosse até a janela e se despedisse do conde?

Jenny se remexeu na cadeira e procurou rapidamente por uma resposta que convencesse Elinor.

— Nada, Eli. – Jenny colocou duas colheres a mais de pimentão em seu prato. – Eu somente achei que seria necessário desejar ao conde uma boa viagem, só isso. Afinal, ele tem sido extremamente gentil conosco.

Elinor olhou para Florence e fez a mesma pergunta, porém Florence deixou o guardanapo de boca cair ao chão e, enquanto o pegava, pensou em uma desculpa convincente, pois sabia que os olhos de águia da irmã número um estavam postos sobre ela, esperando uma resposta.

— Eu pensei a mesma coisa que Jenny, Eli – disse num tom casual, em seguida, pegou quatro pedaços de pernil e colocou no prato.

Jenny começou a rir e, num tom gozador, apontou para o prato da irmã e perguntou:

— Abençoado cardápio, Flor! Tem certeza de que vai comer tudo isso?

Florence olhou para o próprio prato e assentiu. Não tinha a menor ideia se iria conseguir comer tudo.

Percebendo que as irmãs estavam fazendo asneiras, Elinor sorriu e comentou:

— Bem, agora chega de desculpas e digam a verdade. Por que é que vocês apareceram na janela?

Jenny começou a gaguejar:

— Bom... eu... bem que...

Florence também arriscou a falar:

— Bem... eu pensei que...

Elinor pigarreou e ofereceu às irmãs um sorriso solidário.

— Está bem, eu as entendo perfeitamente e...

Com um risinho, Jenny perguntou ironicamente:

— E você, Eli? O que a fez aparecer na janela no último minuto antes que o conde saísse?

Resignada, Elinor levantou as mãos e, com uma risada que quase chegava a uma gargalhada, disparou:

— Está bem, eu me rendo diante de vocês duas, suas atrevidas!

Todas riram, porém, curiosa, Jenny quis saber:

— Eli, o que você ia pedir ao conde?

Divertidamente, Elinor objetou:

— Primeiro, falem vocês duas...

Jenny foi a primeira a se empolgar.

— Eu não ficaria triste se ele me trouxesse um caderno novo para as minhas receitas e, quem sabe, um avental bordado com as minhas iniciais.

Florence levantou os olhos para o alto com um ar sonhador.

— Eu queria revistas de moda com os modelos atuais. — Florence olhou para as irmãs e explicou: — É claro que eu não copiaria nenhum deles, mas seria inspirador.

Elinor se sentiu entusiasmada.

— Bem, eu precisava urgente de tintas, pincéis e telas novas.

— Urgente? — indagou Jenny, curiosa, assim que colocou um bocado de arroz doce na boca. — Está pintando algo novo, Eli?

— Não. Somente precisava retocar alguns quadros.

— Mas você disse que precisava com urgência — insistiu Jenny.

— Jen, o que você acha de pedir à Sra. Elza para ensiná-la a fazer torta de morangos? Você sabe que eu adoro.

Jenny assentiu, animada.

— Ótima ideia. Vou fazer isso assim que terminarmos de comer.

Depois de matraquearem sobre os pedidos que não tiveram coragem de fazer ao conde, continuaram a comer animadamente.

Jenny não se cabia de euforia. Quis experimentar todos os pratos e degustar o paladar refinado de alguns doces que ela ainda não conhecia.

Florence cochichou para Elinor:

— Meu Deus, quanta comida.

Elinor manteve a compostura e comeu pouco. Florence quis abusar e se deliciou com um manjar com ameixas.

Depois de comerem, Elinor começou a juntar a louça para levar até a cozinha, mas foi impedida pela Sra. Stevenson que a olhou surpresa e, meneando a cabeça, disse:

— Por favor, senhorita Chamberlain, não faça isso. As criadas virão tirar a mesa.

Sem entender, Elinor quis contestar.

— Mas eu pensei que...

A presença da copeira para a retirada da louça a impediu de ajudar. Florence e Jenny se levantaram dizendo que já tinham terminado a refeição.

Sentindo-se constrangida, Elinor seguiu as irmãs até a sala principal e comentou:

— Eu não estou entendendo nada.

Jenny colocou a mão na boca e, num tom confidencial, disse:

— Parece que o conde não contou nada sobre nós à sra. Stevenson.

Florence olhou de soslaio para Elinor, que parecia pensativa e preocupada.

— Eli, o que faremos? Acho que deveríamos dar uma volta no jardim.

Elinor desanuviou o semblante preocupado e descontraiu-se.

— Eu também estou louca para passear no jardim e encontrar um lugarzinho para que eu possa me refugiar de tudo isso aqui e pintar os meus quadros.

Jenny saiu em disparada e, com um sorriso que a fazia parecer mais infantil, gritou:

— E o que estamos esperando?

Elinor a corrigiu, tentada a fazer a mesma coisa, entretanto, se conteve e andou elegantemente até a porta da frente.

— Shhhh... Pelo amor dos meus pincéis, Jenny. Tenha modos.

Mas Jenny e Florence já haviam saído em direção aos labirintos verdes que compunham os inúmeros canteiros do imenso jardim ladeado de cascalhos. Depois de girar com os braços abertos e com a cabeça jogada para trás, Jenny gritou:

— Sejamos bem-vindas, senhoritas Chamberlain, ao castelo de Highfield.

Elinor olhou em volta, preocupada se havia empregados que pudessem ouvi-las, mas depois de verificar que estavam praticamente sozinhas, relaxou e deixou-se contaminar pela alegria esfuziante de Jenny e suas brincadeiras infantis de esconde-esconde.

Depois de abrir os olhos e sair em busca das meninas, Elinor pôde constatar que não sabia por onde começar a procurá-las naquele gigantesco jardim. Sentindo-se perdida, ela gritou:

– Florence! Jenny! Onde vocês estão?

Silêncio absoluto.

Elinor olhou em volta e se sentiu mais solitária do que nunca. O céu, que até então estava azulado e com algumas nuvens em forma de algodão, parecia que havia resolvido mudar o humor. Nuvens escuras se aglomeraram rapidamente sobre a propriedade de Highfield, fazendo com que o dia parecesse triste e feio.

Elinor perambulou entre os canteiros e não achou mais a saída. Nervosa, começou a correr. Logo, grossos pingos de chuva começaram a gotejar em seu nariz, depois em sua boca e em seus olhos, até que ela começou a sentir que estava ficando inteiramente encharcada.

Com a visão turva devido à força da chuva, teve medo e começou a correr desesperadamente, e a cada curva que fazia, se deparava com outro canteiro, parecendo que todos a levavam a um túnel sem saída. A aflição começou a tomar conta de seu coração.

Como iria sair dali?

A força da chuva a impedia de enxergar um palmo à frente. O som dos trovões ribombando a ensurdeceram, fazendo-a tapar os ouvidos com as mãos e deixar que as lágrimas escorressem em seu rosto juntamente da água da chuva que caía impiedosamente. Medo e agonia era tudo o que se apresentava naquele momento em que se viu completamente sozinha. A preocupação com as irmãs intensificou a aflição. Com esforço para continuar a procurá-las, ela gritou com todas as forças de seus pulmões:

– Florence! Jenny!

Cambaleante, esticou os braços à frente como se estivesse procurando um apoio e, quando estava quase desfalecendo, sentiu alguém envolvendo-a nos braços e dizendo o seu nome repetidamente:

– Elinor! Elinor!

Com os olhos enevoados, ela só pôde ver a silhueta do conde que a acolhia em seus braços de modo protetor.

Freneticamente, ela agarrou com as mãos em seu casaco e começou a gritar o nome dele para ser ouvida entre os trovões estrondosos vindos com os raios que riscavam o céu de ponta a ponta, clareando a figura masculina que estava à sua frente, olhando-a com desespero.

– Alexander! Alexander! É você?

Ele abriu a capa e a cobriu, envolvendo-a em um abraço apertado e carinhoso. Ele pôde sentir que ela estava trêmula de medo quando a aninhou em seu peito como uma criança assustada. Num tom alto ele pediu:

– Elinor, me abrace! Eu sei que tem medo de chuva! – Ele levantou o queixo dela e, aproveitando que ela estava com os olhos semicerrados, roçou os lábios em sua boca e a beijou ternamente como se fosse um torrão de açúcar prestes a derreter. Elinor pôde sentir o gosto da chuva nos lábios dele como um calmante potente e apaziguador.

Com o queixo trêmulo, num fio de voz ela conseguiu balbuciar:

– Alexander... Alexander... me tire daqui...

Elinor sentiu a sua boca se aquecer com aquele beijo furtivo. O seu coração disparou e suas pernas foram fraquejando e perdendo as forças e, antes que desfalecesse totalmente, num instante, sentiu-se agarrada por mãos fortes que a carregaram no colo como se ela fosse uma pena leve e frágil e tudo se apagou.

34

Os gritos assustados de suas irmãs e do conde, pedindo aos empregados que o ajudassem a socorrer a hóspede, foi tudo o que Elinor conseguiu ouvir.

Como da outra vez, acordou em seu quarto, debaixo de vários cobertores de lã, batendo o queixo de frio e amedrontada.

Definitivamente, detestava chuva.

Ao se deparar com oito pares de olhos postos em sua pessoa, ela pestanejou várias vezes para reconhecê-los. A sua cabeça doía terrivelmente e, instintivamente, levou as mãos às têmporas. Com um gemido disse baixinho:

— A minha cabeça dói...

Florence sentou-se ao seu lado e, olhando afetuosamente para a irmã, inquiriu:

— Eli, o que está sentindo?

Elinor olhou para as irmãs. Em seu semblante havia preocupação.

— Meninas... vocês estão bem?

Jenny sacudiu a cabeça afirmando. Em seu rosto havia consternação ao dizer:

— Eli, que susto você nos deu! Quando saiu à nossa procura, nós estávamos escondidas atrás de algumas árvores e você logo se embrenhou dentro do labirinto de canteiros e sumiu...

Florence confirmou, nervosa.

— É verdade, Eli. Depois que tentamos achá-la e não conseguimos, estávamos voltando ao castelo em busca de ajuda e acabamos encontrando o sr. Highfield e ele foi procurá-la e a encontrou, graças a Deus!

Jenny olhou para o conde e, com um ar de dúvida, perguntou:

— Milorde, o senhor não tinha ido viajar?

Alexander coçou o queixo e depois de raspar a garganta respondeu:

— Bem, eu... eu achei que as senhoritas não tinham dito o que gostariam que eu trouxesse de Londres para cada uma, então eu voltei para perguntar e, como não as encontrei, fui procurá-las no jardim.

Florence e Jenny ficaram assombradas.
— Quer dizer que voltou para nos perguntar o que queríamos? — Florence indagou.
O conde olhou-as e disse:
— Será que eu me enganei? O fato de saírem na janela me fez pensar que queriam me pedir alguma tinta, uma revista ou mesmo um caderno de receitas e acabaram ficando acanhadas em dizer.
Os olhos de Jenny brilharam ao cutucar Florence discretamente. Com um sorriso de gratidão, ela deixou escapar:
— O seu coração é um forno, milorde. Assa até as massas mais pobrezinhas e...
Florence pisou no pé de Jenny, interrompendo-a. Então, ela se empertigou e agradeceu:
— Milorde, o senhor é muito gentil. Estamos agradecidas de coração pela sua preocupação, mas nós não queríamos incomodá-lo.
— Eu já disse que não é incômodo algum.
Elinor fechou as pálpebras por alguns instantes e resmungou baixinho.
— A minha cabeça está pesada e doendo muito...
Logo a porta se abriu e o dr. Howard entrou. Olhando-a, ele disse num tom brincalhão:
— Senhorita Chamberlain, o que andou aprontando desta vez?
Elinor tentou sorrir, mas não conseguiu.
O conde se adiantou, dizendo:
— A senhorita Chamberlain não fez nada, dr. Howard. Acho que desta vez, a culpa foi minha por não a ter avisado que o meu jardim é um verdadeiro labirinto.
O médico pegou o medidor de febre e o colocou na boca de Elinor. Com os olhos fechados, ela esperou ser liberada para poder dizer:
— Eu é que peço desculpas, sr. Highfield, por termos sido curiosas em querer conhecer o seu jardim sem a sua permissão.
O conde sorriu e disse educadamente:
— Como minhas hóspedes, as senhoritas têm total liberdade de ir e vir por onde quiserem. Mas o castelo é grande e quem não o conhece muito bem pode se perder.
Jenny interrompeu a conversa e, olhando curiosamente para o conde, perguntou:
— Como pode andar entre os canteiros daquele labirinto e não se perder?
Alexander sorriu e gentilmente explicou:
— Bem, quando formamos o jardim, eu pedi aos meus jardineiros que fizessem uma marcação enumerada que fica em cada fileira, para que isso não ocorresse. Mas, infelizmente, como eu não estava aqui para informá-las desse detalhe, aconteceu esse incidente com a senhorita Chamberlain, e eu não me perdoo por isso.

Jenny e Florence olharam admiradas para o conde. Ele parecia estar realmente preocupado com o bem-estar de Elinor.

Florence raspou a garganta e, um tanto emocionada, disse:

— A culpa foi nossa, milorde, minha e de Jenny. Em Greenwood, nós tínhamos o hábito de brincar de esconde-esconde no nosso jardim desde quando éramos crianças. E aqui, nós perdemos a compostura e fizemos a mesma coisa sem nos preocuparmos com alguma consequência...

Jenny completou com a voz embargada:

— ...achando que poderíamos nos divertir como se estivéssemos em nossa casa, e veja só no que deu. Quase perdemos a nossa irmã número um.

Elinor interveio:

— Por favor, meninas, não se torturem, já passou e eu estou bem, não é mesmo, dr. Howard?

O médico apurou o medidor de febre e constatou que ela não estava com a temperatura muito alta.

— Bem, graças ao bom Deus, a senhorita foi socorrida a tempo e um banho com água não muito quente baixará a febre e a fará sentir-se melhor.

O conde pareceu aliviado com o diagnóstico do doutor.

Depois que o médico saiu e Florence e Jenny foram se trocar, o conde sentou-se na beirada da cama de Elinor e, tomando-lhe as mãos entre as suas, falou amavelmente:

— Eu vou pedir à sra. Stevenson que prepare o seu banho e, se precisar de mais alguma coisa, é só pedir para ela e...

Elinor o interrompeu:

— Parece que a sra. Stevenson não está sabendo da proposta de trabalho que o senhor me fez. O que isso significa?

Alexander suspirou.

— Por que está preocupada com isso? Por ora deve preocupar-se em ficar bem.

Elinor olhou-o atentamente.

— Eu tentei ajudá-la a tirar a louça da mesa, mas ela...

Alexander pareceu surpreso.

— Mas a senhorita não deve fazer isso.

Irritada, ela o interpelou.

— Eu não estou entendendo, milorde. O senhor nos propôs para virmos morar aqui e, pelo que eu saiba, eu tenho um emprego, mas eu não sei qual é a minha função nesta casa. — Elinor o interrogou de modo objetivo: — Responda-me, milorde, afinal, qual é o trabalho que eu devo fazer?

O conde levantou-se indo em direção à porta e, antes de sair, falou:

— Eu já lhe disse para se preocupar em ficar bem. Depois conversaremos sobre isso. A propósito, o que achou do seu quarto?

— Eu achei perfeito. — Um brilho manifestou-se no olhar de Elinor. — E, antes que se vá, eu não posso deixar de agradecer-lhe, em nome da família Chamberlain, pela sua hospitalidade e compaixão. Estamos muito bem instaladas e, graças à sua generosidade, temos um novo lar, que para nós não é uma casa normal, pois aqui há regras às quais não estamos acostumadas, mas eu creio que logo entraremos no seu ritmo.

O conde sorriu e o seu rosto pareceu se iluminar diante das palavras de Elinor.

— Eu escolhi esta ala por ser mais tranquila e pelos aposentos terem as salas anexas. Eu creio que a senhorita número dois pode usar a dela para fazer os seus desenhos, a senhorita número três pode usar a dela para criar receitas e a senhorita pode pintar os seus quadros com tranquilidade, além, é claro, de ter a beleza da vista através das janelas. Eu acho que pode se inspirar e criar belíssimas obras. Estou certo?

Elinor não pôde deixar de sorrir.

Seu sorriso continha gratidão, admiração e, sobretudo, paixão. Os seus olhos cintilavam quando olhava para ele. Um observador mais atento poderia desvendar isso facilmente. O conde era realmente um *gentleman* e sabia exatamente como ser um anfitrião amável e generoso.

Ela baixou o olhar e assentiu.

— Não poderia ter feito melhor, obrigada.

Com um olhar de satisfação, Alexander aproximou-se e, com o dorso do dedo indicador, acariciou suavemente a face pálida de Elinor.

— Eu voltarei mais tarde, antes do jantar, para vê-la. Agora descanse.

A agitação desapareceu e ela adormeceu assim que ele se retirou. A presença de Alexander em sua vida havia se tornado tão vital quanto a sua existência.

Elinor acordou com algumas batidinhas leves à porta. A sra. Stevenson tinha vindo para preparar o seu banho. Ela ainda estava um pouco tonta, mas conseguiu entrar na banheira e ficar alguns minutos em imersão. Uma das criadas veio ajudá-la e, depois de esfregar as suas costas, ajudou-a a se enxugar e a colocar a camisola para que voltasse para a cama novamente.

O jantar foi uma sopa morna e leve. Depois de algum tempo, Florence veio vê-la, acompanhada de Jenny.

— E então, como está a senhorita Chamberlain número um?

Elinor sorriu afetuosamente para as irmãs e se sentou recostada em um travesseiro macio. Como era bom tê-las por perto e ser mimada por elas.

— Bem melhor, queridas, obrigada. Apesar de achar que fomos imprudentes, agora me sinto segura e protegida por estas paredes e feliz por ver que estão bem e não sofreram nenhum dano. Quando eu me vi perdida e, sem saber onde vocês estavam, eu me desesperei. Acho que eu fui uma estúpida. Quando o conde me encontrou, eu estava quase desmaiando com medo da chuva e preocupada com a vida de vocês.

— Eu estou envergonhada, Eli. Imagine que nem bem nos instalamos no castelo e já causamos um incômodo enorme ao conde. O que será que ele está pensando a nosso respeito? — Florence colocou as mãos sobre os lábios, depois comentou: — O conde me pareceu bastante preocupado com você, não acha?

Desviando o olhar para as mãos, Elinor assentiu.

Jenny a inspecionou discretamente.

— Perguntou a ele sobre a sua função no castelo, Eli?

— Sim, claro, mas...

— Mas?

— Ele disse que eu preciso me restabelecer primeiro e que depois irá conversar sobre isso comigo.

Florence apertou os lábios.

— Entendi.

— O Senhor Highfield é muito benevolente. — Os olhos de Elinor brilharam de entusiasmo. — Vocês acreditam que foi ele quem escolheu os nossos aposentos para que pudéssemos ter as salas anexas com privacidade para que criássemos as nossas artes sem sermos incomodadas?

Florence parecia admirada com a atitude do anfitrião do castelo.

— Verdade? Isso realmente é sinal de que ele é um conde que não se prende ao dinheiro.

— Totalmente diferente de Anthony — lembrou Jenny.

Elinor mudou de assunto.

— Vocês jantaram?

As meninas assentiram.

— A comida foi mais leve, mas farta, como no almoço. Eu comi um doce maravilhoso! Amanhã eu tenho que pedir a receita à cozinheira — disse Jenny entusiasmada.

Florence brincou com a irmã.

— Jenny e suas engenhocas na cozinha.

Florence se despediu dizendo que ia para os seus aposentos, pois estava cansada. Jenny quis ficar e dormir no quarto com Elinor.

— Querida, vá para o seu quarto e durma em sua cama. Aqui você teria que dormir no sofá e não seria tão confortável. Além do mais, a minha febre já baixou e eu estou me sentindo bem melhor, acredite.

Jenny se espreguiçou e depois de dar um beijo de boa-noite na irmã número um, despediu-se com um bocejo.

Depois que as irmãs saíram, Elinor se levantou e foi até a sala interligada. Era uma saleta aconchegante e encantadora como o seu quarto. As telas empacotadas demonstravam um certo descuido e a única que estava enrolada, coberta com um tecido, era a do retrato secreto.

Absorta, Elinor ficou observando-a.

Um suspiro a deixou duvidosa quanto ao lugar onde a esconderia. Enfim, despreocupou-se e organizou as outras telas, dispondo-as em um canto.

— Parece que já está recuperada...

— Milorde!

Em um sobressalto, Elinor tentou se cobrir com as mãos, mas já era tarde. As suas vestes de dormir não escondiam as suas formas. Embora a camisola fosse recatada no decote, a transparência do tecido revelava mais do que devia. Os cabelos espalhados sobre os ombros a deixavam sem o ar austero de quando os usava presos.

— Perdoe-me por entrar assim, mas quando eu não a vi na cama, supus que estivesse aqui.

Vendo que ela não se mexia, ele tentou amenizar o clima. E ao apontar para um quadro pequeno, perguntou:

— São flores ou frutos?

Recompondo-se da surpresa, olhou-o como se ele tivesse dito a maior besteira da sua vida. Irritada com a observação, disse acidamente:

— O senhor está com fome ou bebeu muito vinho, milorde? É claro que são flores!

Com um sorriso divertido, ele se recostou no batente como se não tivesse pressa nem se sentido ofendido com a resposta azeda.

Nervosa com a presença dele, ela virou-se para voltar ao quarto, mas foi impedida quando ele não saiu da porta, impossibilitando a sua passagem.

— Aonde vai?

— Eu vou buscar o meu robe.

— Não precisa.

Elinor abriu os olhos mais do que o normal e o encarou. Verdes, profundos e belos. Alexander se deteve neles como se estivesse navegando em alto-mar e fosse adentrando sobre as ondas.

— Eu...

Com um passo ele a alcançou. Elinor começou a tremer.

— Está com frio?

— Um... pouco...

O conde a puxou e a aninhou em seus braços.

— Deixe-me aquecê-la.

Sem coragem de levantar o olhar, sabendo do perigo que corria de que ele a beijasse como das outras vezes, Elinor ficou olhando para o peito dele, tentando contar os fios negros que sobressaíam da camisa ligeiramente aberta no pescoço.

Com a ponta do dedo indicador ele segurou delicadamente debaixo do seu queixo e o levantou, fazendo com que o encarasse novamente.

– Os seus olhos são fascinantes... – Alexander a fitou como se quisesse ficar ali por horas. – Eu temi pela sua vida novamente, sabia?

Elinor baixou o olhar, em silêncio.

– Se algo grave tivesse lhe acontecido eu não me perdoaria.

Alexander passeou os olhos vagarosamente em cada parte de seu rosto. Ele estava tão próximo e tão sedutor que Elinor achou que iria desmaiar em seus braços ao sentir a tão conhecida fraqueza nas pernas.

Com um gesto lento e possessivo, ele alisou as suas costas, avivando arrepios incontroláveis e prazerosos. O desejo de encostar o corpo no peito másculo de Alexander e de se agasalhar em seu abraço caloroso e aconchegante era grande. Inocência e decoro a impediam, entretanto, o seu corpo ansiava por isso e muito mais.

Oh, céus! Era tentador.

Depois de olhá-la com desejo, ele mergulhou o rosto em seus cabelos e sussurrou debilmente.

– Cada fio do seu cabelo me seduz...

Sem forças para pronunciar palavra alguma, Elinor olhou-o sem piscar e esperou de olhos abertos até que ele chegou bem perto. Mais perto do que ela imaginou, e então ela não resistiu e cedeu ao súbito beijo que Alexander lhe deu.

35

Primeiro, ela paralisou e ficou quase sem respirar, depois, a sua cabeça começou a dar voltas, deixando-a atordoada e, por fim, ela queria ficar nos braços de Alexander para todo o sempre, até que um lampejo de lucidez a fez se soltar, arfando, como se ali não fosse lugar para ficar aninhada.

A sensação era estranha. Pensar que não tinha mais a segurança de ser quem era, parecia amedrontador.

O que ela, uma moça pobre e sem futuro, poderia esperar de um cavalheiro nobre como Alexander? Era visível que ele se sentia extremamente atraído por ela, mas não passaria disso. Afinal, os homens da nobreza costumavam se divertir com as empregadas, mas nunca as levavam a sério. Eles queriam desposar uma mulher que tivesse dote, fosse bonita e assumisse o título nobiliárquico do marido com honradez, afinal, para se casar com um conde, não poderia ser nada menos do que uma condessa.

Elinor sabia que, nas condições em que ela e as suas irmãs estavam, seria muito difícil arrumar um casamento nesse nível. Essa sensação desconfortável a fez apoiar a mão no tórax dele, detendo-o.

— Por favor, milorde... Não devemos...

Diante da rejeição, o conde empertigou-se e se afastou.

— Perdoe-me se estou sendo inconveniente, mas confesso que ao vê-la vestida assim eu não consegui ignorá-la. — O seu olhar a percorreu vagarosamente dos pés à cabeça, e nele havia cobiça, desejo, pretensão. — A senhorita me tenta como um anjo que se veste diabolicamente para me seduzir.

— Eu... não tive essa intenção... — Um calor aqueceu o coração de Elinor, que estava prestes a sair pela boca. O seu tom de voz era inebriante e despertou em Alexander a sua virilidade exacerbada, no entanto, ela não tinha consciência absoluta de que provocava desejos insanos nele.

– Tem certeza? – O tom de voz dele era baixo e íntimo. Sutilmente, ele alisou o seu pulso com a ponta do dedo, insinuando que a queria, mas respeitava a sua decisão em não permitir tal intimidade.

Por um instante, Elinor quase fraquejou. Estar nos braços do homem que amava, e que a tinha livrado da morte por duas vezes, era tudo o que ela queria, porém, o seu orgulho a impediu de ceder à tentação.

Ela assentiu. Em seguida, num tom de ironia, disse:

– Não fica bem uma empregada se envolver com o patrão.

Ele a contradisse:

– Esqueça isso. Nesse momento, somos apenas um homem e uma mulher que se sentem atraídos um pelo outro.

Por um minuto inteiro, Elinor remoeu o argumento que ele deu. Certamente ele não estava pensando no futuro, mas somente em algo momentâneo e passageiro.

Sim, ela poderia ceder, pois em seu coração já não havia lugar para mais ninguém, contudo, não tinha coragem de permitir que ele a seduzisse sem que tivesse um sentimento profundo e sincero por ela. Além de existir um abismo que os separava na situação financeira, havia o preconceito por ela não ter um título nobre. Isso poderia ser um choque na alta sociedade.

Enquanto pensava nas diferenças que existiam entre eles, não pôde deixar de admitir que o admirava pelas suas inúmeras qualidades físicas e pelo seu caráter.

Ele era um homem charmoso demais, rico demais e irresistível... demais.

E ela sabia que ele não era um patife libertino, algo que desprezava nos homens.

A insistência do conde interrompeu as suas conjecturas.

Com um inclinar da cabeça em sua direção, ele teimou em perguntar.

– E então, senhorita Chamberlain, concorda comigo?

Com um arquejo, ela o encarou e o questionou:

– Está querendo me dizer que eu não deveria resistir ao seu charme?

Os olhos do conde brilharam, confiantes.

– Eu não disse isso, mas parece que acabou de confessar que eu tenho... charme?

Elinor se esforçou para desfazer o clima que ele provocou.

– Eu não vejo por que insistir nesse assunto. Nós não temos nada em comum, senhor Highfield.

Resignado, ele disse num tom divertido:

– Está bem, a senhorita venceu.

Elinor deixou o olhar cair sobre as telas e, escondendo o embaraço, desviou a atenção com um suspiro, decidindo começar a arrumá-las novamente como se fossem a coisa mais importante naquele momento.

Alexander cruzou os braços sobre o peito e ficou observando-a se movimentar. O tecido de sua veste de dormir era fino e transparente e ondulava de modo encantador e insinuante a cada gesto que ela fazia. Debaixo daquela roupa podia-se imaginar um corpo exuberante e enfeitiçador. Ela era tão feminina e graciosa!

Alexander sentiu o seu corpo ser tomado por uma inquietude anormal. Uma avidez avassaladora o tomou fazendo com que os seus membros ardessem desejosos de sentir a carne quente e macia de Elinor. Porém, a atitude dela o fez refrear o desejo de se aproximar e a envolver em seus braços e continuar o que havia sido interrompido. Alexander teve que se contentar apenas em contemplá-la, sem insistir em acariciá-la, mal sabendo que Elinor ansiava que ele tivesse um arroubo e a tomasse em seus braços novamente.

Preocupada em disfarçar os seus sentimentos, Elinor se esqueceu de que estava em trajes íntimos que somente poderiam ser usados por uma mulher diante de um homem com quem houvesse contraído matrimônio.

Vendo que ela havia ficado agitada, ele tentou consertar.

— Eu acho que a atrapalhei...

Ela não olhou para ele.

— Eu gosto de organizar as minhas telas e os apetrechos que uso quando vou pintar, mas aqui eu ainda estou me sentindo perdida.

— É natural. Ainda não está acostumada com o espaço, mas se a senhorita achar que aqui é pequeno e desagradável, podemos transferi-la para a ala leste e...

Arrependida, Elinor meneou a cabeça.

— Oh, não, não é isso. Esta saleta é muito mais do que eu poderia querer, não se preocupe. Realmente é só a fase de adaptação que vai demorar alguns dias, mas logo me acostumarei com o espaço.

Elinor olhou em volta com um ar de satisfação e logo completou:

— Aqui é encantador.

O conde meteu as mãos nos bolsos da calça e, sem retirar os olhos dela, insistiu:

— De qualquer forma, se decidir mudar...

Elinor se aproximou dele e segurou em um dos seus braços dizendo:

— Por favor... Eu estou muito bem aqui.

Alexander assentiu. O toque da pele de Elinor em seu braço acendeu uma fagulha de desejo em seu olhar. Ele retirou as mãos dos bolsos e a segurou pelos ombros.

— Eu quero que se sinta como se estivesse em sua casa. O castelo é imenso, mas depois de conhecer todos os cômodos poderá descobrir algum que lhe agrade e se sinta mais à vontade e, se quiser mudar, eu não me oporei.

— Eu já lhe disse para não se preocupar. Eu me ajeito.

Alexander suspirou, conformado.

— Bem, estou aliviado por vê-la melhor. Mas acho que agora deve deixar isso para amanhã e ir descansar. O dia foi agitado, mas graças a Deus, está tudo bem e é isso o que importa.

A gratidão se fez presente nos olhos de Elinor.

— Eu quero agradecer o que fez por mim, mais uma vez.

O conde apertou as suas mãos entre as dele.

— Já passamos por um momento pior e tudo ficou bem.

Elinor assentiu, sentindo a voz embargada. Depois de se recuperar da emoção, ela sorriu de modo brincalhão.

— É verdade. Estamos parecendo gatos.

O semblante dele se descontraiu e num tom divertido ele concordou.

— Sim, mas temos muito mais do que sete vidas, pode ter certeza.

As palavras de Alexander despertaram em Elinor uma extrema sensação de confiança. Nele, ela sabia que podia confiar e, com ele, se sentia segura. Os momentos de angústia e medo em que passaram juntos os uniu com laços que jamais seriam desfeitos.

— Eu acredito.

— Bem, eu vim aqui para convidá-la para ir comigo à Londres amanhã, se estiver melhor.

Surpresa com o convite, ela inquiriu:

— Londres?

— Sim. — O conde apontou para as telas. — Eu quero que as leve ao Museu de Artes.

— Mas...

— A senhorita tem vários trabalhos que devem ser vistos por pessoas que entendam e que se interessem por arte. E nada mais justo do que levarmos ao lugar certo. — Ele ergueu uma das sobrancelhas de modo interrogativo e concluiu: — Não é isso que a senhorita deseja?

A incredulidade tomou conta de Elinor.

— Mas eu já fiz isso. Além do mais, as minhas telas não são profissionais, e o meu pai sempre me disse que o cérebro feminino era para cuidar da casa e da família e não para se aventurar a ter aspirações artísticas profissionais, porque isso é besteira.

Ele inclinou a cabeça e a interpelou:

— Bem, que eu saiba, todos os artistas sonham em ver os seus trabalhos serem reconhecidos e valorizados por quem aprecia a arte. — Ele levantou as sobrancelhas em sinal de dúvida.

Uma agitação a revolveu por dentro.

— Acha mesmo que eu devo insistir novamente? Elas são simples e...

– Deixe que elas sejam avaliadas por algum entendedor de arte e, depois disso, poderá saber. Além do mais, o finado sr. Chamberlain que me perdoe, mas eu não vejo problema nenhum em mostrar ao mundo os seus talentos e se destacar no meio dele. Então, a senhorita aceita o meu convite?

Elinor pareceu refletir enquanto arrumava os fios despenteados e desobedientes que descansavam no pescoço esguio.

Emocionada, o tom de voz quase nem saiu da garganta.

– Sim, aceito.

Alexander reprimiu os seus instintos masculinos em favor de si próprio. Sem que ela permitisse, ele a levaria para a cama dele e a deixaria tomar conta de seus sonhos.

Neles, ninguém poderia impedi-lo de fazer com ela o que ele queria.

Ah, como ele ansiava senti-la junto de seu corpo, que ardia como se estivesse febril, desejoso de levantar as suas saias devagarinho e admirar os seus tornozelos...

Depois, ir descobrindo-a peça por peça, deslizando as mãos em sua pele e sentindo a sua maciez... Conhecê-la por inteiro e fazê-la perder a inocência para revelar a mulher que ele ansiava conhecer na intimidade era fruto de sua imaginação.

Somente da imaginação.

Se ele seguisse os seus impulsos, jamais deixaria Elinor sozinha. Ele a cobriria de beijos e a amaria até o sol nascer no horizonte vespertino.

Condescendente, ele meneou a cabeça para dissolver as fantasias eróticas que o estavam atormentando e suspirou. Hesitante em ir para o seu quarto e deixá-la, ele decidiu assumir a postura de um homem nobre, dizendo educadamente:

– Ótimo. Durma bem. Amanhã nós conversaremos melhor.

Antes que Elinor pudesse dizer mais alguma coisa, frustrado, o conde saiu, deixando-a sozinha, atônita com o convite.

Sentindo uma agitação em seu peito, Elinor pegou a tela que estava embrulhada e a desenrolou. Com a ponta dos dedos, desenhou suavemente os contornos do rosto de Alexander. Os rabiscos eram seus, mas as formas daquele rosto haviam sido feitas por Deus.

Como doía olhar para ele!

Elinor resolveu deixar o retrato do conde ao lado de sua cama. Ela queria dormir olhando-o secretamente. Dessa forma, silente, o seu coração poderia proferir livremente as palavras que estavam retidas.

Durante o tempo em que estiveram juntos, enquanto ele estava distraído, ela o examinara, gravando minuciosamente em sua memória cada linha, cada expressão, como se as tivesse entalhado em uma madeira.

Dessa maneira, havia colhido mais material para compor o que estava faltando para finalizar o rosto tão amado.

Depois que se deitou, fixou os olhos na linha do queixo, depois deixou-os passear sem pressa pelos maxilares levemente quadrados e foi seguindo até encontrar com os lábios. Neles, ela se perdeu e ficou recordando do sabor dos beijos que haviam trocado, fazendo-a afoguear-se em labaredas incandescentes.

Ao lembrar-se de que havia correspondido, um rubor pintou a sua face, fazendo-a sentir-se envergonhada e um tanto atrevida. Desde que eles se conheceram, o conde a havia beijado diversas vezes. Elinor tentou lembrar-se de quantas, mas não conseguiu, porém o sabor dos seus beijos eram... deliciosos... e... inesquecíveis!

A cada olhar em direção ao rosto de Alexander, um suspiro apaixonado saía de seus pulmões, até que as pálpebras foram ficando pesadas e, involuntariamente, fechando-se. No estágio quase inconsciente, deu um suspiro profundo e, antes de adormecer, balbuciou:

— Milorde... meu amor...

36

Elinor acordou com alguém batendo à porta de seu quarto. Quem seria? Ainda sonolenta, levantou-se e, preocupada em esconder o retrato do conde, o levou até a saleta anexa e o cobriu. Em seguida, abriu a porta e deparou-se com Florence.

A número dois entrou no quarto como uma rajada de vento e, nervosa, perguntou:

– Eli, que susto você me deu! Por que demorou para abrir a porta?

Irritada, Elinor resmungou:

– Oh, meus pincéis, Flor! Isso são modos de entrar e acordar alguém? Você que quase me matou de susto.

Aliviada, Florence tentou se acalmar, dizendo:

– Perdoe-me, minha irmã, mas eu pensei que...

Elinor colocou as mãos na cintura e, olhando para a irmã, perguntou acidamente:

– Que o quê?

– Nada, bolas. Foi somente cuidado. Você é quem sempre se preocupa comigo e com Jenny. E é natural que de vez em quando nos preocupemos com você e, depois do que aconteceu ontem, eu...

– Está bem, está bem, não vamos discutir logo cedo. Eu estou bem – respondeu Elinor, percebendo que Florence a olhava como se procurasse algo. – De verdade. Mas, por que você está me olhando assim?

– Nada, não. Eu só acho que...

Porém, antes que Florence pudesse completar a frase, alguém bateu à porta.

Florence se adiantou e a abriu. Jenny entrou abruptamente como se alguém a perseguisse. Com um ar de preocupação, ela inquiriu:

– Eli, Flor, o que houve?

Elinor e Florence responderam em uníssono:

– Nada.

Jenny desabou na cama, aliviada.

— Ainda bem. Mas o que vocês estavam conversando para estarem com essa cara feia, logo cedo?

Florence e Elinor olharam uma para a outra e em uníssono responderam:

— Nada.

Jenny revirou os olhos e reclamou:

— Céus! Vocês duas sempre me deixam de fora quando estão conversando seriamente.

— Jenny, não seja uma criança chata e chorona. Nós não estávamos conversando nada de especial. Eu somente vim ver como Eli estava e foi quando você chegou...

Com cara de quem ia choramingar, Jenny olhou para Elinor e perguntou:

— É verdade, Eli?

Elinor apertou os lábios e meneou a cabeça.

— Jenny Chamberlain, você não muda mesmo. Continua a mesma criança de sempre.

— Eu não sou mais criança! — protestou Jenny, irritada.

— Está bem, você é uma senhorita bonita e boazinha. Agora se vocês duas me derem licença, eu preciso trocar de roupa...

Florence a olhou surpresa.

— Por quê? Aonde você vai, nós podemos saber?

— Sim, claro. — Elinor encarou as duas irmãs e disse empolgada: — O conde me convidou para ir a Londres com ele e...

Espantadas, Jenny e Florence perguntaram em conjunto:

— Londres?

— Sim, Londres.

— E o que vocês irão fazer lá?

— Bem, ele quer me levar à uma galeria de artes para que as minhas telas sejam avaliadas por um profissional.

Florence tapou a boca e arregalou os olhos.

— Meu Deus, Eli, mas isso é maravilhoso!

Jenny bateu palmas e, com um sorriso espontâneo, exclamou alegremente:

— Elinor vai ficar famosa.

— Bem, se eu ficarei famosa, eu não sei, mas desde que eu me decidi que queria ser a melhor do século, eu tenho me esforçado para isso, além do mais, eu guardei todos os ensinamentos que a mamãe me deu sobre como pintar com paixão e...

Elinor parou de falar. A lembrança da mãe a deixou emocionada e, para não se perderem em lembranças dolorosas, disse:

— Bem, meninas, apressem-se para se arrumar.

Florence olhou-a estarrecida.

— Mas, Eli, nós não podemos ir, você sabe, as nossas roupas...

Fingindo estar animada, Elinor tentou convencer as irmãs, dizendo:

— Meninas, não pensemos em nossas roupas agora. Vamos usar o que temos e, quando eu vender as minhas telas e ganhar algum dinheiro, eu prometo que compraremos os melhores vestidos e seremos damas elegantes e sofisticadas e não passaremos vergonha.

Porém, Florence não se convenceu. Com uma expressão desanimada, ela segurou na saia do vestido desbotado e disse tristemente:

— Eli, você acha que isso é roupa decente para uma modista visitar uma galeria de artes, em Londres?

Elinor arquejou. Depois de alguns segundos, ela colocou as mãos na cintura e concluiu:

— Bem, minha irmã, se pensarmos nas nossas roupas, não iremos a lugar nenhum e, talvez, perderei a oportunidade de vender os meus quadros e continuaremos como estamos, sem dinheiro. No entanto, se formos vestidas com o que temos, arriscarei a vender as minhas telas e poderei receber um bom dinheiro para comprar algumas coisas que estamos necessitadas como sombrinhas, luvas, meias. O que vocês preferem?

Jenny e Florence responderam em uníssono:

— Nós vamos.

Elinor despachou as irmãs para os seus respectivos aposentos para que se arrumassem e foi se trocar. Os dois vestidos de passeio que ela tinha estavam em péssimo estado. Um estava desbotado, com a renda no decote remendada por Florence, e o outro tinha sido ajustado na cintura, pois tinha perdido algumas medidas depois da morte de Alfred; os outros estavam gastos e antiquados, certamente não seriam adequados à ocasião.

Elinor optou pelo vestido ajustado na cintura. Ele era de um tom verde musgo, e mesmo sendo simples, salientava os seus olhos deixando uma leve incerteza se eram esverdeados ou profundamente verdes.

Não demorou muito e alguém bateu à porta. Elinor correu para atender, maldizendo as meninas, achando que já haviam voltado.

— Bom dia, senhorita Chamberlain.

Alexander estava encostado no batente da porta exibindo um sorriso matador nos lábios, com os cabelos úmidos e um aroma amadeirado que vinha de sua pele. Elinor ficou olhando-o, boquiaberta.

Ele exalava masculinidade e vigor por todos os poros em sua roupa vespertina. Estava agradavelmente atraente.

Depois de se recuperar do impacto que ele causou, ela conseguiu reaver a voz e cumprimentou-o cordialmente.

— Bom dia, milorde.

Ele manteve o sorriso.

— Eu vim avisá-la que a carruagem está preparada. Assim que estiverem prontas, poderemos ir.

— Está bem. Nós não demoraremos.

Ele olhou por cima da cabeça dela e percorreu o olhar em busca dos quadros. Ao ver que ela ainda não os tinha arrumado, perguntou:

— Eu não estou vendo os quadros. A senhorita já os organizou?

Elinor meneou a cabeça, negando.

— Eu ainda não os embrulhei.

Ele se ofereceu para ajudá-la.

— Deixe-me ajudá-la com isso.

Nervosa, ela negou a ajuda dizendo sucintamente:

— Não se preocupe. Eu mesma faço isso.

Alexander percebeu que ela havia dito de modo decidido.

— Está bem. Eu a aguardo lá embaixo.

Elinor assentiu e, depois que ele saiu, suspirou aliviada. Como ela havia sido imprudente! Com a vinda das irmãs para acordá-la, não tivera tempo de esconder o retrato secreto.

Durante a viagem, todos permaneceram em silêncio. Florence e Jenny olhavam para a paisagem distraidamente, enquanto Elinor disfarçava os olhares furtivos em direção a Alexander. Admirar o seu perfil era algo que ela fazia com satisfação.

O centro de Londres era um local completamente diferente de Greenwood. Acostumadas com a vida no campo, Jenny e Flor ficavam eufóricas quando iam lá.

Assim que a carruagem parou, Elinor se deu conta de que estava em frente ao Museu de Arte mais importante de Londres, a National Gallery, situada ao norte da Trafalgar Square.

Emocionada, desceu da carruagem e ficou olhando para o edifício monumental, sem acreditar. A nítida lembrança do dia em que ela estivera ali, para vender os seus quadros e teve que ficar na rua com eles, a deixou apreensiva.

O Retrato de uma Paixão

Será que desta vez iria ser bem recebida? Afinal, naquela galeria havia quadros de muitos pintores famosos. De repente, Elinor se sentiu nervosa e arrependida de ter aceitado o convite do conde para ir até lá.

Distraída, só se deu conta da presença de Alexander ao seu lado, observando-a duvidoso se ela estava contente ou não, quando ele tocou o seu cotovelo, conduzindo-a a entrar na galeria.

Um pouco receosa quanto a sua aparência, que não era das melhores, e da avaliação dos seus quadros, Elinor suspirou e acompanhou o conde.

Alexander conversou com alguém que veio ao encontro deles e, logo depois, o homem desapareceu no final de um corredor. Elinor reconheceu o cavalheiro que a informou, no dia em que estivera ali, que teria que marcar um horário para ser atendida e que depois a havia expulsado da frente da galeria.

Será que Alexander já tinha marcado hora para que fossem atendidos? Ela percebeu imediatamente a diferença da maneira como foram recebidos.

Enquanto esperavam, ficaram observando as telas expostas de outros pintores renomados que estavam à venda. Elinor se aproximou de um quadro e ficou analisando os detalhes e o estilo artístico do pintor.

Depois de algum tempo, ela pôde observar que Alexander estava conversando com um homem baixo, calvo e que usava óculos de lentes grossas.

Logo o conde a chamou para ir conversar com eles. Um tanto apreensiva, cumprimentou a pessoa que era responsável pela avaliação das telas com um tímido sorriso.

Sem delongas, o homem, que se chamava Thomas Watson, os levou a uma sala reservada e, depois de olhar minuciosamente as telas, disse entusiasmado:

– Bem, eu vejo que os seus quadros têm valor artístico, senhorita Chamberlain, e eu gostaria de ficar com eles. É notório que possui talento e que pode se tornar uma pintora de renome.

Incrédula, Elinor olhou para Alexander, sentindo o coração ferver de alegria.

– Está falando sério, senhor Watson?

Alexander interveio:

– Senhorita Chamberlain, o senhor Watson é crítico de arte e está, sim, falando sério.

Depois que o homem pagou pelas telas, eles voltaram para a carruagem. Florence e Jenny tinham ficado à espera. Ao saberem que a irmã havia vendido todos os quadros, elas a abraçaram inundadas de contentamento.

Eufórica, Jenny exclamou:

– Parabéns, número um. Você é uma artista!

Florence fez um beiço de menina mimada e confessou timidamente:

Anne Valerry

— Eli, perdoe-me por tantas vezes não entender que a sua pintura não era somente um amontoado de folhas mortas...

Elinor abraçou a irmã, compreensiva.

Com um ar de satisfação, o conde perguntou:

— Bem, querem voltar para casa ou gostariam de ir a algum lugar especial?

Os olhos de Elinor brilharam e, depois de um olhar cúmplice das irmãs, ela disse:

— Podemos ir à Beautiful Dress para algumas comprinhas?

37

Com o dinheiro que ganhou com a venda dos quadros, Elinor comprou roupas para ela e para as irmãs para que durassem por algumas estações em uma loja menos requintada à que estavam acostumadas a gastar. É claro, que não pôde comprar os acessórios de que precisavam, como luvas, sombrinhas e xales, mas poderiam dividir o que tinham e usar uma de cada vez.

Ao voltarem, depois de agradecer ao conde pela gentileza de levá-las até Londres e fazer com que ela acreditasse que tinha talento e que o seu trabalho poderia ser valorizado, Elinor quis saber:

– Bem, milorde, não posso deixar de agradecê-lo por ser tão gentil comigo e com as minhas irmãs, mas eu ainda não sei qual é a minha função neste castelo. Nós chegamos aqui já faz quase uma semana e eu ainda não fiz nada.

– Por que está tão preocupada com isso?

– Bem, eu não acho justo ficar morando aqui sem fazer nada, então...

Ele sorriu de modo gentil.

– Bem, podemos escolher algo que a senhorita goste de fazer. O que sugere?

– Eu não sei. Eu posso ajudar na limpeza dos cômodos, ou na ordem dos empregados. O que eu não posso é ficar de braços cruzados e ganhando para isso. Não seria justo.

– Eu não quero que a senhorita faça limpeza, de maneira nenhuma – disse ele categoricamente, depois com um ar de dúvida sugeriu –, acho que poderia organizar as criadas dando ordens e verificando se o trabalho delas é eficiente... o que acha?

Elinor se sentiu constrangida.

– Bem, eu não acho que seria uma boa ideia, mas se precisa que seja assim, então eu posso fazer isso.

– É claro que pode. – O conde olhou-a com um sorriso, depois de modo afável, acrescentou: – Nos seus dias de folga, a senhorita pode aproveitar o jardim do castelo e pintar os seus quadros.

Elinor sorriu, agradecida.

– Obrigada pela gentileza. Eu adoraria usufruir da beleza do seu jardim e retratar a natureza exuberante que tem aqui.

– Faça isso.

Elinor fez uma reverência discreta antes de sair e deixá-lo.

Depois da viagem e da conversa que definiu a sua ocupação no castelo, Elinor e o conde não se encontraram por dois dias. Pelo que a governanta tinha dito, ele havia viajado à negócios.

O castelo pareceu imenso e vazio sem a presença dele. Enquanto esteve sozinha, Elinor e as irmãs puderam arrumar os seus vestidos e guardar os seus pertences de modo confortável e organizado em seus respectivos armários.

No quarto dia, ela estava descendo as escadas para ir até a sala de estar, quando o viu sentado confortavelmente em uma poltrona degustando um licor. Elinor sentiu o coração disparar e quase voltou para o seu quarto, porém, antes que fizesse isso, ele olhou em direção às escadas e a viu, encarando-a com um sorriso que a impressionou.

Alexander se levantou imediatamente e esperou que ela descesse.

Elinor fez uma pequena reverência.

– Milorde.

– Que bom vê-la, senhorita Chamberlain. Como tem passado? – Ele parecia sinceramente interessado em saber como ela estava.

– Muito bem, obrigada. E o senhor, fez boa viagem?

– Ah, sim. Eu precisei resolver alguns problemas em Londres, mas está tudo bem.

Elinor procurou assunto para conversar, mas não conseguiu. Sem desviar os olhos da figura do conde, ficou observando-o enquanto ele tomou um gole da bebida.

Ele interrompeu o silêncio.

– A senhorita aceita um licor para me acompanhar?

– Não, obrigada. Eu...

Ele voltou a se sentar confortavelmente na poltrona e, apontando para um lugar no sofá próximo de onde estava, disse educadamente:

– Por favor, sente-se e fique à vontade.

Entretanto, Elinor não estava à vontade na presença dele. O fato de ter ficado sem vê-lo por alguns dias a deixou sem jeito. Ela se sentou na ponta do sofá elegantemente, descansando as mãos sobre o colo, mas parecia prestes a sair dali o mais rápido possível.

— E então, o que tem feito? Aproveitou para explorar o meu jardim novamente para pintar as suas obras-primas?
— Ainda não. Vou esperar o fim de semana chegar e então farei isso.
— Não precisa esperar o final de semana — ele disse com o semblante sério. — Se olhar o tempo e ver que está favorável, por que não aproveitar a luz para reproduzir a beleza de algumas flores, ou mesmo do campo? Pelo que a senhorita me disse, as flores murcham rápido, não é?
— Sim, é verdade, mas não acho conveniente deixar o trabalho de orientar as criadas para ir lá fora pintar. Isso leva tempo, porque são muitas coisas. Quando faço isso, eu me preparo para levar pincéis, cavalete, telas e...
— Se quiser deixar os seus materiais em algum aposento aqui embaixo para facilitar, peça à Sra. Stevenson e ela lhe dirá onde pode guardá-los.
— Eu agradeço a sua preocupação, mas eu estou acostumada.
— E as suas irmãs estão bem instaladas?
Elinor assentiu.
— A compra dos vestidos foi providencial. Pelo menos as senhoritas poderão usar algo adequado no jantar.
Elinor levantou as sobrancelhas, confusa.
— Perdão?
Ele colocou a taça vazia sobre a mesinha ao lado de onde estava, e pôs uma das mãos na cabeça.
— Perdoe-me, eu acho que me esqueci de avisá-la.
Elinor ficou esperando-o se explicar com os olhos verdes mais abertos do que o normal.
— Por favor, não me olhe dessa maneira. Está parecendo que eu fiz algo terrível e...
Elinor relaxou e tentou esboçar um sorriso no rosto tenso.
— Oh, queira me desculpar, mas o senhor me pegou desprevenida.
— Acalme-se, é somente um jantar entre família.
Elinor suspirou aliviada. Embora soubesse conduzir um jantar, o fato de fazer isso em um castelo exigiria organização e perfeição. Ela não saberia lidar com tantas pessoas importantes e com a quantidade de comida.
Ela foi sucinta ao perguntar:
— Quantas pessoas?
— Bem, acho que serão seis pessoas.
Nervosa, ela inquiriu:
— E... são nobres, como o senhor, ou...?
— Sim. Trata-se dos meus primos, o visconde Willian e o marquês Brandon.

Elinor fez uma cara de desagrado ao ouvir os nomes dos convidados do conde e isso não passou despercebido por ele.

— Eu disse algo errado? — perguntou erguendo as sobrancelhas.

Ela arquejou, depois ergueu o queixo com altivez e disse:

— Eu não vou mentir e dizer que fiquei feliz em saber quem são os seus convidados.

Por alguns segundos, Alexander não soube entender a sua atitude, porém, após se lembrar de que ela havia ficado magoada ao saber da aposta que eles haviam feito, ele tentou dissipar a má impressão que ela tinha sobre os seus primos, dizendo:

— Senhorita Chamberlain, por favor, esqueça o que ouviu no dia do baile. Aquilo foi realmente somente uma brincadeira, embora de mau gosto, eu concordo, e lamento que tenha ouvido, mas...

Irritada, ela se levantou de um salto e, ao ouvi-lo defender o visconde e o marquês, o interrompeu acidamente:

— Está bem, milorde, eu posso até fazer de conta que isso não aconteceu, mas não posso prometer que vou me esquecer. Entretanto, quem sou eu para questionar quem o senhor deve ou não receber em seu castelo?

Elinor entrelaçou as mãos à frente da saia do vestido para esconder o tremor, porém aos olhos atentos dele isso ficou mais do que claro.

— Acalme-se, se não quiser participar eu vou entender e eu explicarei a eles o motivo e...

Elinor o interrompeu, mantendo a postura ereta:

— E quando seria?

— Amanhã à noite.

— Está bem. Não se preocupe, eu saberei me colocar em meu lugar.

Alexander ignorou o comentário e disse categórico:

— Eu quero que a senhorita e suas irmãs estejam presentes e que se assentem conosco à mesa.

Elinor olhou-o gravemente, e em seu olhar podia-se perceber claramente o desagrado daquele convite.

— Isso realmente é necessário?

— Sim, por favor, estenda o meu convite à senhorita Florence e à senhorita Jenny.

Elinor suspirou e disse:

— Farei isso. Posso me retirar, milorde?

Alexander apertou os lábios demonstrando irritação. Mas ele daria tudo para não a ver tão contrariada. Embora ela ficasse deslumbrante com o semblante enfurecido, ele não pôde deixar de olhá-la sem ficar zangado.

A presença dela o deixava perturbado e extremamente desejoso de jogá-la no tapete e beijá-la até que ela perdesse o fôlego.

Alexander virou-se com um olhar enviesado e pôde constatar que ela estava fria e distante. Como ela era espirituosa!

Ele assentiu.

Elinor subiu as escadas apressadamente e não relaxou enquanto não se jogou na cama e enfiou o rosto no travesseiro. Saber que os nobres primos de Alexander viriam visitá-lo a deixou insegura e enfurecida. Ela estava certa de que as irmãs ficariam eufóricas ao ouvir que foram convidadas para participar do jantar e que iriam rever o visconde e o marquês. Depois do último baile, as duas não tinham parado de falar sobre eles, e isso a desagradava profundamente. O conceito que ela tinha sobre Willian e Brandon era péssimo. Ela tinha quase certeza de que eram libertinos e patifes.

Oh, céus! O que faria para que as irmãs se desinteressassem por eles?

Elinor virou de barriga para cima e ficou com o olhar perdido no teto, enquanto arquitetava algo como se fosse uma criança arteira.

Jenny não bateu à porta e, ao abri-la abruptamente, olhou para a irmã, assustada.

– Eli, o que está fazendo aqui a essa hora? Eu pensei que...

– Pelo amor dos meus pincéis. – Elinor colocou as duas mãos na cabeça. – Jenny, pelo que eu sei, o papai sempre nos ensinou boas maneiras. Como pode entrar assim, em meu quarto, como se fosse um ciclone?

Jenny olhou em cima da penteadeira, como se procurasse algo.

– Perdão, Eli, mas eu vim ver se não deixei os meus prendedores de cabelo e...

– Onde está Florence?

– E eu sei? Acho que está em seu quarto, desenhando.

– Chame-a por favor, eu preciso falar com vocês duas.

Surpresa, Jenny deixou de procurar a presilha e a olhou com os olhos amendoados arregalados:

– Ah, não, por favor, não me dê más notícias, Eli!

Elinor se sentou na cama e disse calmamente:

– Acalme-se, Jenny, por favor, sem drama.

Jenny conhecia Elinor muito bem e, quando ela falava seriamente, alguma coisa grave tinha acontecido. Rapidamente ela girou nos calcanhares e foi chamar a número dois no quarto ao lado do seu.

Elinor se levantou e começou a andar de um lado para o outro, quando viu Florence apontar a cabeça na porta, apreensiva.

– Eli... mandou me chamar?

– Sim. Entrem e fechem a porta, por favor.

Jenny e Florence estavam como flores que tomam muito sol e depois ficam murchas e descaídas.

Elinor olhou para elas e disse:

— Parem de me olhar assim como se eu fosse um monstro.
As meninas não se moveram, nervosas.
Jenny disse baixinho:
— Eli, não nos deixe aflitas, por favor, fale logo.
Florence juntou as mãos uma na outra e implorou:
— Não diga que agora que estamos instaladas teremos que ir embora e morar na rua...
— Pelo amor dos meus...
Completaram em uníssono Flor e Jenny:
— ... pincéis!
Indiferente à brincadeira, Eli disse:
— Vocês duas são muito dramáticas, se acalmem. Não é nada disso.
Elinor arquejou e, sabendo que a notícia faria com que elas gritassem de alegria, ela foi um pouco perversa e fez suspense dizendo num tom baixo:
— Teremos um jantar...
Florence foi a primeira a virar a cabeça como se não tivesse ouvido o que a irmã tinha dito.
— O quê?
Elinor repetiu:
— Fomos convidadas para um jantar...
Jenny olhou para Florence sem entender e meneou a cabeça como se a irmã estivesse fora do juízo.
Irritada, Florence perguntou:
— Eli, fale coisa com coisa, nós não estamos entendendo nada. Que jantar é esse?
Elinor disse de uma vez:
— O conde convidou os seus nobres primos para virem jantar aqui amanhã e...
Florence arregalou os olhos.
— E?
Jenny estava boquiaberta, esperando Elinor completar a frase.
— E nós fomos convidadas para participar do jantar.
Jenny sacudiu as mãos e deixou escapar:
— Santa receita!

38

Florence levantou-se e começou a gargalhar, eufórica. Jenny pegou um travesseiro e o jogou para cima, enquanto ria, abobalhada.

Florence parou de sorrir e olhou para a irmã, agradecida.

– Oh, graças a Deus, uma boa notícia! – Florence levantou as mãos para o alto, depois disse: – Eli, você é uma megera. Por que fez isso conosco?

Jenny pegou carona no questionamento da irmã.

– Isso mesmo, Eli, por que fez tanto suspense?

Elinor colocou as mãos na cabeça e exclamou:

– Eu sabia! – Depois de olhar de uma para a outra, repetiu: – Eu sabia que vocês iriam ficar em polvorosa. Por favor, meninas, deixem de ser assanhadas e se comportem!

Florence parecia indignada.

– Eli, você não é deste mundo. Então um conde convida estas três pobres mortais para um jantar com um visconde e um marquês e você espera que fiquemos com cara de noviças prestes a ir para um convento?

Jenny começou a rir até quase perder o fôlego.

– Florence, essa foi demais, mas eu concordo com você.

Elinor olhou para a irmã mais nova e, com um ar severo, repreendeu-a:

– Jenny, você não passa de uma criança para estar assim tão... tão... escandalosamente animada.

Jenny deu de ombros e, meneando a cabeça, retrucou:

– Para limpar a cozinha eu sou uma moça responsável, mas para olhar para um cavalheiro, eu não passo de uma criança... Vá entender.

Elinor ignorou o comentário da irmã número três.

– Bem, vocês foram participadas do convite, agora...

Florence colocou as mãos na cintura e perguntou, curiosa:
— Agora?
— Sentem-se, porque eu ainda não terminei de falar.

Florence e Jenny se entreolharam e obedeceram, sentando-se na cama, enquanto olhavam para a irmã número um, apreensivas.

Jenny era a caçula, mas dentre as três era a mais expansiva.
— Ai, meu Deus, o que vem agora?
— Na noite em que estivemos aqui, no baile, vocês estão lembradas de que eu havia perdido uma das minhas luvas e voltei para buscá-la?

As irmãs assentiram balançando a cabeça. Elinor continuou.
— Pois bem, quando fui até o terraço, eu ouvi uma conversa e reconheci a voz do conde e...

A expressão de Elinor se alterou e um rubor tingiu suas bochechas.

Florence a incentivou a continuar.
— E?
— E o que eu os ouvi conversando me deixou horrorizada.

Jenny arregalou os olhos e inquiriu, sem conter a curiosidade:
— Quem estava conversando? E o que foi que você ouviu? Diga logo, por favor!

Como Florence era mais equilibrada, manteve-se em silêncio esperando pacientemente a irmã terminar de contar.

Elinor arquejou e disse:
— O conde, o visconde e o marquês. Eles fizeram uma aposta sobre mim.

Florence estreitou o olhar e perguntou, nervosa:
— Sobre o quê?
— Uma aposta para ver se o conde me beijaria e...

Florence e Jenny arregalaram os olhos. Jenny tapou a boca com as mãos, chocada. Depois de alguns segundos perguntou à queima-roupa:
— E... o conde a beijou?

Elinor arquejou novamente. Envergonhada em confessar diante das irmãs, ela baixou o olhar e assentiu.

Florence fez uma cara de desprezo.
— Meu Deus, Eli, mas isso foi de muito mal gosto da parte do conde!
— Eu concordo plenamente, e disse isso a ele, mas ele se justificou explicando que foi uma brincadeira entre primos.

Os olhos de Florence pareciam chispar fogo, tamanha era a indignação.
— Uma brincadeira de muito mal gosto, isso sim! Ah, se fosse comigo!

Jenny, como sempre, via as coisas de um modo mais leve. Curiosa, ela quis saber:

— E... como foi o beijo?
Florence olhou para a irmã e exclamou revoltada:
— Jenny!
— Está tudo bem. Deixe-a.
— Eli, o conde se desculpou com você?
— Sim. Ele disse que me beijou porque quis, e não pela aposta.
— Bem, espero que seja verdade – disse Florence.
— Bem, agora que já sabem, eu quero alertá-las para que sejam espertas e prudentes. Os primos do conde não são o que parecem. É claro que o senhor Highfield os protegeu, dizendo que são cavalheiros honestos, mas eu realmente não acredito nisso.

Florence pareceu meditar sobre o assunto e, logo em seguida, disse:
— Fique tranquila, Eli. O visconde me pareceu gentil e atencioso.
— Eu também achei – concordou Jenny, depois com um suspiro acrescentou –, e o marquês também.

Elinor ficou tranquila ao ver que as irmãs eram calmas e a ouviam quando lhes dava conselhos. Sempre fora assim, mesmo quando o pai ainda estava vivo.

Por fim, ela se empertigou e arrematou:
— Bem, eu acho que o recado está dado e espero não precisar conversar sobre isso novamente.

Florence piscou para Jenny. Juntas, elas concordaram:
— Sim, senhorita número um!

Depois de conversar com as irmãs, Elinor foi ao ateliê para pegar os seus apetrechos de pintura. Embora já passasse das quatro horas e o sol estivesse fraquinho, ela convidou as irmãs para irem até o jardim.

Jenny se prontificou imediatamente, Florence ainda ficou em dúvida se permanecia no seu ateliê desenhando ou se ia acompanhá-las.

Jenny sugeriu que Elinor fosse na frente, dizendo que passaria primeiro na cozinha para pegar uma bandeja com chá e alguns quitutes.

Tela, palheta de cores, pincéis, cavalete e o talento era o que compunha o momento de trabalho de Elinor. Depois de vender as telas que havia feito, que antes achava que não tinham nenhum valor, ela se sentiu encorajada a continuar a pintar e aperfeiçoar o que sabia.

Antes que terminasse de escolher o local com o melhor ângulo de luz e panorama, Jenny voltou trazendo as guloseimas.

— Eli, deixe isso aí e venha tomar o chá, antes que esfrie.

Elinor armou o seu tripé e posicionou a tela de um modo estratégico que permitisse a ela admirar o imenso jardim, o qual se estendia ao longo do campo verde e arborizado com milhares de metros quadrados.

Jenny arrumou a mesa redonda de ferro batido com uma toalha imaculadamente branca em um lugar onde não batia sol. Logo ouviram Florence que veio juntar-se a elas, querendo saber:

— Jenny, o que você fez de gostoso?

Jenny sorriu satisfeita. Um brilho de orgulho iluminou o olhar de menina travessa.

— Biscoitos amanteigados com recheio de goiabada, tortinhas de limão, suspiros, chá e leite... E o meu irresistível bolo de chocolate com creme, é claro. O que vocês vão querer?

— Chá com leite, por favor — disse Elinor.

Florence pegou vários suspiros e encheu o seu prato. Depois de encher a boca com alguns deles, perguntou:

— Eli, o que você vai pintar?

Elinor ergueu o olhar em direção aos canteiros e disse entusiasmada:

— Eu ainda não sei. Preciso estudar algumas paisagens, e aquela que fizer o meu coração cantar, será a escolhida.

Florence sorriu. Ela sabia que Elinor tinha talento e que tudo dependia de fazer a escolha certa, sob o ângulo certo e no momento apropriado.

— A arte é interessante, não? — Florence olhou em direção ao céu e suspirou.

Elinor estreitou o olhar e admirou o perfil delicado da irmã.

Jenny tomou um gole de chá e ficou atenta ao que a irmã número dois iria dizer. Parecendo estar nostálgica, Florence continuou:

— Somos do mesmo sangue, mas temos gostos e talentos distintos.

Elinor deu a sua opinião:

— Eu acho que talento não se discute, mas pode ser estudado e aprimorado. Gostos também podem ser influenciados. — Elinor deu uma mordida em um biscoito, e depois de mastigá-lo, concluiu: — Vejam o caso da mamãe. Ela pintava, e eu a admirava por isso e, aqui estou eu, seguindo o seu exemplo.

Jenny colocou os cotovelos sobre a mesa, entrelaçou os dedos e apoiou o queixo sobre eles, pensativa.

— Eli, você foi a única que teve mais contato com a mamãe. — Jenny parecia ter voltado aos 6 anos de idade. — Será que a mamãe sabia cozinhar bem?

Florence sorriu carinhosamente.

– Se você está querendo saber se herdou o talento da mamãe, eu acho que sim, Jen. Você sabe fazer doces como ninguém, seus bolos deixam qualquer um com água na boca.

Jenny pareceu ficar triste momentaneamente.

– Não foi isso o que eu quis dizer...

Elinor alisou carinhosamente a mão da irmã e, num tom de voz suave e maternal, disse:

– Eu entendi perfeitamente o que você quis dizer, irmãzinha... É claro que você se parece com a mamãe, assim como Florence e eu.

Florence quis disfarçar as lágrimas que surgiram repentinamente em seus olhos e se levantou dizendo:

– O que acham de darmos um passeio?

Elinor seguiu o exemplo da irmã número dois e disse:

– Eu acho uma ótima ideia! – Ela segurou na mão de Jenny, incitando-a para que se levantasse. – Vamos, Jen?

Jenny argumentou:

– Como deixaremos os alimentos assim?

Florence interveio:

– Não se preocupe com isso. Coloque a toalha extra que você trouxe e cubra tudo. É somente um passeio curto.

Depois de uma se enganchar na outra, as três saíram para uma caminhada. Elinor ficou no meio e era a mais alta de todas. Jenny ficou do lado esquerdo e Florence do lado direito. Enquanto caminhavam, podiam ouvir o farfalhar de alguns colibris que por ali vieram ao sentir que havia algo para comer.

A paz reinava em absoluto naquele lugar.

Jenny achou uma flor caída no meio do caminho e a colocou nos cabelos, sobre a orelha esquerda. Florence suspirou ao lembrar-se de quando eram pequenas e viviam inseparáveis uma da outra. Elinor aproveitava para explorar com o olhar algum ponto especial que valesse a pena retratar no próximo quadro que iria fazer.

Depois de algum tempo em silêncio, Elinor disse:

– Somos o que restou de nossa família, portanto somos três em um. Seja o que for que tivermos que fazer, permaneceremos unidas e inseparáveis. Eu não quero perdê-las em hipótese alguma. – Ela suspirou e continuou, emocionada: – A mamãe não está mais conosco e o papai também não, mas eu tenho certeza de que eles gostariam que estivéssemos unidas, exatamente assim, como estamos.

Jenny apoiou a cabeça sobre o ombro da irmã número um e depois de balançá-la concordando, deixou que uma lágrima descesse e caísse no vestido de Elinor. Florence segurou na mão da irmã e a apertou, indicando que ela tinha razão.

Anne Valerry

Diante da despedida do sol enfraquecido, as irmãs Chamberlain se mantiveram abraçadas, e delas emanava a cumplicidade familiar e o afeto que entrelaçava as suas vidas. Talentos, sonhos – ainda que parecessem impossíveis –, além das responsabilidades, era tudo o que elas possuíam naquele momento.

39

Depois de verificar se tudo estava organizado na cozinha, Elinor foi ao seu quarto para se arrumar. Ela não estava nem um pouco animada com o jantar e em receber os convidados do conde, mas se esforçou para ser simpática e profissional, afinal, agora ela era a pessoa que comandava os criados e tudo tinha que sair perfeito.

Embora conhecesse pouco sobre os gostos de Alexander, ela vivia perguntando à sra. Stevenson a respeito da comida, as sobremesas, e como ele gostava da arrumação de seus aposentos e outros detalhes do seu dia a dia.

Elinor quase nunca via o conde, exceto quando ele estava no castelo, descansando. O trabalho exigia a sua presença constante e às vezes ele viajava e ficava fora por semanas.

Ela escolheu um vestido verde água que havia comprado em Londres, que favorecia o seu tom de pele e realçava a cor dos seus cabelos com nuances douradas. Depois de prendê-los no alto com um penteado elegante, colocou a gargantilha de veludo com um camafeu, no tom do vestido, e se olhou no espelho. Sentiu-se não propriamente linda, mas sabia que estava atraente e elegante.

Batidas leves à porta de seu quarto a fizeram deduzir que não se tratava das suas irmãs. Elas nunca faziam isso.

Ao abri-la, Elinor sentiu-se embaraçada ao ver o conde alinhadíssimo em um fraque escuro. Ela esboçou o seu melhor sorriso, dizendo simpaticamente:

– Deseja alguma coisa, milorde?

Ele a olhou minuciosamente. Elinor estava encantadora em seu novo vestido e se sentindo segura de que ele havia gostado do que vira. Durante o tempo em que ele a fitou, ela esperou algum elogio da parte dele, porém...

– Senhorita Chamberlain, por acaso tem orientado a arrumadeira de quarto para colocar sobre a minha cama a colcha azul e as capas dos travesseiros na mesma cor? – O semblante dele demonstrava impaciência.

Elinor abriu a boca para responder, porém, não conseguiu justificar a falha adequadamente; disse apenas que a arrumadeira provavelmente havia se confundido com as cores das roupas de cama, mas que, de agora em diante, iria verificar pessoalmente esses detalhes das tarefas das arrumadeiras.

O conde pareceu seriamente descontente.

– Da próxima vez que isso acontecer, diga à arrumadeira que se ela não fizer o serviço com perfeição, será despedida.

Elinor engoliu em seco e assentiu.

– Sim, milorde.

Por alguns segundos, ele deteve o olhar sobre ela, não muito convencido.

Elinor olhou-o com um ar de interrogação, esperando mais alguma reclamação, entretanto, ele meneou a cabeça e disse:

– Bem, acho melhor a senhorita se apressar. Os meus convidados já devem estar chegando e eu detesto atrasos na hora das refeições.

Nervosa, argumentou:

– Sim, claro, milorde. Assim que eu e minhas irmãs...

Sem mais delongas, ele girou nos calcanhares e a deixou falando sozinha.

Com um longo suspiro, ela praguejou:

– Elinor, você é mesmo uma estúpida!

Não demorou muito, Jenny entrou espalhafatosamente no quarto de Elinor pedindo para que a irmã amarrasse o laço de fita na parte de trás de seu vestido em tom azul celeste, que a favorecia de modo encantador.

– Jenny! Quantas vezes terei que dizer para que bata à porta, antes de entrar?

Jenny deu de ombros e resmungou.

– Humpf! Ah, por favor, Eli, não brigue comigo. A quem eu iria pedir para amarrar o laço do meu vestido?

Em seguida, Florence adentrou no quarto afoitamente.

– Eli, por favor, abotoe o meu vestido!

– Meu Deus, meninas, vocês me deixam louca! – exclamou Elinor revirando os olhos.

Jenny foi até o espelho e, ajeitando a saia do vestido com as mãos, disse:

– Não podemos fazer feio na presença deles.

Enquanto fechava os inúmeros botões do vestido de Florence, Elinor repreendeu-as:

– Meninas, vocês têm que aprender a fazer essas coisas sozinhas. Tudo depende de mim!

— Como eu estou? — perguntou Florence, ignorando o comentário da irmã e endireitando o decote do vestido na cor damasco. Para quem olhasse, a cor do tecido deixava uma ligeira dúvida entre o tom do pôr do sol ou o de um pêssego quase maduro, e a deixava com um frescor deslumbrante.

Elinor ajeitou a gargantilha no pescoço delicado e disse alegremente:

— Vocês estão lindas, senhoritas Chamberlain!

Florence sorriu satisfeita, enquanto Jenny, ainda insatisfeita com o laço, se olhava no espelho, tentando endireitá-lo.

— Jenny, chega, você está parecendo uma boneca de porcelana com esse vestido — disse Florence, impaciente.

— Meninas, agora chega. Estamos atrasadas para descer.

Elinor olhou para o relógio que estava sobre o criado e disse:

— Está na hora. Acho que os convidados do conde já devem ter chegado. Vamos.

Quando adentraram na sala principal, o mordomo pigarreou e, em seguida, anunciou por três vezes:

— A senhorita Chamberlain, a senhorita Chamberlain e há... A senhorita Chamberlain, milorde.

O conde e seus primos deixaram os copos de conhaque sobre a mesa e sorriram diante da reverência das encantadoras senhoritas Chamberlain. Eles se aproximaram e as cumprimentaram beijando os nós dos dedos de cada uma delas.

O conde olhou para Willian e para Brandon e disse com entusiasmo:

— Acho que está recompensada a espera, não é, rapazes? As senhoritas Chamberlain estão adoráveis.

Alexander encarou Elinor e, estendendo o seu braço, a conduziu até a mesa. Willian e Brandon vieram atrás e seguiram o exemplo do primo mais velho, conduzindo as moças.

O clima entre eles estava tranquilo e descontraído. Jenny e Brandon conversavam animadamente, enquanto Florence e Willian, ainda um pouco tímidos, tentavam engatar uma conversa sobre a moda inglesa.

Elinor havia preparado cuidadosamente o cardápio.

Embora não soubesse exatamente o que teria que fazer, havia pedido a ajuda de Jenny para elaborar os pratos. Embora Jenny tivesse o hábito de experimentar novos desafios em assar bolos e outras guloseimas, algumas vezes acertando e outras jogando no lixo, ela tinha conhecimento sobre culinária e confeitaria, pois desde muito cedo havia estudado os livros de receitas que a mãe havia deixado com inúmeros pratos salgados e doces. Mesmo não tendo preparado muitos deles, ela passou as receitas para as cozinheiras, que logo as reproduziram para que elas pudessem degustar e avaliar se estavam saborosas.

Jenny ajudara Elinor com maestria nessa tarefa, aproveitando para provar várias guloseimas e assinalá-las como as favoritas.

Elinor e Jenny puderam ver o resultado quando os homens repetiram os pratos. Enquanto eles comiam, Jenny olhou para a irmã número um e, com um sorrisinho de cumplicidade, deu uma discreta piscadela.

Elinor sorriu triunfante, até que o conde olhou para ela e disse num tom mais baixo:

— Trabalhou bem, senhorita Chamberlain. Eu só espero que as sobremesas não contenham nada com morangos. Eu não como nada com morangos.

Atônita, Elinor disse num tom mais alto do que o normal:

— Morangos?

Todos olharam para ela sem entender.

O conde pigarreou e, num tom sério, perguntou:

— Não tem nada aqui com morangos, tem?

Elinor apertou uma mão na outra e olhou para Jenny em busca de socorro. Alheia, a irmã número três estava entretida e escutava atentamente o que o marquês falava perto do seu ouvido.

— Milorde, não...

Aflita, Elinor constatou que Alexander tinha acabado de comer um bocado da torta de morangos.

Tarde demais.

—... coma! – concluiu, afoita.

Instantaneamente, a atenção de todos foi dirigida ao conde.

Alexander parecia ter engasgado com a sobremesa.

Preocupada, Elinor deu umas batidinhas em suas costas para que ele pudesse jogar fora o pedaço da torta de morangos com cobertura de suspiros.

Depois de alguns minutos, ele tomou um gole de água e conseguiu engolir o pedaço que parecia ter ficado entalado em sua garganta. Com os olhos lacrimejando, depois de se recuperar, ele esbravejou irritado:

— Maldição! Bem que eu desconfiei!

Jenny colocou a mão na boca para segurar o riso e Florence estava boquiaberta com o acontecido. Os primos estavam a ponto de cair na gargalhada ao ver Alexander fazer um estardalhaço por um pedaço de torta de morango.

No entanto, Elinor estava pálida como um fantasma. Abalada, começou a gaguejar:

— P-per-d-dão, m-milorde, eu... eu não sabia.

Ele a olhou e parecia verdadeiramente contrariado.
– Ninguém disse à senhorita que eu sou alérgico a morangos?
Elinor fez que não com um gesto de cabeça, pois a voz havia sumido.
Ela se sentia péssima, sem acreditar no que estava acontecendo. Como podia ter falhado nessa parte também? Que droga de empregada ela estava sendo!
Ele suspirou, resignado.
– Espero que não me faça mal.
Baixinho ela murmurou:
– Eu também...
Elinor ficou agoniada. Ela achara que o jantar seria um sucesso e, no entanto, tinha sido um fracasso. Por que ninguém havia dito que ele não podia comer morangos?
Inconformada por ter falhado, pensou:
Mas, por que justamente morangos? Eu adoro morangos!

40

Florence e Jenny logo se distraíram, esquecidas do que tinha acontecido com o conde. A presença dos nobres primos as deixou entusiasmadas.

Florence ouvia atentamente o que o visconde falava enquanto observava os seus traços. Ele era bem parecido com Alexander, porém, os seus cabelos eram mais claros e encaracolados.

Willian inclinou a cabeça em direção a Florence e disse interessado:

— A senhorita me contou que gosta de desenhar.

Florence ficou satisfeita por ele se lembrar desse detalhe. Ela havia dito a ele no dia em que se conheceram, no baile, e ele não se esquecera.

— Sim, eu desenho roupas femininas.

Willian olhou-a, admirado.

— Interessante.

Depois de olhar atentamente o vestido que ela usava, ele disse:

— Esse vestido que está usando, foi a senhorita que o desenhou?

Florence meneou a cabeça e sorriu divertida.

— Oh, não, não. Quem me dera!

Ele a olhou surpreso.

— Mas não é impossível. — Ele apontou para o seu vestido. — Aposto que é talentosa e pode fazer melhor do que isso.

— Pode ser. Depois dessa sua observação, acho que vale a pena tentar ir mais longe.

Florence se alegrara com o comentário do visconde, entretanto, logo uma sombra velou os seus olhos ao se recordar que haviam comprado os vestidos que ela e as irmãs estavam usando naquela noite em uma loja inferior à que estavam acostumadas a comprar. Não eram verdadeiramente vestidos de alta-costura, mas para quem não conhecesse a qualidade dos tecidos e a reforma que ela havia feito em todos eles, não saberia distinguir; eles poderiam muito bem se passar por peças caras e de algum ateliê famoso.

A irmã número dois sabia que seria impossível se relacionar com rapazes mais ricos do que ela, porém, quem a olhasse, descobriria que Willian a agradava em demasia.

O visconde era simpático e bastante atraente, mas a conversa entre eles parecia não fluir tanto como a de Jenny e Brandon. Jenny era falante e gostava de ser ouvida. Brandon a ouvia educadamente e parecia se divertir com a conversa descontraída. Ela era bem jovem e muito bonita; seus olhos eram como os de Elinor, mas o humor era completamente distinto.

Jenny falava de modo encantador e não havia ninguém que pudesse resistir aos seus encantos. Mesmo sendo ainda uma menina, já tinha atributos físicos desenvolvidos e era simplesmente atraente e graciosa, com seus longos cabelos quase avermelhados.

Depois que Alexander melhorou, todos foram convidados por ele para irem à sala de estar. Após se acomodarem, ele disse:

— Willian, eu sei que você é um grande apreciador de arte, principalmente a pintura. Você sabia que a senhorita Elinor é pintora?

O visconde levantou as sobrancelhas, surpreso.

— Sério? — Ele olhou para as três irmãs e disse alegremente: — Pelo que estou vendo as senhoritas Chamberlain são todas artistas e prendadas.

Elinor sorriu e disse modestamente:

— Nem tanto, senhor Highfield. Somente temos predileções em algumas áreas que podemos chamar de arte, só isso.

Brandon interveio:

— Bem, de qualquer forma não deixa de ser, não é mesmo? — Ele olhou para Jenny e afirmou: — Mesmo na cozinha.

Jenny sorriu, encabulada.

A conversa discorreu agradável. Mesmo Elinor sendo reticente quanto ao comportamento dos primos de Alexander, teve que reconhecer que eles eram rapazes educados e gentis.

A uma certa altura da conversa, ela ouviu Willian dizer que dentro de dois dias iria fazer uma viagem e que ficaria um bom tempo fora de Londres. Elinor notou a decepção de Florence e temeu que isso fosse o princípio de uma paixonite.

Jenny, por sua vez, teve que parar de falar de comida para ouvir Brandon falar sobre cavalos. Ele adorava cavalos e, pelo que sabia da irmã, ela tinha horror a cavalos desde pequena.

Ao ouvir o marquês mencionar que esse era o seu hobby predileto, Jenny não conseguiu disfarçar o descontentamento.

Vendo que eles estavam todos entrosados, o conde anunciou com um sorriso que estava planejando convidá-los para uma viagem à casa de campo Montrose, em Lancashire, na próxima temporada. A notícia foi recebida com animação pelo visconde e pelo marquês.

— Será animador podermos sair para caçar e andar a cavalo — sugeriu Brandon, disposto.

— Acho ótimo — concordou Willian.

Elinor suspirou e decidiu deixar as irmãs entretidas com os nobres cavalheiros e se concentrou no conde. Ela precisava saber mais detalhadamente quais eram os seus gostos peculiares para que não acontecesse novamente o que tinha acabado de acontecer.

Discretamente, pediu licença e foi até a cozinha. Ela precisava urgentemente falar com uma das cozinheiras.

Assim que entrou, ela se deparou com Elsa que a recebeu com um sorriso simpático.

— Senhorita Chamberlain, algum problema? Faltou comida à mesa?

— Não, de modo algum, foi servido mais que o bastante. Eles comeram bem e estava tudo delicioso, mas eu queria saber algo particular sobre o conde.

A cozinheira olhou-a sem entender, porém, foi atenciosa e prestativa.

— Se eu puder ajudar em algo, pode perguntar.

Elinor raspou a garganta e disse num tom baixo:

— É verdade que o senhor Highfield não come morangos?

Elsa franziu o cenho e a olhou como se ela tivesse dito algo incoerente.

— Morangos?

Elinor assentiu e, curiosa, repetiu:

— Isso mesmo, morangos.

A mulher colocou a mão na boca e olhou para o lado, pensativa, depois disse:

— Eu nunca soube que o patrão não comia morangos. Desculpe-me a indiscrição, senhorita Chamberlain, mas, quem disse isso?

— O próprio Conde.

A serviçal arregalou os olhos, incrédula.

Elinor voltou à sala a tempo de se despedir de Willian e Brandon, que estavam prestes a ir embora. Independentemente de gostar ou não de uma pessoa, Elinor carregava consigo a amabilidade e, com eles, não foi diferente.

Florence e Jenny a olharam com um ar de interrogação.
O conde deu falta de sua presença e, curioso, perguntou:
— Está tudo bem?
Elinor assentiu com o seu melhor sorriso.
Com um suspiro de alívio ela olhou para as irmãs e disse baixinho:
— Missão cumprida.
Florence e Jenny subiram para os seus aposentos. Florence estava chateada e Jenny parecia um vulcão em erupção.
Enquanto subiam as escadas, Jenny falava e Florence se esforçava para ouvi-la. Elinor esperou as criadas retirarem as louças da mesa para ir para o seu quarto, contudo, antes que fizesse isso, o conde a reteve, segurando em seu braço.
Surpresa, ela se voltou e perguntou:
— Precisa de mais alguma coisa, milorde?
Ele raspou a garganta antes de dizer:
— Eu quero agradecê-la por ter relevado a sua antipatia pelos meus primos e tê-los tratado bem.
— Eu deixei de lado as particularidades, senhor Highfield, e fiz o que um serviçal deve fazer, ou seja, respeitar a todos os convidados igualmente, só isso.
Alexander retesou os maxilares e a soltou.
Elinor massageou o braço. Talvez ele não tenha percebido, mas os seus dedos pareciam correntes de aço, ao prendê-la.
— De qualquer forma, obrigado.
Ela encarou-o.
— É só isso, milorde?
— Por ora, sim.
Elinor estava subindo as escadas quando ele a chamou:
— Senhorita Chamberlain?
Ela se voltou e perguntou:
— Sim?
— Por favor, eu gostaria de uma xícara de chá antes de dormir, a senhorita pode levar ao meu quarto, dentro de meia hora?
Elinor ficou pasma, porém não contestou e disse:
— Sim, milorde, eu pedirei à sra. Abigail para levar.
O conde agradeceu.
Elinor meneou a cabeça, confusa. *Ele havia pedido para ela levar o chá, ou estava enganada?*

Decidida, ela voltou à cozinha e pediu para que Abigail, a copeira, levasse o chá para o patrão, como ele havia solicitado. Ao voltar para a sala, o conde já não estava mais. Provavelmente tinha se recolhido aos seus aposentos. *Será que ele havia ficado nervoso para querer tomar chá depois do jantar, depois de ter bebido conhaque com os primos?*

Elinor resolveu ignorar os pensamentos curiosos e foi para os seus aposentos.

O castelo tinha um mecanismo mais moderno em relação ao encanamento, possibilitando que água quente chegasse até os banheiros e todos usufruíssem do prazer de usar banheiras e que facilitavam a vida de todos. Ela colocou a banheira para encher, enquanto desabotoava o vestido. Com dificuldade, soltou o espartilho com um suspiro e deixou que o vestido e todas as suas saias caíssem ao chão e respirou com liberdade.

Ela se sentia exausta e precisava tomar um banho para relaxar depois da tensão que passara durante o jantar. Após a morte do pai, um banho de imersão demorado era uma das regalias que elas não tinham tido mais.

Assim que mergulhou o corpo, se permitiu relaxar na água quente, deslizando o sabão de azeite sobre o colo, os ombros tensos, e depois nos pés e nas pernas, e então recostou a cabeça confortavelmente e fechou os olhos.

A água estava agradável e relaxante.

Um sorriso de prazer surgiu em seus lábios ao pensar que logo iria dormir e poderia deixar a mente despreocupada. Ela precisava deixar de pensar em Alexander a cada minuto que passava, mas não foi isso o que aconteceu. Mesmo estando mais calma, o seu corpo parecia inquieto, agitado. Imagens traiçoeiras começaram a flutuar em sua mente, vívidas.

O seu corpo adquiriu uma temperatura mais alta do que a água com as imagens indecorosas que a sua mente criava.

Céus! Por que ele não saía de seus pensamentos? Só de pensar nele ela se sentia uma despudorada.

Esforçou-se para apagar o que a sua cabeça havia desenhado, mas era impossível afugentar a sensação que ela teve ao imaginar as mãos de Alexander acariciando-a intimamente nos lugares mais secretos de seu corpo virgem. O toque daquelas mãos apertando a sua carne como ele se fosse o seu dono, o seu senhor, a levou ao martírio.

Ela ansiava desesperadamente sentir a pele dele colada à sua e permitir que ele a beijasse como se não precisassem preocupar-se com o amanhã e...

Primeiro, ela sentiu que uma mecha do seu cabelo despencou fazendo cócegas nos seus ombros, depois, um sopro em uma de suas orelhas arrancou-lhe arrepios pelo corpo todo, em seguida, o toque suave sobre o bico de um dos seus seios a fez estremecer.

Elinor deixou escapar um gemido, excitada.
Então, abriu os olhos...
E o viu.

41

Vertigem foi pouco. Assombro foi o que a fez abrir a boca para gritar de susto.
— Milorde!
Debruçado sobre a banheira e, perto, muito perto, Alexander a encarava.
O reflexo foi imediato, porém, o pavor a deixou completamente desarvorada ao tentar cobrir-se com as próprias mãos. Com uma delas, cobriu um dos seios, apoiando o antebraço para cobrir o outro e, a outra, enfiou-a dentro da água tentando impedir que os olhos ávidos do conde enxergassem as suas partes íntimas. Atrapalhada, acabou soltando as duas para tapar a boca e reprimir o grito que escapou entre os dedos trêmulos ao vê-lo se aproximar mais ainda.
— Não se aproxime!
Alexander reteve o riso ao vê-la tão desconcertada. Calmamente ele colocou um dos dedos em seus lábios e fez sinal para que ela fizesse silêncio.
— Shhhhhh...
Ao recuperar a voz, conseguiu dizer em um tom baixo, sentindo as bochechas arderem:
— O que o senhor está fazendo aqui? Enlouqueceu?
Ele puxou uma cadeira para perto da banheira, sentou-se e, com um sorriso que ficava entre malicioso e despudorado, chegou mais perto e disse:
— Eu vim buscar o meu chá... se esqueceu?
Elinor puxou as pernas e abraçou-as nervosamente, tentando se cobrir como podia.
— Eu pensei que Abigail levaria...
Ele se inclinou mais alguns centímetros.
— Eu pedi para a senhorita.
Encabulada, justificou-se:
— Perdão, milorde, eu...
Alexander inclinou a cabeça e riu.

— Por culpa da senhorita eu estou aqui.

Elinor não via saída. Caso tentasse se levantar para pegar o roupão no cabideiro, ficaria nua na frente dele, e se pedisse para que ele o pegasse, provavelmente teria que se levantar para vesti-lo e daria na mesma.

O que fazer?

Tentando pensar rapidamente em uma solução, ela ficou encarando-o mais do que um minuto, enquanto fazia a escolha. Porém, Alexander olhou para o roupão e percebeu o seu intuito. Com um riso zombeteiro disse:

— Agora é tarde demais...

Elinor virou a cabeça, sentindo as bochechas queimarem de vergonha. Numa tentativa, deixou que ele tomasse conta de seu olhar e implorou:

— Por favor...

Malvado, Alexander disse:

— Está bem, eu terei clemência, desde que...

Ela o olhou com os olhos escancarados, tentando adivinhar o que ele iria fazer.

— Desde que o quê?

— Deixe que eu a enxugue...

Elinor achou por bem fingir aceitar a condição que ele impunha, mas assim que ele se aproximasse dela, arrancaria o roupão das mãos dele e se cobriria antes que a visse totalmente nua.

— Está bem, seja feito como quiser.

Excitado, Alexander levantou-se, pegou o roupão e ficou esperando-a levantar-se. Na distância em que ele ficou, ela não conseguiria pegar o roupão das mãos dele para se cobrir. Num impasse, ficou olhando-o, porém ele se manteve impassível, com um sorriso de satisfação, enquanto a esperava se levantar.

Irritada, ela pediu:

— Feche os olhos!

— Não foi esse o acordo.

— Mas eu quero outro acordo.

— Eu não sei por que está me pedindo isso... — Ele percorreu o olhar pelo seu corpo coberto pela água que, transparente, não cobria as suas formas. Ela estava totalmente encolhida. — Mas, eu vou relevar o nosso acordo e digamos... fazer a sua vontade.

Elinor agradeceu, insegura. *E se ele não cumprisse com o que prometera?*

Alexander se aproximou da banheira e fechou os olhos. Assim que a ouviu sair da água, ele a envolveu com o roupão em suas costas e a puxou para si. Assustada, Elinor apoiou as mãos em seu peito e tentou se desvencilhar, porém os braços dele não permitiram.

Elinor podia sentir o calor de seu corpo em sua pele. Alexander estava com a respiração acelerada e, quando ele abriu os olhos, ela viu neles desejo, posse, labaredas de fogo...

Sem conseguir disfarçar o prazer que o abraço dele lhe dava, Elinor baixou os cílios em sinal de decoro, mas assim que sentiu as mãos dele dentro do roupão alisando a sua cintura, ela prendeu a respiração e fechou os olhos.

Alexander a apertava cada vez mais de encontro ao seu corpo. Inflamado de desejo, ele inclinou a cabeça em direção ao seu pescoço e começou a passear a língua vagarosamente, sentindo o cheiro agradável que emanava da pele ensaboada.

Um sussurro rouco deslizou dos lábios dele.

– Eli...

Zonzeira, era pouco. Vertigem, não, seria muito. Porém, o desmaio seria fatal. Elinor não soube definir o arroubo que a fez quase desfalecer nos braços de Alexander. Por que ele a deixava daquele jeito, quase inconsciente? Era uma mistura de desejo, entrega, paixão.

O deslizar da mão livre de Alexander nas linhas de seu corpo a deixou com um desejo febril. Audacioso, ele desceu a mão em direção ao seu ventre e, antes que ela pudesse reclamar e impedi-lo, a mão experiente acariciou os fios que cobriam a sua feminilidade que parecia um caldeirão com água fervente e, com o dedo médio, alcançou o vão entre as coxas e esfregou-o em um vai e vem arrancando gemidos baixinhos da garganta de Elinor. O movimento a excitou ao ponto de ela agarrar na gola do roupão que ele vestia e sentir os seios comprimidos de encontro ao peito de Alexander.

Com uma excitação incontrolável, ele segurou a coxa direita de Elinor e levantou-a fazendo-a colocar o pé sobre a beirada da banheira.

Nessa posição favorável ele ficou livre para movimentar o dedo médio e penetrar na fenda úmida até que ela se contorcesse e levá-la a dizer o nome dele, como se estivesse suplicando:

– Alex... ah!

Elinor inclinou a cabeça para trás e, de olhos fechados, sentiu que estremecia nos braços do conde. Insaciável, sem retirar o dedo que sentia o pulsar latejante interno de Elinor, Alexander abaixou-se e colou a boca em um dos seus seios e o mordiscou, intumescendo-o e, num desejo crescente ele deslizou a língua sobre o seu ventre e a sugou bem no início de sua feminilidade, enquanto a excitava com o dedo erguera as vistas e a observara gemer de prazer com o seu toque.

Antes que ela atingisse o êxtase, que até então desconhecia, Alexander levantou-se e, embriagado de desejo em tê-la inteiramente, ele voltou os lábios e, antes de beijá-la, murmurou, ensandecido:

— Eu a desejo tanto, mas não farei nada que seja contra a sua vontade. A senhorita me quer?

Elinor não saberia recusar o que o seu corpo inflamado queria experimentar. Mais do que tudo, ela queria conhecer o prazer de se entregar ao homem que amava, entretanto, antes que pudesse responder, ouviram o som da voz de Jenny chamando-a:

— Eli, onde você está?

Chocada, Elinor empurrou Alexander, dando sinal para que ele se escondesse atrás da porta, porém, ele a desvestiu do roupão e ficou com ele nas mãos. Ao se ver nua novamente, Elinor voltou e se sentou abruptamente na banheira, espalhando água por todos os lados.

Jenny entrou na sala de banho e a olhou com cara de espanto.

— Santa receita! O que deu em você?

Elinor começou a esfregar a esponja nos braços vigorosamente.

— Pelo amor dos meus pincéis! Jenny, quantas vezes eu vou ter que dizer a você para não entrar assim, de supetão?

— Eli, qual é o problema?

— Eu não gosto, você sabe.

Jenny deu de ombros e começou a rir.

— Elinor Chamberlain, a senhorita está parecendo uma criança que gosta de brincar com patinhos na água. Olhe para isso. — Jenny apontou para o chão molhado. — O seu banheiro está parecendo uma lagoa. Como pôde espalhar água assim por todos os lados?

Irritada com a falta de privacidade, Elinor disse contrariada:

— Se você está vendo que o chão está molhado, então não pise para não ficar pior. Agora diga o que quer e vá dormir. Eu preciso relaxar.

Em resposta, Jenny chegou perto da banheira, enfiou a mão na água e jogou-a no rosto da irmã, de modo travesso.

— Eli, a água está fria, você não percebeu?

Elinor olhou-a de modo severo e continuou a se esfregar, preocupada com o conde que estava escondido atrás da porta e, provavelmente, observando-a como ela veio ao mundo. Um rubor subiu em suas bochechas chamando a atenção da irmã número três.

— Você está vermelha como um camarão. Está sentindo calor, nessa água fria?

— Jenny, pare de ser inoportuna e me deixe em paz. A água está deliciosa.

— Está bem. Eu só vim aqui porque eu não consigo dormir e queria conversar um pouco sobre o marquês...

Preocupada com o que a irmã poderia falar sobre o primo na frente do conde, Elinor a interrompeu:

— Podemos conversar amanhã? Eu realmente quero terminar o meu banho, relaxar e dormir.

Solícita, Jenny olhou em volta e perguntou:

— Você quer que eu pegue o seu roupão? Onde está?

Elinor se lembrou de que na pressa de empurrar o conde em direção à porta, ele havia ficado com a peça na mão.

— Eu não sei. Acho que foi para lavar. Não se preocupe.

— Quer a toalha?

Elinor fungou, zangada.

— Jenny Chamberlain, eu não quero nada. — Elinor olhou para a número três como se fosse estrangulá-la. — Agora, será que eu posso terminar o meu banho, sossegada?

Jenny revirou os olhos e resmungou:

— Credo! Como você está chata hoje!

Elinor ficou apreensiva ao olhar para o espelho e ver que o conde estava com a cabeça aparecendo e se divertindo com a situação. Nervosa, ela levantou uma das mãos e fez alguns gestos incoerentes, como se estivesse alisando a testa e empurrando a cabeça para trás num movimento estranho para que ele entendesse que precisava recuar para não ser visto.

Sem entender nada, Alexander estava mais preocupado em admirá-la, ao vê-la levantar o braço e deixar um dos seios à mostra.

Por Deus!

Ela era linda e atraente demais.

Incomodada com a atitude anormal da irmã número um, Jenny soltou uma gargalhada, depois perguntou:

— Por que está fazendo esses gestos ridículos e cobrindo um dos seus seios?

Elinor fez cara de desentendida.

— Eu estou, é? — Com um sorriso meio idiota, ela tirou a mão que tampava um dos seios, sentindo que um rubor subiu no seu rosto, ao imaginar que o conde estava se deliciando com tudo aquilo. — Eu não tinha percebido.

Jenny revirou os olhos e caçoando disse:

— Eli, você está muito distraída e cômica. Eu realmente preciso contar isso para Florence.

Elinor olhou para a irmã e disse entredentes:

— Eu estou cansada, Jen, é só isso. Por que não vai conversar com Florence?

— Eu fui, mas ela também não quis conversar e disse que queria dormir. Acho que ela ficou aborrecida pelo fato de que o visconde Willian vai viajar e...

Elinor a interrompeu antes que falasse demais.

— Bem, então amanhã nós três conversaremos juntas, não é melhor?

Jenny suspirou, resignada.
— Está bem. Acho que você tem razão.
Jenny foi em direção à porta e, antes que saísse, perguntou:
— Eli... O que você faria se, quando um cavalheiro chegasse muito perto de você, e o seu coração disparasse?
Atônita, Elinor arregalou os olhos, parou de se esfregar com a bucha e, esquecida de tudo, perguntou:
— Você... sentiu isso, Jen?
— Sim. Isso é normal?
Elinor não pôde responder. Alguém a chamou à porta do seu quarto.
— Senhorita Elinor?
Jenny foi até lá para ver quem era e voltou logo em seguida.
— É a senhora Abigail com uma xícara de chá para o senhor Highfield. Ela disse que foi até os aposentos dele e não o encontrou. Ela questionou se você entendeu a ordem direito.
— Sim, ele pediu para que fosse levado até o quarto dele e...
Jenny perguntou:
— E o que eu digo a ela?
Elinor estava encrencada. Não podia sair da água sem que o conde a visse nua e não podia ficar conversando com Jenny com ele escondido atrás da porta.
Nervosa, Elinor pensou rapidamente em uma solução.
— Jenny, por favor, diga à senhora Abigail para deixar a xícara de chá do senhor Highfield no quarto dele. E você, vá dormir e amanhã conversaremos como combinamos.
Jenny assentiu, obediente.
Assim que a irmã saiu, acompanhada da criada, o conde surgiu de trás da porta e veio até ela rindo perversamente. Elinor estava tremendo, pois, a água já tinha esfriado bastante.
Alexander estendeu o roupão para ela.
— Eu achei que iria passar a noite toda aqui, em seu banheiro, porém, eu apreciei bastante poder ficar admirando-a livremente, enquanto a senhorita conversava com a número... – disse ele colocando a mão na fronte, tentando se lembrar – ... três?
Ela assentiu, nervosa.
Com um ar zombeteiro ele disse:
— Eu fiquei listando mentalmente o que poderíamos estar fazendo agora se ela não tivesse aparecido aqui...
Elinor pegou o roupão rapidamente para se cobrir, tentando disfarçar a perturbação que sentia por estar tão próxima a ele.

Eles não tinham muito tempo. Se o conde não saísse logo, caso a criada ou Jenny voltassem, seria um desastre. Como iria explicar o que o patrão estava fazendo em seu banheiro, com ela completamente nua?

Nervosa, ela pediu:

– Por favor, senhor Highfield, volte para o seu quarto.

O conde se dirigiu para a porta e, antes de sair, olhou-a de cima a baixo e disse:

– Depois que se trocar, vá até o meu quarto para tomarmos o chá juntos.

Elinor olhou-o, incrédula.

Em seu coração, ela ansiava por aquele convite desde que viera morar ali, entretanto, agora que ele a convidara, sentiu medo. Se fosse, teria forças para resistir ao charme dele? E se não fosse, não iria se arrepender depois?

Oh, céus!

Por fim, decidiu dizer:

– Não espere.

O conde ignorou o comentário, voltou até ela e a tomou em seus braços, beijando-a abruptamente. Depois que a soltou, sussurrou em seu ouvido:

– Se não tivesse retribuído, eu iria entender, mas deseja isso tanto quanto eu. Não diga não. Vá.

42

A noite já ia avançada quando Elinor decidiu que precisava de uma xícara de chá antes de dormir. Num impulso, calçou as suas pantufas e saiu no corredor imenso e escuro. Ao ouvir o soalho ranger debaixo de seus pés, ela fez uma careta. Preocupada em não fazer nenhum barulho para não acordar as irmãs, que eram as suas vizinhas de quarto naquela ala, desceu as escadas na ponta dos pés equilibrando a vela nas mãos, levantando os calcanhares o mais alto possível, e contando os degraus pacientemente.

Um, dois, três...

Chegando no andar térreo, terminou de contá-los com um suspiro, quase morta de cansaço.

Quarenta e oito, quarenta e nove... cinquenta!

A enorme cozinha parecia gigantesca sem as copeiras e as cozinheiras.

Depois de verificar se havia chá no bule, ela encheu uma chávena e, quando estava prestes a sair, o ruído de uma tampa de panela caindo quase a levou ao desmaio, tamanho foi o susto.

Numa atitude automática, lançou mão de um rolo de massas que estava sobre a mesa e o empunhou como se fosse uma arma. Precavida de ser atacada, agachou-se e se enfiou debaixo da mesa. Os olhos verdes de Elinor ficaram atentos e apreensivos, aguardando a chegada do intruso.

Ao sentir uma mão gelada roçar-lhe o braço, ela deu um grito apavorante.

– Aiii! Quem está...?

Com o susto, Elinor tentou usar o rolo de madeira, mas as pernas bambearam e ela acabou caindo no chão gelado.

A voz baixa e delicada soou trêmula, bem perto do seu ouvido.

– Shhh... Eli, sou eu...

A vela estava sobre a mesa e a iluminação era parca.

— Quem está aí?
— Eli, sou eu, a número três!
— Pelo amor dos meus... Jenny? Mas...
— Shhhh... Não grite, senão acordaremos todo mundo.
— O que você está fazendo aqui, a essa hora?

Jenny raspou a garganta.

— Bem, eu estava com fome e resolvi vir pegar algo para comer e foi quando você apareceu...
— Você quase me matou de susto.
— Você também.

Elinor saiu de onde estava e repreendeu a irmã.

— Oh, Jen, pelo amor de Deus. Já não comeu o suficiente? Se alguém nos vir, vai pensar que somos ladras!

Jenny foi em direção ao fogão.

— Se você continuar a falar alto desse jeito, é bem capaz de alguém nos ouvir e...

Elinor meneou a cabeça.

— E estaremos encrencadas, isso sim.

Jenny a interpelou.

— Mas você veio fazer o quê, aqui?
— Eu... — Elinor largou o rolo de massas. — Eu vim buscar um pouco de chá para tomar antes de dormir, só isso.
— Bem, eu já comi um pedaço do bolo de morango. — Jenny lambeu os dedos.
— Bem, então voltemos para os nossos aposentos, que já é bem tarde.

Com cara de menina travessa, Jenny argumentou:

— Pode ir, eu ainda vou ver se consigo ver o que restou no forno.
— Jenny!
— Ah, Eli, por favor, eu comi doce, mas agora preciso de algo para salgar a boca. Faça de conta que não me viu e me deixe comer essas guloseimas maravilhosas. Você sabe há quanto tempo não temos essa condição.

Elinor revirou os olhos e, depois de pegar a sua lamparina e a bandeja, disse resoluta:

— Está bem, está perdoada. Eu vou subir, mas vá logo também, antes que alguém apareça aqui.

Jenny riu, divertida.

— Sim, número um.

Elinor voltou para o seu quarto. O castelo lhe pareceu assustador e muito maior do que era. O silêncio era impressionante e os móveis pareciam formar sombras escuras, fazendo com que tivesse a impressão de estar sendo observada.

Assim que empurrou a porta de seu quarto com uma das mãos e, antes mesmo que conseguisse firmar a vista na penumbra iluminada delicadamente pelo candelabro, foi surpreendida e agarrada por braços musculosos que lhe enlaçaram a cintura fina por detrás. Assustada, ela soltou um grito de terror.

— Aiii!

A bandeja foi ao chão, o chá foi derramado e a vela se apagou.

Uma mão tapou a sua boca e sussurrou em seu ouvido esquerdo:

— Shhhh... acalme-se, sou eu...

Elinor sentiu o seu corpo estremecer ao som da voz de Alexander. A sombra do físico dele sob a luz bruxuleante do lampião que ele deixara sobre o criado o fazia parecer maior do que realmente era.

Logo ele retirou a mão de sua boca e ela se rendeu, sem dar chance ao seu cérebro de objetar, porém ao encará-lo, perguntou alarmada:

— Pelo amor dos meus pincéis... O que pensa que está fazendo?

— Eu a esperei e a senhorita não foi levar o meu chá.

— Eu não disse que iria.

Nervosa com a presença inesperada do conde em seus aposentos, Elinor pegou os cacos, a vela e os colocou sobre o criado. Com os braços cruzados sobre o peito, tentou manter uma certa distância dele, se precavendo. Com passadas rápidas, ela foi parar do outro lado da cama.

Com um sorriso divertido, o conde disse:

— Acalme-se, eu não sou nenhum monstro.

Alarmada, ela tentou ser firme, no entanto, a sua voz soou um pouco insegura ao dizer:

— Fique longe de mim.

Algumas batidinhas à porta os sobressaltaram, fazendo com que Alexander quase voasse por sobre a cama e fosse parar na frente de Elinor.

O som da voz da irmã número dois soou no corredor.

— Eli, está tudo bem aí?

Aflita, Elinor empurrou-o imediatamente para que ele se abaixasse, escondendo-o de Florence. Sem saber o que fazer, ela ficou em pé, imóvel, com o conde deitado no tapete, com a cabeça próxima aos seus pés.

Sem ouvir nenhuma resposta, Florence abriu a porta lentamente e colocou a cabeça no vão.

— Eli, o que houve? Eu ouvi barulho de algo se quebrando e...

O coração de Elinor gelou. Rapidamente ela se retesou e, com um sorriso sem graça que beirava a vergonha, gaguejou, nervosa:

— N-n-ão f-foi nada... eu derrubei a bandeja com o chá, foi só isso.

Porém, se Florence decidisse entrar no quarto e chegasse mais perto da cama, ela veria o conde e... seria um escândalo!

Enquanto ela se explicava à irmã, Alexander acariciou os seus pés com as mãos calmamente, como se quisesse atormentá-la propositadamente, fazendo-lhe cócegas. Sem ter como impedi-lo, Elinor começou a remexer as pernas e mover os quadris de um lado para o outro de um modo desengonçado e cômico, enquanto tentava empurrá-lo com o pé para que ele se escondesse debaixo da cama e parasse de importuná-la.

Florence franziu o cenho, achando estranha a atitude da irmã e começou a rir.
– Eli, o que está acontecendo com você? Por acaso está com pulgas no corpo?
Elinor sorriu, sem graça e, depois de um bocejo, começou a coçar as costas e os braços, em um ritmo exagerado e frenético.
Ao sentir uma mordidinha em seu tornozelo, Elinor disfarçou as cócegas e entre risos desconexos e gritinhos, ela conseguiu dizer:
– Ai!... eu acho que são... ui... pulgas!
Florence meneou a cabeça e revirou os olhos ao mesmo tempo.
– Bem, eu vou para o meu quarto. Se precisar de algo, me chame.
– Obrigada... ui!... Flor... Boa... ai!... – tentou dizer, agradecida, entre risos –, ... noite!
Florence se despediu e saiu do quarto com a impressão de que a irmã número um estava um tantinho fora do juízo.
Assim que a porta se fechou, Alexander deitou-se de costas no tapete e riu até doer o abdômen, por ver o desespero de Elinor. Pálida, ela se sentou na cama e passou a mão na testa, depois em um tom zangado disse:
– Como pôde fazer isso comigo?
– Foi muito engraçado vê-la remexer os quadris como se estivesse com pulgas...
– E o que eu poderia fazer?
Alexander se sentou no tapete e a olhou com um ar divertido.
– Eu não deixei alternativa, não é mesmo?
– Em menos de uma hora o senhor me deixou em maus lençóis com as minhas irmãs.
– Pelo que eu vi, elas não a deixam em paz.
A voz de Elinor soou terna:

— Sempre foi assim. Jenny entra em meu quarto sem bater e Florence vem ver o que eu estou fazendo. — Elinor meneou a cabeça e completou: — Cada uma com o seu defeitinho, mas eu as amo mais do que tudo.

Ele sorriu e disse de modo suave.

— Eu tenho certeza que sim.

Alexander se levantou e segurou em suas mãos, obrigando-a a se levantar.

— Enfim, sós. — O conde suspirou e acrescentou entusiasmado: — Mas agora vamos esquecê-las. São muitas senhoritas Chamberlain e eu não dou conta.

Elinor foi puxada de encontro ao corpo dele, que parecia não querer deixar de seduzi-la em hipótese alguma naquela noite. Ela podia sentir a respiração acelerada dele em seu ouvido, fazendo-a sentir um arrepio subir pela sua espinha.

— Não diga nada agora...

A adrenalina a invadiu e o seu coração começou a galopar velozmente, dando-lhe uma sensação de prazer proibido ao ser empurrada de costas até a parede. Ela estremeceu ao sentir as mãos dele deslizando sobre o contorno de seu corpo. Vagarosamente ele foi se abaixando até chegar aos seus pés. Agachado, ele se pôs de joelhos e, com a voz rouca, pediu:

— Coloque o pé em meu peito.

Constrangida, ela meneou a cabeça, negando.

Alexander ignorou a sua recusa e, antes que ela dissesse algo, segurou em seu pé direito e o acariciou. Elinor sentiu cócegas e começou a rir. Ele aproveitou que ela havia relaxado, segurou em sua perna e a levou em direção ao próprio peito.

Inocentemente, Elinor perguntou baixinho:

— O que vai fazer?

Ao levantar a perna de Elinor, a fenda do roupão se abriu e, de onde ele estava, os olhos cobiçosos puderam se extasiar ao contemplar a nudez de sua intimidade, enlouquecendo-o.

O calor do músculo rijo do tórax dele era agradável, quase delicioso, se não fosse o receio. Com um gesto tímido, ela apoiou primeiramente os dedos, depois a meia ponta e, em seguida, o calcanhar. A pele de Alexander parecia carvão em brasas e a sensação era quase um desvario. Audacioso e com mãos experientes, ele acariciou o seu tornozelo.

O gesto transgrediu o decoro para ser explícito.

Desavergonhado.

Talvez abusado.

Não. Ele era atrevido mesmo.

Alexander estreitou o olhar para observar a sua reação enquanto abria os lábios úmidos e beijava-lhe o colo do pé, lambendo impropriamente os seus dedos, um a um, como se desfrutasse de algo mais do que agradável, fazendo-a se contorcer como se estivesse com dor.

Elinor sabia que algo desconhecido estava sendo revelado ao seu corpo que, naquele estágio, começava a entender o que faziam um homem e uma mulher na intimidade.

– Eu já disse que tem pés lindos?

Sem condições de emitir alguma palavra, ela gemeu baixinho.

Sentindo-se aprisionada, espalmou as mãos na parede, ao lado dos quadris, como se precisasse se segurar para não cair e fechou os olhos. Sentiu uma tontura... não, seria uma vertigem... ou talvez um leve entorpecimento no cérebro?

Não soube definir. A respiração foi ficando mais rápida e o seu coração, desenfreado. Ela não tinha coragem de encará-lo. Com os olhos semicerrados o sondou.

Deslumbrado, Alexander foi subindo a mão vagarosamente pela coxa roliça e alva, até alcançar o quadril. Um gemido, que mais parecia um pedido de socorro, saiu de seus lábios pedindo clemência, mas, insensatamente, desejava que ele não cessasse de acariciá-la.

– A sua pele tem um brilho fascinante. Eu ficaria horas alisando-a sem parar...

Delirante, ela pediu num sussurro:

– Alex... pelo amor dos...

Alexander parecia irredutível em seu intuito de seduzi-la. Elinor precisava de uma trégua. Ela não conseguiria resistir às carícias insinuantes que ele insistia em fazer. A pele descoberta se arrepiou quando ele agarrou a sua carne quente e abrasada.

Um gemido inexprimível escapou de seus lábios quando o seu roupão foi aberto e a boca de Alexander subiu pelas suas coxas, roçando-as, até passar pelo ventre liso, sem nenhuma proeminência, e desembocar na curva dos seios, que arfavam, abocanhando os seus mamilos, sugando-os avidamente, intumescendo-os, um por vez.

A sua respiração começou a ficar alterada à medida que ia sendo lambida e tocada pelos lábios macios de Alexander, sentindo sua barba arranhá-la suavemente por todo o corpo.

A cabeça de Elinor pendeu para trás e logo os braços de Alexander a envolveram num abraço mais aconchegante por dentro do roupão, colando corpo com corpo, até que ela sentiu as pernas dele empurrando as suas, para se aninhar atrevidamente no vão entre elas.

Os lábios inescrupulosos e o hálito quente cobriram a sua boca de maneira louca, urgente e intensa. Sem pensar, ela retribuiu o beijo como se conhecesse aquela boca úmida e apetitosa há muito tempo.

E ela a conhecia e gostava mais do que devia.

Um frêmito acompanhado de uma excitação incontrolável invadiu o seu corpo, que estava sendo explorado, fazendo sua cabeça começar a dar voltas.
Ou melhor, girar...
Talvez rodopiar...
Não. Ficar totalmente desorientada, seria adequado.
O seu rosto afogueado ardia em chamas, enlouquecendo-a.
Um murmúrio escapuliu de seus lábios:
– Alexander...
Ao ouvir o seu nome nos lábios frouxos, Alexander gemeu de prazer.
– Ah! Elinor...
Acostumado a seduzir mulheres e ser correspondido, o conde queria que ela reagisse às suas carícias sem o repelir. Instintivamente, ela colocou os braços em seu pescoço e enroscou os dedos em seus cabelos, agarrando-os como se quisesse arrancá-los, depois deslizou os dedos suavemente num gesto sedutor que o deixou alvoroçado.
O cheiro dele era marcante e irresistível. Talvez viesse da barba, ou da pele ou dos cabelos, não importava, ela queria senti-lo e inspirar o seu perfume até que perdesse o fôlego.
Entregue ao desvario que ele a havia feito experimentar desde que se conheceram, ela estava impossibilitada de raciocinar. O amor que sentia por ele a fazia suspirar alucinadamente a cada toque, a cada roçar, a cada beijo.
Antes dele, ela jamais experimentara a sensação de estar nos braços de um cavalheiro, e conhecer as primícias de um enlevo com o homem que amava, para ela, era uma descoberta inesquecível e única.
Elinor queria manter as pernas juntas, mas Alexander enfiou a mão no vão de sua virilha e a acariciou lentamente, deixando-a cada vez mais excitada. Com o pouco de pudor que ainda lhe restava, segurou a mão dele tentando impedir uma intimidade maior, porém Alexander parecia estar alucinadamente arrebatado pelo prazer que ela lhe causava e a empurrou firmemente, necessitado que ela cedesse.
E foi o que aconteceu.
Com a nudez de sua pele, ela roçou a perna sobre a dele. Sentindo-se sedutora e desprendendo-se do embaraço, fez com que ele entendesse que ela era toda sua.
Em resposta, ele apertou a sua coxa possessivamente, a enlaçou pela cintura e a carregou no colo, levando-a para a cama.
Alexander sempre fora um homem gentil e a tratara com respeito. Embora desde que tinham se conhecido houvesse uma atração irresistível entre eles, Elinor nunca o vira tão excitado e tão desvairadamente atraído por ela.
Com a voz rouca de desejo, ele sussurrou em seu ouvido:
– Elinor, eu a quero tanto...

Ela desejava tanto ou mais do que ele que aquele momento acontecesse e se perpetuasse de modo inesquecível, contudo, o fato de ela agora ser uma simples empregada naquele lugar, a fez cair em si e afastá-lo, dizendo:

— Por favor, milorde, não se esqueça de que eu sou a sua empregada...

Mas Alexander parecia estar arrebatado de desejo e não deu importância ao que ela havia dito.

Ansioso por possuí-la, beijou-a até que ela quase não conseguisse respirar. Tentando manter a lucidez enquanto ele beijava o seu pescoço e acariciava os seus seios, ela insistiu em dizer:

— Milorde, pelo amor dos...

Ele concluiu num murmúrio em seus ouvidos fazendo-a encolher o pescoço, sentindo cócegas e arrepios:

— Esqueça os seus pincéis...

Alexander parecia insanamente possuído por um desejo louco e avassalador. Nada o deteria. Nada o impediria de que ela fosse sua naquele momento.

Com a voz quase inaudível, sem poder refrear o seu desejo, ele sussurrou entre os seus seios, de modo persuasivo e envolvente:

— A senhorita é minha e eu estava doido por tê-la em meus braços.

Com as mãos agarradas aos lençóis, ela ficou vulnerável e preparada. Tinha a certeza de que o inevitável estava prestes a se concretizar, mesmo sem saber exatamente como tudo aconteceria.

Ela teve medo, mas já era tarde.

Alexander deitou-se sobre ela e, de modo cativante, conseguiu que ela afastasse as pernas, acomodando-se entre elas. Por um momento, ele ergueu o olhar e Elinor pôde perceber que ele parecia fora de si. Porém, depois de alguns instantes, ela o decifrou. Era mais do que desejo.

— Eu quero que este momento seja memorável e que isso dure para sempre.

Elinor já não podia mais voltar atrás. Os corpos unidos pareciam toras ardentes dentro de uma lareira incandescente. Com cuidado, Alexander correu os dedos sobre o ventre macio e foi descendo-os vagarosamente até a sua intimidade, enquanto observava a reação que aquele gesto causava nela. Elinor arqueou as costas e gemeu.

— Oh, Alex...

— Deixe-me terminar de fazê-la sentir isso...

Com cuidado, ele passeou os dedos num vaivém lento e sensual, arrancando um queixume prazeroso dos lábios de Elinor.

— Isso é indecoroso, mas...

Ouvi-la gemer daquele jeito só fez aumentar a sua ânsia em possuí-la. Sentia uma necessidade insuportável de tê-la e ele já não conseguia mais se conter. O momento era aquele e ela não podia mais lutar.

Desvairado, ele exclamou:

— Sim, mas eu adoro que seja indecorosa comigo. Eli, você é de uma beleza estonteante... e eu estou louco de desejo! Eu a quero... eu a quero... Diga que me quer...

Induzida a ceder e não mais reprimir os seus desejos e sentimentos, ela o abraçou em sinal de que estava disposta e pronta a recebê-lo, mesmo sem saber como agir.

Foi infalível.

Alexander enlouqueceu e se deixou tomar por seus instintos masculinos. Ele se acomodou entre as pernas de Elinor e a possuiu com... loucura... desejo... paixão.

Em um ritmo lento e sensual, ele se movia com os olhos detidos no olhar de Elinor que, um tanto envergonhada, baixou as pálpebras.

No entanto, o conde pediu num tom baixo e rouco:

— Eli... olhe para mim...

Elinor deixou os olhos verdes se encontrarem com os dele e ficaram detidos ali, enquanto Alexander movia-se dentro dela, gemendo, sussurrando:

— Ah! Elinor... minha Elinor...

Então, Elinor soube o que era um homem louco de paixão e desejo.

43

Ao tentar virar o corpo na cama, Elinor sentiu algo pesado sobre a sua cintura. Um pouco sonolenta, abriu os olhos e se deu conta de que estava aninhada entre os braços de Alexander.

Instantaneamente, um sorriso bobo se estampou em seu semblante. Ela se sentia exausta e feliz. Com a ponta do dedo indicador, desenhou o rosto do conde detalhadamente, no ar, sem tocá-lo.

Sem acreditar que ele ainda estivesse em sua cama e que haviam dormido juntos, Elinor permaneceu imóvel, com receio de que ele acordasse e a visse admirando-o com o semblante de quem está perdidamente apaixonada.

Os olhos brilhantes e sonhadores refletiam regozijo ao se recordar das cenas excitantes que viveram na noite anterior. Depois de concretizarem o ato de amor e sentirem a respiração voltar ao normal, Alexander enfiou-se debaixo das cobertas com ela, totalmente nu, e a abraçou e se fez seu dono.

Os corpos que se entregaram voluptuosamente ao deleite daquele ato físico, depois de atingirem o clímax, o que era algo desconhecido para Elinor, ficaram deitados, relaxados e extenuados pelo prazer que um dera ao outro.

Aos poucos, Elinor foi escorregando nos lençóis para se levantar, porém precisava fazer isso rapidamente, pois ainda estava nua. Entretanto, quando começou a se mexer, foi agarrada pelos braços de Alexander e puxada novamente de encontro ao corpo dele. A sensação foi indescritível ao sentir o calor que ele emanava.

Inconscientemente, o corpo de Elinor reagiu imediatamente ao toque das mãos de Alexander quando ele as deslizou desapressado, acariciando as suas costas.

Respondendo ao toque, o seu corpo tremeu quando ele desceu a mão para os seus quadris e puxou-os de encontro aos dele, demonstrando que estava tão excitado quanto na noite anterior.

Elinor criou coragem e o encarou, encontrando em seu semblante o mesmo desejo ardente de antes. Um sorriso sedutor chegou aos seus olhos.

Com um olhar manso ele fitou os seus lábios sem pressa, até que quis saber:
— Por que quer fugir de mim?
Acanhada ela disse:
— Já amanheceu, milorde, e...
Com a ponta do dedo indicador ele contornou a linha da boca de Elinor, enquanto dizia:
— E daí? Podemos ficar na cama o dia todo.
Ela olhou-o atônita.
— O senhor enlouqueceu?
— Acho que sim.
Alexander roçou os lábios de Elinor sem pressa, deixando-a sedenta de que ele a beijasse. Porém, quando ela tentou abocanhar a língua dele com os lábios, ele não deixou e riu maliciosamente, torturando-a até que vendo que ela havia ficado zangada, a beijou intensamente.
Elinor suspirou e desejou ardentemente que ele a possuísse novamente. Excitados e com a respiração ofegante, eles foram surpreendidos pelas batidas à porta, seguidas da voz de Jenny:
— Eli, você está aí?
Elinor se retesou e ficou nervosa, porém Alexander parecia calmo. Num tom baixo ele disse:
— Diga a ela para ir dormir.
Elinor tentou se levantar, mas foi impedida pelas mãos firmes do conde. Nervosa, ela disse baixinho:
— Acho melhor o senhor se esconder no ateliê...
Ele parecia irredutível. Elinor pediu com os olhos, depois o empurrou para sair da cama, mas ele permaneceu deitado tranquilamente com os braços cruzados atrás da cabeça. Resignada, ela resolveu responder antes que Jenny entrasse no quarto, dizendo num tom mais alto do que o normal:
— Jenny, eu estou com sono, assim que eu me levantar irei procurá-la! — Ela se virou para o patrão e num tom mais baixo pediu: — Por favor...
O conde não se moveu.
— Eu fechei a porta com a chave. Ela não vai entrar.
Elinor revirou os olhos e, colocando o dedo na boca do conde, pediu que ele fizesse silêncio.
— Shhh...
A voz de Jenny parecia aflita.
— Mas, Eli, é urgente. Abra a porta.
Elinor olhou para Alexander e pediu novamente:

— Por favor, eu preciso abrir a porta. Algo deve ter acontecido para ela vir aqui e insistir desse jeito. Vá para o ateliê.

Contrariado, Alexander pegou as suas roupas e foi para o ateliê.

— Está bem. Sejam breves.

Elinor gritou:

— Já vou, Jen!

Jenny estava com os braços cruzados, batendo um dos pés no chão, impaciente, quando Elinor abriu a porta.

— Eli, desde que viemos morar aqui você parece incomodada em nos receber em seus aposentos e agora até deixou a porta trancada. — Jenny entrou como um furacão e parou no meio do quarto, completamente aborrecida.

Elinor suspirou tentando acalmar a respiração ainda ofegante, enquanto amarrava o roupão para se cobrir da nudez.

— Jenny, você e Florence não me deixam dormir sossegada. A única solução foi trancar a porta, além do mais, vocês duas sabem que eu não gosto que invadam o meu quarto quando ainda estou dormindo. Eu prezo muito pela minha intimidade.

— Eu sei, mas você sabe que eu e Florence ainda não estamos acostumadas a morar em um castelo como este, e eu ainda tenho um pouco de medo...

Elinor se sentiu culpada por não dar a atenção devida às irmãs, principalmente depois que vieram morar no castelo de Highfield.

— Está bem, querida, eu confesso que talvez esteja sendo um pouco rude com vocês duas, mas vocês têm que entender que vir morar em um lugar como este também está sendo difícil para mim. Mas eu prometo que vamos passar mais tempo juntas. É só uma questão de tempo para nos acostumarmos, está bem?

Jenny assentiu, desanuviando a sensação de abandono que ela estava sentindo.

Elinor pegou-a pela mão e a fez sentar-se no divã junto com ela.

— Você disse que precisava falar comigo, urgente. O que houve de tão grave?

Jenny abaixou a cabeça.

— Bem, na verdade...

Elinor cruzou os braços com um ar sério.

— Jenny Chamberlain, eu não acredito que você inventou essa mentira só para que eu abrisse a porta!

Jenny tentou se justificar.

— Mas, Eli, só assim para você me deixar entrar e me ouvir.

Elinor levantou-se, zangada.

— Que coisa mais feia, Jenny.

Jenny revirou os olhos.
— Não fique zangada comigo, Eli. Foi por uma causa justa.
— E que causa é essa que não podia esperar que eu acordasse?
— Bem, você havia prometido que iríamos conversar hoje, não foi?
— Sim, mas não a essa hora da manhã! Por acaso você não dormiu?
— Não. Ou melhor, só um pouquinho. Ah! Na verdade, eu não dormi quase nada e é por isso que eu vim aqui falar com você a essa hora. Eu não aguentava mais...

Elinor suspirou, resignada. Ela bem conhecia o temperamento de Jenny e sabia que enquanto ela não falasse, não ficaria em paz. Sendo a mais nova de todas, ela sempre conseguia tudo o que queria com o pai, porém, agora vivia fazendo isso com Elinor e Florence.

Elinor se sentou novamente.
— Está bem, agora que eu perdi o sono e você está aqui tão aflita, então diga o que é tão importante assim para me tirar da cama de madrugada. Sou toda ouvidos.

Jenny sorriu de um jeito mimado.
— Bem, eu vou tentar explicar, mas espero que não fique brava e...
Elinor estreitou o olhar e, com o dedo indicador, apontou para o lado esquerdo do peito da irmã.
— Hum, parece-me que está com esse coraçãozinho aflito... Eu me enganei?
Encabulada, Jenny abaixou a cabeça para olhar para as unhas.
— Mais ou menos... quer dizer... eu...
Preocupada, Elinor insistiu.
— Oh, pelo amor dos meus pincéis! Sim ou não?
Jenny apertou os olhos sem coragem de encarar a irmã e respondeu:
— Sim.
Elinor se levantou novamente.
— Só podia ser isso.
Jenny fez uma careta e suplicou, choramingando:
— Eli, me ouça...
Elinor cruzou os braços e a encarou com um ar de severidade de irmã mais velha.
— Fale, eu estou ouvindo.
Jenny apertou os lábios, quase desistindo de falar, depois criou coragem e perguntou:
— Vai continuar a me olhar assim, desse jeito? Você já se sentou duas vezes e se levantou mais duas.
Elinor se sentou novamente e desanuviou o semblante apreensivo, fazendo com que Jenny começasse a falar.

— Bem... no dia em que o primo do conde... — Jenny pigarreou, depois umedeceu os lábios e criando coragem continuou —, ... esteve aqui, como eu já tinha dito, eu senti o meu coração bater mais rápido e quando ele me olhou eu quase desmaiei e...

Elinor a interrompeu de modo severo.

— Pule essa parte, você já me disse isso.

— Bem... Como podemos saber quando alguém tem interesse por nós?

Elinor abriu os olhos mais do que o normal, levantou-se novamente e segurando a irmã pelos ombros quase gritou, desconfiada:

— Ele disse algo para você? Ele a beijou?

Jenny riu ao ver o desespero da irmã.

— Não. Não aconteceu nada disso, mas...

Aliviada, Elinor se sentou e, tentando parecer calma, inquiriu:

— Mas?

— Será que ele se interessou por mim, assim como eu me interessei por ele?

Elinor colocou o dorso da mão na cabeça num gesto teatral e deixou escapar a preocupação que sentia:

— Pelo amor dos...

— Eli, por favor, esqueça um pouco dos seus pincéis.

— Eu não consigo. Eles estão comigo desde sempre, você sabe. — Depois de menear a cabeça, ela concluiu: — Eu sabia que você tinha ficado caidinha por aquele marquês.

Inocente, Jenny perguntou:

— Eli, será que isso é amor?

Elinor respirou fundo e disse:

— Jen, vou lhe explicar de uma forma que você entenda o que eu penso, está bem?

Jenny assentiu, ansiosa.

Elinor limpou a garganta e sentou-se mais perto da irmã, como se isso a fizesse compreender melhor o que iria dizer.

— Pois bem. Vamos fazer de conta que você tem uma confeitaria e que vende doces deliciosos de todos os tipos, certo?

Tentando acompanhar o raciocínio da irmã, Jenny concordou com um gesto de cabeça. Elinor olhou para o lado em busca de argumentos convincentes. Ela não queria enganar a irmã e tampouco gostaria de vê-la sofrendo por amor com tão pouca idade. Cuidadosamente, ela escolheu as palavras para explicar da maneira mais fácil, para que Jenny a entendesse.

— Suponhamos que o marquês gosta de manjar com ameixas pretas e ele veio até a confeitaria comprá-lo porque é o seu doce predileto, certo?

Jenny assentiu.

— É claro que sabemos que em uma confeitaria existem inúmeros tipos de doces, mas ele deseja comprar somente o seu preferido. Se porventura não encontrar o seu doce favorito, ele irá procurar em outro lugar, não é mesmo? – questionou Elinor respirando fundo enquanto pensava rapidamente em como terminaria a história que tinha inventado. — Entretanto, se ele achou o doce que queria naquela confeitaria, certamente irá comprá-lo e... o que ele fará depois?

Jenny levantou o olhar para o lado para pensar, enquanto colocava o dedo indicador entre os lábios e, como se tivesse descoberto um novo ingrediente para as suas guloseimas, exclamou alegremente:

— Santa receita! Ele voltará outras vezes para comprar novamente, não é?

Elinor bateu palmas discretas dizendo:

— Exatamente.

Logo uma sombra surgiu no olhar de Jenny.

— E se ele não encontrar o doce naquela confeitaria... será que mesmo assim, ele volta?

Elinor meneou a cabeça.

— Eu não sei.

Jenny ficou em pé e disse resoluta.

— Eu quero ser um manjar.

Elinor revirou os olhos e riu.

— Jenny, você entendeu o que eu disse?

Jenny sorriu com ar de travessura.

— Mas é claro que sim. Porém...

Elinor olhou-a incrédula.

— Agora quem não está entendendo nada sou eu. Você pode me explicar, por favor?

— Não precisa. Eu já sei o que farei.

Elinor colocou as mãos na cintura, sem entender.

Jenny beijou o rosto da irmã e, com um sorriso agradecido saiu apressadamente, porém, ao chegar à porta, voltou-se e, com uma piscadela, disse enfática:

— Obrigada, número um. Não se preocupe, eu serei um manjar e acrescentarei uma calda com ameixas deliciosa, você vai ver.

44

Assim que fechou a porta do ateliê, na sala anexa ao quarto, Alexander foi se deitar no divã que ficava ao lado da janela. Com um suspiro, ele colocou os braços atrás da cabeça e ficou a devanear os momentos que eles tinham passado juntos na noite anterior, enquanto pacientemente esperava a irmã de Elinor ir embora.

Alexander suspirou ansioso por ter Elinor em seus braços novamente, sentir a sua pele na sua, afagar os seus cabelos...

Por Deus! Ela era indecentemente uma bela mulher.

Desde que a conhecera, ele nunca havia deixado de pensar nela um dia sequer e sonhava em reencontrá-la. Os beijos que haviam trocado na ponte Tower Bridge o faziam sonhar com ela quase todas as noites e era uma tortura não saber onde poderia encontrá-la.

O fato de descobrir logo depois que ela era a noiva de seu melhor amigo fez com que ele perdesse as esperanças de um dia levá-la para a cama e torná-la sua para sempre.

Perdido em seus pensamentos, Alexander relembrou-se da forma feminina do corpo de Elinor e instantaneamente sentiu-se excitado.

Seu olhar definia claramente o desejo e a obstinação que ele tinha por ela.

Elinor era... deliciosa.

Ou será... fascinante?

Ele certamente acrescentaria que ela é ...apaixonante! Apaixonante?

Céus! Ela tinha arrebatado o seu coração.

Ele havia percebido que, depois da noite anterior, o seu coração já não era mais o mesmo. Ele estava batendo diferente. Parecia descompassado e... feliz.

Sim, era isso. Ele estava esplendidamente feliz.

Depois de possuí-la com um desejo incontrolável, ele sabia que a queria para sempre. É claro que havia um abismo entre eles quanto à condição financeira de cada um, mas ele não iria se preocupar com isso. Ele queria que Elinor fosse sua esposa e lhe daria o título nobre de condessa.

Um sorriso malvado surgiu em seus lábios ao se lembrar que a tinha deixado nervosa e aflita no dia em que ele dissera que a criada não tinha deixado a sua cama arrumada do jeito que ele gostava. Ele reconheceu que havia sido cruel. Logicamente ele nunca se preocupara com esse tipo de coisa, e muito menos com a cor da roupa de cama, mas ele queria fazê-la acreditar que não estava fazendo as tarefas cotidianas do jeito como deveria.

E os morangos? Alexander teve que colocar a mão na boca para não soltar uma gargalhada ao se lembrar do semblante de Elinor quando ele disse a ela que era alérgico a morangos.

E os primos? Ele pôde ver a cara de zombaria de Willian e de Brandon ao perceberem que ele estava blefando. Logicamente sabiam que ele estava se divertindo ao vê-la agoniada, mas, como sempre, foram seus cúmplices.

Num futuro não muito distante, ele precisaria explicar que tinha feito tudo aquilo por uma razão muito especial.

Impaciente com a visita inesperada da irmã número... três, ele foi até a porta para ver se ouvia algo ou saber se ela já tinha ido embora. No entanto, elas pareciam conversar num tom baixo e ele não conseguia ouvi-las.

Ansioso, ele voltou ao divã e se sentou com os cotovelos apoiados nos joelhos e colocou o queixo sobre as mãos, pensativo.

O que será que elas tanto conversavam?

Agitado, Alexander se levantou e começou a andar na saleta de um lado para o outro, se esquecendo de que estava sem roupa.

Depois de duas idas e duas voltas, com os dedos entrelaçados nas costas, o seu olhar pousou em uma tela grande que estava atrás de um aparador que ficava no canto. Ela estava coberta e era maior do que as outras, porém, um pedaço da borda estava aparecendo e o tom lhe pareceu estranhamente familiar. Parecia ser o mesmo de um traje de gala que ele gostava de usar e era único.

O pai o havia presenteado com a peça e Alexander a estimava pela cor diferente e pelo carinho de possuir algo tão pessoal, deixado como herança.

Como Elinor havia descoberto, entre tantas cores, aquela em especial? Não era um tom primário. Aquela cor era uma mistura de tons que ele não saberia dizer, mas que Elinor soube matizar muito bem e ele podia jurar que se tratava de um vestuário masculino, pois dava para ver a ponta de um botão dourado abotoado.

A semelhança era surpreendente.

Mais uma ida até a porta e, na volta, sem que retirasse os olhos da tela, ele relutou em descobrir o quadro, afinal, seria deselegante fazer isso sem que Elinor permitisse. Entretanto, ele havia ficado intrigado.

Curioso, ele se aproximou e se inclinou para sondar o pedaço que estava aparecendo, sem retirar o pano que o cobria, porém não dava para ver mais nada.

Maldição!

Ele se levantou e ficou parado com os braços cruzados sobre o peito. Com um olhar especulativo fixado no quadro coberto, tentou desvendar o mistério de ele estar guardado com mais cuidado do que os demais.

Ansioso, ele foi até a porta novamente e tentou ouvir a conversa das duas irmãs e desejou que tivessem terminado. A curiosidade o mortificava.

Decidido a desvendar a pintura, ele a pegou com cuidado e, depois de colocá-la sobre o divã, antes que ele a descobrisse, o pano que a cobria deslizou e...

... ele viu.

Alexander tapou a boca com as mãos, porém uma exclamação trespassou entre o vão dos seus dedos:

— Meu Deus!

Alexander prendeu a respiração e o seu olhar ficou paralisado.

O que ele viu o deixou... emocionado?

Talvez... perturbado?

Tudo isso e mais um pouco.

Ele ficou completamente comovido.

Elinor tinha pintado o seu retrato!

Ele pôde perceber que a pintura estava bem finalizada, e os traços e linhas de expressão estavam muito bem delineados e pincelados com cores e luzes que davam vida à sua imagem.

Ele teve que reconhecer que ela era uma verdadeira artista.

O domínio de suas feições estava perfeito e o casaco era o mesmo que havia pensado que era. No olhar, havia algo que ele identificou como a dor que carregava em seu coração. Ela tinha conseguido absorver o que a alma dele exprimia no modo de olhar.

Quanta sensibilidade!

Quanta fidelidade para com o que ela havia visto.

Uma sensação indescritível o envolveu ao pensar que as mãos delicadas de Elinor haviam pincelado minuciosamente a franqueza do olhar, a altivez da sua cabeça.

Era assim que o via?

Obviamente ela o tinha pintado às escondidas e nunca havia mencionado nada sobre o quadro. As outras telas eram de natureza-morta e, pelo que ele sabia, ela não era retratista, porém agora ele havia descoberto nela um novo talento, que a fazia parecer experiente e profissional.

Alexander sentiu-se incomodado, com dor na consciência, ao se lembrar de tê-la levado ao Museu de Artes, em Londres, onde havia feito um acordo com o dono da galeria para deixá-la acreditar que os seus quadros tinham valor artístico, quando, na verdade, haviam sido comprados por ele.

Alguns dias antes, tinha ido a Londres e acertado com o responsável pela avaliação e pela compra das obras para que fizessem um acordo; mesmo sabendo que as mulheres não tinham nenhuma oportunidade de considerar a pintura um trabalho artístico e conseguir se destacar nesse meio, ainda assim, ele quis contentá-la.

Ao se recordar disso, naquele momento, sentiu-se receoso e arrependido.

Será que Elinor, se soubesse disso, o perdoaria pelo que tinha feito? Ele queria muito agradá-la e vê-la feliz, porém, agora ele não sabia se tinha agido certo ou não.

Com o semblante preocupado, Alexander cruzou os braços sobre o peito e ficou esperando-a voltar. Ele ansiava por levá-la novamente para a cama.

Finalmente, a porta se abriu e Elinor se deparou com o conde parado, olhando-a e... despudoradamente nu.

Elinor pigarreou e não desceu o olhar para o ventre masculino totalmente à mostra.

Disfarçando a timidez e o embaraço ao vê-lo em pé, nu em pelo ela segurou o riso. Ele estava muito engraçado vestindo somente as meias e... mais nada.

Interessado, o conde quis saber:

— Pronto? Terminaram a conversa urgente?

Elinor assentiu.

Ele insistiu.

— Podemos continuar de onde paramos ou teremos que esperar a visita da irmã número... dois?

— Bem, eu acho melhor o senhor voltar para o seu quarto.

Ele pareceu desconcertado.

— Posso saber por quê?

Elinor cruzou os braços sobre o peito e disse:

— Eu receio que daqui a pouco Florence irá aparecer e novamente seremos... interrompidos.

Alexander sorriu charmosamente e se aproximou de Elinor.

— Eu tenho a solução.

Abismada com a insistência dele, ela perguntou, acanhada:

— Qual?

Alexander roçou os lábios em seu pescoço e disse baixinho:

— Vamos para o meu quarto...

Enquanto ele a acariciava, o olhar de Elinor caiu para o lado e, durante alguns segundos, ela ficou rígida diante do que viu.

Seu quadro secreto estava ali, totalmente descoberto.

Não. Ele não podia tê-lo descoberto.

Ou podia?

45

Afoita, Elinor se desvencilhou dos braços de Alexander e foi cobrir a sua obra secreta. Ela pegou o tecido e o embrulhou como se a sua vida dependesse daquilo.

No entanto, Alexander quis saber por que ela havia trabalhado em segredo. Perturbado, apontou para a tela e perguntou:

– O que está fazendo?

Elinor cerrou os dentes.

– O senhor invadiu a minha privacidade e...

Ele puxou o tecido do quadro novamente e perguntou, tentando deixar a voz em um tom natural:

– E o que é isso?

Elinor ficou perplexa. Sentindo que as faces iram ficar rubras, desviou os olhos para a sua obra-prima.

– Um quadro.

– Eu sei que é um quadro. E quem é o seu... modelo?

Aturdida, ela arquejou e disse resoluta.

– Ninguém.

O conde parou ao lado da tela e apontou para o desenho.

– Esse rosto não me é estranho...

Ela respirou tranquila ao perceber que ele não tinha se reconhecido. Alexander insistiu:

– Ninguém, ou alguém em especial?

Ela arriscou e disse:

– É o retrato de uma paixão.

Ele se aproximou e segurou em seu queixo, necessitado de olhar dentro dos seus olhos.

– Uma paixão... sua?

Ela fechou os olhos e sentiu a voz sumir. Somente assentiu.
Alexander enlaçou a sua cintura e disse baixinho:
— Essa paixão, por acaso... sou eu?
Elinor engoliu em seco.
Droga! Por que antes de empurrá-lo para dentro do ateliê ela não pensou que ele poderia encontrar o seu quadro? Agora era tarde demais.
O que dizer?
Talvez ele ainda estivesse em dúvida quanto aos traços, achando que poderia ser alguém parecido com ele. Porém, antes de responder, Elinor entendeu que Alexander sabia que a imagem era ele.
Sensibilizado, insistiu:
— Por que não me mostrou?
Elinor tentou desesperadamente uma resposta que fosse convincente.
Santas telas!
O que ela iria responder?
Como iria confessar que estava apaixonada por ele desde que o conhecera na ponte?
— Eu...
— Não há motivos para mentir, Elinor.
Elinor sentiu os olhos umedecerem.
Seria decoro?
Paixão não correspondida?
Sim, porque ela estava apaixonada por ele, mas ele... só Deus sabia.
De repente, ela arquejou e olhou-o diretamente nos olhos e disse de uma vez:
— Porque... ele é a minha obra-prima e...
Ele começou a alisar os seus braços suavemente, enquanto a deixava zonza, sem condições de raciocinar e responder coerentemente.
— E isso quer dizer o que, exatamente?
— Nada, milorde. O senhor não sabe que um artista tem os seus rompantes e que faz coisas mirabolantes que acabam se transformando em uma obra-prima?
Alexander cruzou os braços e olhou-a severamente, convencido de que ela não estava dizendo a verdade.
— A verdade, senhorita Elinor Chamberlain.
Elinor suspirou.
De que adiantava mentir?
Depois que eles tinham ido para a cama juntos, o que mais ela poderia querer que ele fizesse? Ela sabia muito bem que ele jamais a pediria em casamento depois

de ter se entregado a ele e que ele não a amava e que o que ele sentia era somente o desejo de tê-la na cama dele, portanto...

— Portanto? — Alex insistiu.

Elinor baixou o olhar e, num tom extremamente baixo, quase um sussurro, ela confessou:

— ... portanto, eu estou apaixonada pelo senhor.

Alexander sentiu uma flechada em seu coração. Cruelmente, ele a fez dizer novamente:

— Eu não ouvi.

Elinor arquejou, fechou os olhos e repetiu:

— Eu estou apaixonada pelo senhor...

Alexander segurou em seu queixo e levantou seu rosto para que ele a olhasse dentro dos olhos.

— Eu ainda não ouvi. Pode repetir?

Elinor percebeu que ele estava rindo dela e, zangada, começou a esmurrá-lo no peito, enquanto choramingava e dizia:

— Por que está fazendo isso comigo?

Ele a abraçou e disse:

— Porque eu nunca me cansarei de ouvi-la dizer que me ama. — Carinhosamente ele afagou os seus cabelos com os dedos enquanto percorria os olhos em sua fronte, seu nariz, a sua boca e depois de um arquejo, declarou: — Eu a amo desde o primeiro dia em que nos vimos no cemitério.

Um tremor sacudiu o coração de Elinor.

Emocionado, o conde olhou para o quadro e disse:

— Eu preciso lhe confessar algo.

Apreensiva, Elinor assentiu.

— Antes de tudo, quero que saiba que eu entendi a sua paixão pela pintura. Desse modo, eu quis, de alguma forma, tentar fazer algo para que não desistisse desse sentimento admirável e se mantivesse fiel à sua arte, sem deixá-la definhar.

Admiração e surpresa se estabeleceram nos olhos verdes. Alexander segurou-a pelos ombros e explicou o que estava pesando em seu coração.

— A sua felicidade é tão importante para mim quanto o ar que eu respiro. E não posso me arriscar a perder esse sentimento que me mantém vivo e que me dá a esperança de um dia poder me sentir mais leve, depois da partida do meu irmão desse mundo. A sua compreensão diante disso me fez entender e aceitar que não somos donos de nada e que o que tiver que acontecer nós não podemos interferir.

Compreensiva, ela afirmou:

— Isso é verdade.

— A nossa ida à Galeria de Arte foi ideia minha e eu queria que vendesse os seus quadros de qualquer maneira.

Incrédula, Elinor enrijeceu o corpo.

— Quer dizer que...

— Sim, eu fiz um acerto com eles e acabei comprando os seus quadros, deixando-os lá para que fossem expostos.

A revolta quis se manifestar no coração de Elinor.

— Mas o senhor não deveria ter feito isso!

— Eu sei, e não ficarei ofendido se me disser que achou a minha atitude abominável.

— De fato foi, mas...

Ele segurou-a pelas mãos e, com o rosto contraído, disse de um modo que extrapolava a sinceridade:

— Perdoe-me, por favor.

Elinor riu.

— E eu pensei que poderia me tornar uma pintora de verdade...

— Não, não pense assim. A senhorita é uma pintora maravilhosa!

— E como vou acreditar nisso?

Alexander apontou para o próprio quadro e argumentou com um tom de orgulho:

— Olhe para isso. A sua arte é um presente para o mundo, meu amor.

Elinor meneou a cabeça.

Alexander pegou a tela e a levantou acima de sua cabeça, dizendo:

— Este quadro nunca será vendido. Ele é meu e ficará na minha galeria e fará parte da minha família. E quando nos casarmos, você se tornará a condessa de Highfield e eu a farei a minha pintora favorita.

O coração de Elinor deu várias piruetas, porém, incomodada, criou coragem e o interrompeu:

— Eu sou pobre e não tenho dote, milorde.

Alexander meneou a cabeça.

— Quem disse?

Atônita, Elinor o encarou. Antes que ela perguntasse, ele disse:

— A casa de Greenwood é de vocês novamente e as outras propriedades também.

— Eu não estou entendendo.

Calmamente, o conde explicou:

— Eu fui atrás do comprador de todos os bens de seu pai e os recuperei. Tudo será novamente de vocês.

Emocionada, ela sentiu as lágrimas turvarem os seus olhos.

— Eu não estou acreditando...

— Acredite.

O Retrato de uma Paixão

Elinor apoiou as mãos nos ombros de Alexander e insistiu.
– Jura que fez isso?
Ele assentiu e disse carinhosamente:
– Você merece, meu amor.
Um pouco insegura, ela questionou.
– Mas eu sou uma empregada aqui... como poderá se casar comigo?

Epílogo

Antes que Alexander respondesse, eles ouviram novas batidinhas à porta:
– Senhorita Chamberlain?
Alexander sussurrou:
– É a voz da sra. Stevenson…
Alexander fez sinal para que ficasse em silêncio.
Logo um envelope foi empurrado por debaixo da porta e, em seguida, ouviram passos se afastando no corredor.
Elinor abaixou-se e pegou o envelope.
– De quem é?
– National Gallery.
Surpreso, Alexander franziu o cenho.
Sem pestanejar, ela quebrou o lacre e abriu o envelope e, depois de lê-lo, olhou para ele com um ar de dúvida pairando em seu semblante.
– Meu Deus!
– O que diz?
– É uma avaliação crítica.
Com mãos trêmulas, Elinor leu o conteúdo em voz alta.

Cara senhorita Elinor Chamberlain,
As suas obras parecem ter sido lapidadas sob o incessante e formidável fluxo de todo efeito de luz concebível. Na atmosfera densa e ardente há a perturbadora exibição da natureza, que é ao mesmo tempo totalmente realista e quase sobrenatural. Uma natureza onde tudo, seres e coisas, sombras e luzes, formas e cores, eleva-se de modo tocante e intenso. É a fiel materialização da natureza concebida. É forma se tornando vida, cor se tornando chamas, luz se tornando encantamento. Essa é a impressão que fica na retina diante das suas obras. Quão distante estamos da bela e grande tradição da arte? Não há ninguém que apele tanto aos sentidos desde o indefinível

aroma de sua sinceridade presente ao tema de sua pintura. O sólido e a sua verdadeira arte se destacam dos demais...

Ao terminar de ler, Elinor não sabia descrever o que sentia.

Felicidade e entusiasmo se estabeleceram em seu rosto, até que ergueu a cabeça e finalizou.

— Eles querem saber se eu tenho mais quadros pintados e estão me convidando para expô-los.

— Excelente! São críticas muito favoráveis e um convite como esse, eu acho impossível de ser ignorado.

Desconfiada, Elinor o inquiriu:

— Por favor, não me diga que...

Ele levantou as mãos em sinal de que estava isento de qualquer atitude desonesta.

— Não. Desta vez, eu não tenho nada a ver com isso, pode acreditar no que estou dizendo. Certamente eles reconheceram que suas obras são de valor. O mérito é todo seu. E quer saber de uma coisa? Assim que eles virem o meu retrato pintado, ficarão convictos de que você é mais do que uma pintora de natureza-morta. É uma artista. Uma lady com um talento admirável.

— Não exagere.

— Bem, eu até concedo a eles a mostra do meu quadro para a exposição, mas não espere vendê-lo. — Alexander se apropriou do quadro com os olhos.

Mais calma, Elinor riu.

— Mas é claro que não. Eu vasculhei em mim todo o conhecimento e todas as emoções que eu pudesse ter para criá-lo... nem eu mesma sabia se conseguiria ou se teria potencial para executá-lo. Foram dias de grandes inspirações e cumplicidade entre mim e a minha arte. Essa é a minha obra-prima e...

Com um sorriso que ia além de sedutor, Alexander a instigou.

— E é a sua paixão, espero.

— Sim, eu a concebi no dia em que o vi no cemitério sucumbido ao desespero.

— Eu consegui enxergar o que você captou no meu olhar. — Alexander afastou-se dela por um momento e a olhou com admiração. — Mas, me responda algo que eu acho que todo admirador gostaria de saber... como foi que conseguiu executar uma técnica que nunca havia usado e, claro, de onde veio a inspiração?

Elinor riu e, com um suspiro exultante, disse com entusiasmo:

— Bem, eu acredito que a primeira coisa que me moveu foi a paixão pelo que desejei conceber. Por consequência, a partir do momento em que comecei a esboçá-lo, as percepções colaboraram e passei a notar o que até então era desimportante. Então tudo começou a ser construído, dia após dia, noite após noite, e foi quando a obra começou a ser gerada no meu ventre, que é a emoção, e posso confessar que foi a sua vida que abalou o meu coração. – A voz de Elinor falseou, comovida, porém, ela inspirou o ar com vontade e continuou a sua explanação artística como se estivesse concentrada em um alto devaneio, enquanto Alexander a ouvia com atenção. – As suas atitudes, e o que eu conseguia ver através delas, me mostraram o que era necessário para que a obra fosse concluída no tempo e na hora certa. E é assim que agora a apresentarei ao mundo. Eu creio que é como se fosse um filho a quem dei vida, eduquei e que agora será entregue à humanidade para dar voz ao que eu quero dizer.

Alexander parecia seduzido pelas palavras de Elinor e com a visão artística profunda e sensível que ela possuía.

– E... o que quer dizer?

– Bem, eu quero dizer que todo talento jamais deve ser abandonado ou sufocado. Ele é dado e pertence a quem o tem. E não adianta tentar fazer outra coisa e ser infeliz pelo resto da vida. O meu pai queria que eu desistisse de pintar para ser somente esposa e mãe, mas mesmo tendo feito essa promessa a ele, de que iria abandonar a pintura, o meu coração dizia que precisava cantar e que somente eu poderia entoar a canção com a minha própria voz, entende? – Elinor buscou os olhos do conde. – E foi isso o que eu fiz e agora posso dizer que não me enganei.

Como se tivesse descido das nuvens, ela terminou de falar e viu que Alexander a ouvia em silêncio como um espectador fascinado. Ela sorriu, sentindo-se esvaziada por dentro.

– Perdão, acho que me empolguei.

Ele segurou-a pelos ombros e com a voz embargada disse:

– Eu sempre achei a morte do meu irmão o fato mais triste da minha vida, mas agora eu vejo que a ida dele a trouxe para mim e eu sou feliz e agradecido por isso.

Elinor encostou a cabeça no peito dele e arquejou, sentindo o conforto e o apoio que precisava. Aquele momento prometia dias de intensa felicidade. O seu amor era correspondido e a sua paixão pela arte se multiplicara.

Ela assentiu, porém, o intimou a responder o que precisava saber.

– Eu lhe fiz uma pergunta... esqueceu?

Alexander sorriu, com um ar satisfeito.

– Não, é claro que não. A senhorita nunca foi uma empregada.

Indignada, ela exclamou:

– Mas é claro que sim! Bem, eu tenho consciência de que falhei em alguns detalhes, mas...

O conde a interrompeu.

– Bem, a senhorita deixou que a criada não arrumasse a minha cama como eu queria e...

Elinor fez uma careta e, com um sorriso sem graça, disse:

– Bem, a partir de agora, eu sei que gosta da roupa de cama no tom azul...
Ele ergueu as sobrancelhas e ficou esperando-a terminar de falar.
– Eu não ligo a mínima sobre a cor da roupa de cama.
Ignorando o que ele havia dito, Elinor continuou a dizer:
– Eu sei também que o senhor não pode comer morangos e que eu não poderei pedir para que a cozinheira faça nenhum doce com morangos e...
O conde começou a rir sem parar. Irritada, ela perguntou:
– Por que está rindo assim?
Com cara de menino travesso ele confessou:
– Bem... eu preciso lhe confessar mais uma coisa...
Elinor se afastou e ficou apreensiva, olhando para ele.
– Não é verdade que eu não posso comer morangos...
Ela estreitou o olhar e colocou as mãos na cintura.
– O senhor mentiu para mim?
Ele assentiu. Depois com cara de bonzinho implorou:
– Bom, não foi uma mentira, foi somente... – Ele a agarrou pela cintura e deu-lhe um beijinho, depois falou humildemente: – Perdoe-me, milady. Na verdade, todos esses contratempos foram somente um teste para ver como se saía como a futura dona deste castelo.

Elinor começou a entender as brincadeiras que ele tinha feito com ela e, aliviada, respondeu:
– Está bem, eu o perdoo. – Ela colocou as mãos no peito dele e, com um suspiro, revelou: – O senhor não imagina como é bom saber que pode comer morangos. Eles são minhas frutas favoritas. Eu adoro comer morangos!

Alexander não quis saber de mais nada. Como se nada nem ninguém pudesse atrapalhá-los, ele a beijou calorosamente.

Enquanto os beijos começaram a ficar mais intensos, eles ouviram alguém chamando:

– Eli, você está aí?
Alexander colocou a mão na testa, impaciente.
– Maldição! De novo? São muitas senhoritas Chamberlain e eu não dou conta.
Elinor encarou-o com um ar divertido.
– Eu não disse?
Ignorando a irmã número dois, o conde fechou a porta do ateliê com um pontapé e, em seguida, foi até o seu paletó e retirou do bolso uma pequena caixinha de veludo e pegou uma joia.

Chocada e com o coração explodindo de felicidade, Elinor não conseguiu retirar os olhos do anel que havia penhorado.

— Elinor Chamberlain, quer se casar comigo?

Elinor não podia responder. Os seus lábios foram capturados pela boca exigente do conde, porém, ela conseguiu recuperar o fôlego e perguntar:

— Como conseguiu recuperar o meu anel?

— Não se preocupe, eu consegui e isso basta. Eu poderia lhe dar a joia mais cara do universo, minha querida, mas achei que este anel a faria feliz. Agora me responda. Quer ser a minha esposa?

— Sim, milorde, mas... tem uma condição...

Alexander murmurou entre um beijo e um gemido:

— Algo impossível que eu não possa realizar?

Com um ar sério, ela disse:

— Bem, nem tanto, é só uma questão de complacência.

Ele cruzou os braços sobre o peito, pronto para ouvi-la.

— O senhor aceitaria realmente se casar com uma pintora que fosse famosa?

Alexander franziu o cenho.

— Bem, lady talentosa, o que posso fazer? O talento é seu e eu não tenho o direito de sufocá-lo. Além do mais, eu posso me considerar parte dele, afinal, sou a sua obra-prima, se esqueceu? — Alexander olhou-a com o semblante todo carregado de afeto. — Porém, não se esqueça de que é a minha lady...

Elinor balançou a cabeça, assentindo e, com um sorriso de menina travessa, completou:

— Tem mais uma coisa.

Surpreso, Alexander cruzou os braços novamente.

— Está bem, diga logo.

— Eu gostaria muito de reconsiderar a volta da sra. Evie para trabalhar conosco e... — Elinor olhou de soslaio para ele e, criando coragem, disse um pouco hesitante — Bem... as meninas... quero dizer... a número dois e três têm que morar conosco.

Alexander descruzou os braços e colocou as mãos na cabeça. Depois de alguns segundos, vendo-a ficar nervosa, sorriu e disse:

— Então diga à número... — ele olhou para o lado, buscando na memória –, ... dois para que ela desenhe à vontade e para a número três que cozinhe o que quiser, contanto que não nos interrompa, pelo amor de Deus!

— E eu... posso pintar à vontade? Você não se incomodaria?

— O que você quiser, meu amor. — Com um tom atrevido ele a desafiou exibindo toda a sua masculinidade exposta. — O que acha de pintar o seu modelo agora?

Sem olhar diretamente para as partes íntimas do futuro esposo, ela corou e confessou convicta:

— Desse jeito iríamos escandalizar o mundo.

Alexander cingiu a cintura da futura condessa e provocou-a com beijinhos indecentes fazendo-a soltar gritinhos, impedindo-a de protestar.

Do outro lado da porta, inquieta, Florence bateu os nós dos dedos na madeira por diversas vezes.

— Eli, ainda está dormindo? O café está na mesa!

Alexander colocou as mãos na cabeça e sussurrou no ouvido da futura condessa.

— Oh, não!

Silêncio.

Florence insistiu.

— Quer que lhe traga algo?

Elinor riu baixinho, excitada com a situação inusitada.

O conde tapou a sua boca com uma das mãos, enquanto a empurrava com pequenos passos, fazendo-a andar de costas até a cama. Assim que ela se deitou, ele aprumou-se e deitou-se sobre ela com a intenção de beijá-la ardentemente, porém, antes que fizesse isso, gritou:

— Por favor, número dois, daqui a três horas, pode nos trazer uma travessa de morangos?

Compartilhando propósitos e conectando pessoas
Visite nosso site e fique por dentro dos nossos lançamentos:
www.novoseculo.com.br

- facebook/novoseculoeditora
- @novoseculoeditora
- @NovoSeculo
- novo século editora

gruponovoseculo.com.br

Edição: 1
Fonte: Adobe Garamond Pro